三民叢刊127

釣魚臺畔過客

彭歌著

三民書局印行

前記

因為臺灣海峽兩岸可以往來，我才可以回到大陸故鄉，成為釣魚臺賓館裡的過客。雖說是經過了天翻地覆的變化，仔細想想，畢竟有很多是不能變的，民族的歷史文化，一大堆的問題，中國依然是中國。

在未來歲月裡，中國人還有很長的路要走。大家要有耐心，先解除心中虛驕自大的成見，我們會摸索出一條比較好的出路。

第一輯是重訪故鄉的印象和觀感。第二輯是觀察臺灣。那「第三層觀察」可以概括我的主要思考。第三輯則是旅美見聞。

有人說，目前是「過渡」期間，或者歷史上的轉型期。過渡之後變得好或壞，每個人都少不得要承受其後果。在這樣重要的時刻，就不能不挺身而出講老實話，也許有人不喜歡聽。該講的話，總應該有人講出來。

一九九五年十月

目次

第二輯 第三層觀察

第三輯 迷惘

第一輯

釣魚臺畔過客

釣魚臺畔過客

以過客身分，揭去釣魚臺神秘的面紗

我離開北京，是在珍珠港事變發生之後的那一年。從一九四二到一九九二，整整五十個年頭。在異鄉漂泊的生涯中，不知有多少次魂夢依稀回到了故鄉，「夢裡尋它千百度」，我從來沒有想到真正回到北京是這個樣子。

回來是為了開會，「海峽兩岸關係新趨勢學術討論會」。這樣的大題目，可能會很政治，也可能是很文學的。

在我個人的心願，毋寧是一次文學的、感性的、沒有甚麼爭論而祇須彼此剖心瀝膽、傾誠相對的集會。

我們這個來自臺灣的團體一行三十九人，被安排在北京西城的釣魚臺國賓館。

從六月廿八日到七月四日，連頭帶尾算是一週，一週的停留，也該說是很有「緣」了。因為這賓館不是一個普普通通待客的地方。

連我這自小兒在北京長大，到十七八歲才離開的人，以前都沒聽說過釣魚臺國賓館這個名目。

館中的一位工作多年的先生說，「別說你們這些遠客，在一九八〇年代初期，北京城裡的老住戶，也都不知道有這麼一個地方。」

釣魚臺的某種吸引力，大概就來自這種神秘感。

因此，我要以我的過客身分，憑著很膚淺的認識，揭去它那神秘的面紗。

自西山引來泉水，鑿地為湖

在臺北，我有清晨散步的習慣，五點多鐘天色微明的國父紀念館，花木扶疏，頗有清新氣象。

清晨的釣魚臺國賓館，是一個更好的信步閒行的地方，因為這裡地勢空曠，水木清華，走一陣難得遇到一個人。

全園的面積是四十二萬平方米。園中自西山引來泉水，鑿地為湖，湖水面積有五萬多平方米。沿湖四望，觸目所見都是松柏和垂楊。白色的石橋，綠蔭掩映，隱隱約約可以看到一座座隔得遠遠的小樓。當然，你走近了看，那些樓並不小。因為那每一座樓的設計，都是為了要接待外國來的元首、總理及其隨員。

一本英日文的小手冊上說，「沿湖共有十五座國賓館」，這資料已經過時。

專為接待國賓的館舍，編號到十九號。

可能為了免得外賓計較「誰是第一」，所以沒有第一號樓。

又為了順從西方人的洋忌諱，也沒有第十三號樓。

最後的第十九號樓，是行政中心之所在，管理局在那兒，其中有銀行、電報電話局、傳真設備、免稅商店(他們稱為友誼商店吧)，十九號樓是不讓人住的。

在編號的各樓之中，第十八號樓是最後落成，也是規模最大、設備最豪華的。這座黃琉璃瓦、紅漆大柱、純粹東方宮廷式的建築，與故宮相較是具體而微。它沒有臺北的圓山大飯店的新廈那麼高大宏偉，但其造型之精美與優雅，則有過之而無不及。雖然是新東西，做古卻做得更地道、更有味道。

第一位在第十八號樓下榻的賓客，是英國女王伊莉莎白二世。據說，慣例上是惟有貨真價實的現任元首才可以住在那兒。

玲瓏雕像，出自曲陽名匠之手

湖畔的樓，如星羅棋布，但彼此都看不到，沒有眉毛眼睛擠在一起的侷促感。那些樓都是兩層高、磚造，外牆是白色、淡黃或淡灰色。

如果你住過臺北近郊的陽明山莊，就會發現釣魚臺的若干樓舍，外型略近「黎洲樓」和「舜水樓」，平淡無奇，可是，一走進門去就會發現截然不同。「黎洲」與「舜水」都是「勞其筋骨，苦其心志」的古書院式的學舍；在這兒，則是「革命家們」享受人生的地方。

任何一座樓裡的設施，都相當於五星級知名飯店的水準，因為隨時要準備接待國賓。外觀都差不多，而特別出名的，是第十號樓。這座自成格局的白樓，門前有一片草地、一座噴水池，池中的石柱和天使雕像，都是倣照俄羅斯宮廷建築的規格而來。那些玲瓏的雕像，出於河北省曲陽縣的名匠之手。曲陽之於大理石雕，就像臺灣的三義鎮的木雕師傅們一樣，世代相傳，名聞遐邇。曲陽人倣刻外國名件，居然也有模有樣。

噴水池為第十號樓所獨有，但它之出名並不是因為多了這麼一個小小水池。

那小樓上住過劉少奇、住過周恩來，住得更久的則是後來被稱為「白骨精」的江青。與第十號樓相隔不遠，是第十二號樓，西式門牆，白牆壁頂上有寶藍色的琉璃瓦，門前有一對大石獅子。

園子落成之初，毛澤東常常住在這兒。

外國的貴賓，最出名的是美國總統雷根。

毛澤東曾在這兒召宴各大區的黨委書記。他特別囑咐廚師，菜飯要少一點兒，「不要讓他們吃飽，免得他們會忘記老百姓餓肚皮的味道。」這是他的獨家幽默。

江青在劇場內召集親信，作最後審查

在第十和第十二號樓之間，有一座紅磚蓋的小劇場，從外面望去，內部大抵祇能坐幾百人吧。但這是對於紅色中國的文藝、影劇等發生過重大影響的地方。在文革初期以至高潮期，江青就在這劇場內召集親信，對於新編的劇本或電影，作最後的審查。當然，江青搖搖頭，不僅那齣戲、那部影片將從此不見天日，有關的人員可能因此而遭遇無窮的折辱。

劇場的緊鄰，是國宴廳。西柏林有一座現代美術館，以茶色的厚玻璃作牆，黑色金屬的頂，廣袤的大廳裡看不到樑柱，甚為壯觀。

此地這間國宴廳，也以玻璃幃牆為主，很像西柏林美術館。由於場地廣闊，適於大場面。不久之前，西德名牌賓士汽車（大陸上譯為「朋馳」），為推出一九九二年新型產品舉行盛大餐會，就在這個地方。餐廳與門前的草坪，容得下六百位客人，讓大家盡歡。

其餘各樓，第六號樓是周恩來晚年靜居養病之所。第七號樓則因康生住過而有名。每座樓裡，樓上有兩組大型的套房，外面是客廳兼書房，裡面是臥房、浴室。客廳有兩套沙發，可容十幾個人開小型座談。書架上有些珍奇的古玩、瓷器，牆上有精選的書畫。

我住的那間書房裡，有一部三卷頭的「紅樓夢」英譯本，是名家楊憲益伉儷的精心譯作。還有一本「白居易詩選」英譯本。倒是沒有語錄之類的殺風景。

在國賓套房之外，一座樓裡有一二十間客房。一樓有會議廳、餐廳、酒吧、棋橋室、和管理員的櫃臺等。電話都可以直撥國內外，這在大陸上也算一種特殊的享受。

金章宗當政，曾御駕親臨此地垂釣

釣魚臺之出名，並非全來自這片神秘的迎賓貴地，而是由於它歷史的背景。

那座古釣魚臺，位於全園的西南角，已有八百多年的歷史。

金章宗當政時，曾御駕親臨此地垂釣，因以為名。金代建國自西元一一一五年至一二三四年，崛起北方一百十九年。滄桑世變，地形亦有許多變化，釣臺之下已看不到可以垂釣的清流。

目前留下來的，是一座方形的城堡，一面有乾隆皇帝題的「釣魚臺」。遠遠望去，像是小小的城門樓子。

這臺本可登臨，牆外是更大的一片湖和對公眾開放的公園。目前因為正在施工整修，無法攀登。

在釣魚臺附近，正在修建一道長廊，好像還要蓋一座亭子，名為「望海亭」；從這兒要望到海，遠得很吧。

乾隆皇帝大興土木，建造新宮

在這園地的西南一隅，靠近古釣魚臺這一帶，有些亭臺樓閣，是真正的古蹟，大部分是清乾隆時期皇帝行宮遺蹟。

元朝初年，宰相廉希憲在這兒興建別莊，名為「萬柳堂」，當時已成為都城近郊的勝景之一。

明代在燕王掃北之後，京城自南京遷來北京，皇族豪門與宦官，往往購置別莊在釣魚臺附近。

清代乾隆帝大興土木，建造離宮，略具規模。因山勢而植木建亭，「澄漪亭」是全園中的最高點，亭後有一株松樹，樹幹是扁形的，有游龍矯然之勢。

乾隆自號十全老人，最喜到處題詩。我們鑑賞臺北故宮博物院裡許多珍貴文物，往往被此老品題吟詠一番。不料這澄漪亭中，也有御筆的七絕一首：

牆外為湖牆內池，一般俯檻有澄漪。
剔疏意在修渠政，何必硑礨細校斯。
壬寅仲春之月上澣　御題

那日清晨，我獨步閒庭，遇到一位先生在山林間作早操，相談之下，方知這位劉先生在園中工作已二十餘載，據他說，「文革」動亂之時，連這座對外隔絕的賓館也未能完全置身局外。他們當時把各處的匾額題字一一摘下，放在隱密處掩藏起來，顯眼的地方都換上「語錄」，這才躲過一劫。

在離宮的小園裡，有清露堂、養源齋、同樂園，瀟碧軒等，山石迴繞，清流淙淙，蒼松細柳，風物不俗。那養源齋平日門窗深扃，據說裡面陳設珍奇，是「國家領導人」款待上賓之所。

賓館對外有三座大門，南門是古典式的朱門，門內有世界銀行分行。東門是主要通道，北門似乎是雖設常關。各門都有武裝警衛，戒備森嚴。住在裡面的客人，也要憑通行證進出，相當不便。

中國的悲劇，彷彿就在眼前流過

這賓館於一九五九年落成，當時是為配合中共「建國」十年，各國來賀貴賓甚多，於是就與建館舍，作迎賓之用。沒有客人來時，便成為領導們休憩、養病的地方。

當然，用合理經營的觀點去看，這賓館絕對不合經濟的原則，單就每一座樓中都有小單元的餐廳與服務人員，管理費用勢必可觀。在「改革開放」的口號之下，也應該採取「資本主義」經營管理的理念，講求成本觀念，追求最高效率。如果仍是一味「堅持」，遂使樓臺冷落、良辰虛度，祇在那兒「等任務」而不能與民同樂，未免太可遺憾了。

在兩岸交流日趨頻繁之際，相信今後還會有更多的旅客自寶島去大陸，可能就在釣魚臺國賓館下榻。因以數日草草的見聞，略誌數行，以供後來者參考。

不同的時間、不同的人物、不同的情節，便構成文學和戲劇上的種種情節與衝突。金章宗如何垂釣、乾隆如何在這兒考慮修水利（他不是「剔疏意在修渠政」嗎？）我們已不大容易想像。我祇有站在劇場門外，遙想江青及其隨從們，在那兒為某些劇本或電影的演出「分關把口」、拍最後一聲板的時候……

中國的悲劇，那樣的不可理解，彷彿就在眼前流過……

中華民國八十一年七月廿八日

異中求同

從小合約到大合約的構想

在學術性的會議中，最重要的（往往也是最精彩的）部分，是論文的提出和討論。因為論文是比較成熟的理念或思想的表達，所以能言之成理，持之有故，與即興式的發言不同。論文有時顯得繁瑣而呆板，但它的好處也正在其細密與嚴謹。好的論文因為言之有物，實實在在，規規矩矩，特別有味道。

六月間到北京去，是應中國社會科學院之邀，出席六月廿九日的「海峽兩岸關係新趨勢學術討論會」，以及此後的一些會談。

在討論會中，臺灣與大陸的學者各提出三篇論文，都相當精彩。可是，在會後所看到的報導和資料，有關我們的團體（全名是「兩岸關係研究訪問團」）者不少，對論文的內容則略而不談。人民日報的報導，祇提到大陸學者的姓名和題目是：

周叔蓮（社研院工業經濟研究所所長）：「中國經濟改革的現狀和前景」。

王振中（社科院經研所政治經濟學研究室主任）：「中國大陸經濟特區的建立、發展和效應」。

郭相枝（社研院臺灣研究所副所長）：「對進一步發展兩岸關係的若干思考」。

在我的印象中，前兩篇論文都是敘述性多於論說性，郭相枝的「思考」，內容也很平和，希望「加快發展」，並提出四點共識：

（一）要從海峽兩岸的分裂現況出發，採取理性務實的態度來處理兩岸關係。

（二）要多提倡協商解決，避免用脅迫對方作單方面承諾的作法。

（三）要提倡互相尊重，在交往中不把自己一方的意志強迫給對方。

（四）要以維護兩岸關係發展為著眼點，努力擴大雙方的共同點。

基本態度是溫和的，因而有相當的說服性。不過這幾點共識，說它是由臺灣方面提出也沒有甚麼不可以。溫和是好的，但內容則有欠具體。

對於臺灣學者的論文，人民日報和別的報刊上，隻字未提，令人覺得詫異。這樣作法似與「交流」的本旨相反。

因此，我要就本國的三篇論文，提綱挈領，略加評介。這正是交流的實質內容。

耕者有其田，可以考慮嗎？

依照會中排定的次序。第一篇是魏萼（中山大學教授，亞洲與世界社主任）所提：「中國經濟的迷惘與省思」。

魏萼這篇論文，功夫甚深，全文七十餘頁，腳注八十餘處。他說這篇論文的題目，是承襲他的老師施建生先生二十年前作品「臺灣經濟的迷惘與省思」而來。施先生曾任臺灣大學法學院長，高齡八十有二。這次也參加本團，似有為舊日弟子「把場」的意思。

魏萼的論文內容贍富，引用國父中山先生重要言論甚多，我預想，因為戰線拉得太長，爭議之處想必不少。報告時因時間有限，無法宣讀全文，祇就最後的十點建議加以發揮。

針對著大陸上目前流行的「富有中國特色的社會主義」，魏萼那些建議應該算是切中時弊；若認真一一付諸實行，對於突破目前難局，應該具有效應。其中某些瓶頸，是臺灣過去遭遇過並已全力克服了的。

十項建議之中，多屬於行政上的決策與措施，與意識形態關係無多。在步調和精神上，與「改革開放」的大方針是一致的。其中包括：開放金融業，外匯自由化，實施「耕者有其田」，指導股票上市，實施會計師查證制度，簡化投資手續，厲行市場經濟，穩定物價，穩定政局等。

這些建議大部分是在臺灣推行之後，獲得了顯著績效的。但是某些大陸學者專家認為，仍有窒礙扞格之處。譬如開放金融業，包括容許臺灣的銀行在大陸開設分行，他們都期期以為不可。至於耕者有其田，這是臺灣由農業化邁入工業化極重要的轉捩點，與大陸上作為階級鬥爭而進行的「土改」全然不同。

政大教授張亞澐說，臺灣經濟建設的成就，在於「以資本主義的方式從事生產，以社會主義的精神從事分配」。耕者有其田是具體象徵之一。但是，中共至今不承認私有財產，尤其不接受土地所有權的觀念，這個問題不容易談下去。

因此，魏尊的建議便衹好「懸」在那兒。他們明白這是苦口的良藥，但不願或不敢吞服下去。改革開放仍是有限度、有框框的。

社科院敦請：賦改經驗談

第二篇論文，是政大教授陳聽安所提「賦稅改革經驗談」，這是社科院方面指定的題目，有「點菜」的意味。

中華民國政府在遷臺之後，曾有兩次賦稅改革，一次是民國五十八年由劉大中先生主持。第二次在民國七十六年，主持人就是陳聽安。聽安是中山獎學金第三屆得主，留學德國，後來又在劍橋與哈佛研究。他這篇論文雖以臺灣第二次賦改的準備、執行、與檢討為主；更重要的則在對兩岸現行賦稅的比較與觀察。

以往各國稅制，大抵反映本國經濟發展與社會文化之背景，所以各成制度互不相同。晚近以來，由於國際關係密切，經濟相互依存，所以稅制亦漸趨共同之勢。

譬如關稅方面，早有「關稅暨貿易總協定」之組織（簡稱GATT），以及「經濟合作與開發組織」（簡稱OECD）。其作用都在減少國際貿易的障礙，從而促進世界經濟之繁榮。所以關稅稅率降至百分之三點五以下。臺灣的關稅日趨下降，已接近這個標準。但大陸關稅仍是主要的財政收入，顯與世界發展的潮流不合。

陳文裡的一個重點，指出了「區域經濟之形成，是一種自然傾向，而賦稅的調和則是區域經濟結合之必要條件。從種種跡象顯示，海峽兩岸之經貿關係日趨密切，所引伸的稅務問題亦日趨複雜。」兩岸中國人在相隔四十餘年之後，在賦稅制度上，各有其獨立的租稅管轄權。陳文強調，「儘管兩岸投資與轉口貿易迅速成長，但兩岸之賦稅制度卻似乎背道而馳。」

他所舉出兩岸的差異，除了關稅之外，主要的還有：

一、所得稅在臺灣有兩項，大陸屬所得稅性質者有十一項之多。

二、臺灣綜合所得稅，最高稅率為百分之四十，大陸之個人所得稅最高稅率達百分之四十五。臺灣級距分五級，大陸為七級。

三、臺灣的獎勵投資條例已經廢止，另訂促進產業升級條例，賦稅盡可能保持中立。而大陸利用賦稅優惠，吸引外資，鼓勵出口，正方興未艾。

四、大陸有三十四種租稅，相較臺灣則較為簡化，祇有十六種稅目。

從上述各項異同之中，可見大陸的稅制既重且繁，與時代潮流大不相符，與臺灣現行制度也有極大的不同。

所謂兩岸關係的新趨勢，就是逐漸地從兩個不同的立足點上走向統一，而且必須是以民主和平的方式，促成統一之及早實現。於此，陳聽安指出：「兩岸賦稅制度差距之縮小，應該是共同改革的方向；在賦稅制度方面先加以調和，則該是應有的起點。」

因此，陳聽安報告的賦稅改革經驗，以及兩岸現制的比較，它具有極大的啟發性。我個人認為，拋開政治立場與意識形態不談，賦稅改革應為大陸上改革開放的要務之一。中共當政者應該審慎考慮這個問題。

陳聽安在附件：「賦稅改革的成本與效益」一文裡，特別強調改革之前「溝通和疏導的重要性」。祇重宣傳而漠視疏導，是中共的重大弱點之一。

「改善關係合約」可行否？

第三篇論文，也就是討論會最後的一篇，是前任政治大學校長、國際法教授陳治世所提：「臺海兩岸簽訂互不侵犯協定之議簡評」。由於「互不侵犯協定」之說，是由總統府副秘書長邱進益提出，中共方面最初極感驚訝；惟恐這是走向「兩個中國」的另一種手法。所幸臺北後來有所澄清，中共除了由楊尚昆主席發表簡短聲明表示拒絕之外，「決定不必打筆仗」。

陳治世這篇論文的好處是以超然的立場，從國際法的角度，探討所謂「互不侵犯條約」的特質，然後一層層抽絲剝繭，引述國際法上各種名家的卓見，都認為兩岸中國人締結互不侵犯協定，並不妥當。

至此，陳治世提出了積極性的建議，捨棄「互不侵犯協定」的構想，而提供折衷性的安排：即「海峽兩岸可以簽訂改善關係的文件」，並避免使用容易引起誤會的文件名稱。

舉例而言，美國各州平等，依照聯邦憲法，都具有部分主權：「但彼此間的法律性文件，無論是為了加強合作，或為了預防爭執，都不得稱為條約，祇可名為Compact（可以中譯為

「合同」或「合約」)。」如此則不是中央對地方，而是平等關係。陳治世認為這是值得摹仿的。

有關雙方相互承認為政治實體，是國家統一綱領中最重要的前提之一。陳治世則認為，「臺灣方面不必寄望對方作明示的承認，亦無需堅持獲得那種承諾。而不妨從小合約開始，利用一連串的小合約，逐漸培養兩岸的善意和互信；待時機成熟時，才簽大合約。」

在技術層次，開始時的小合約裡，用的詞句可有「創造性的模糊」，求其廣泛籠統。陳治世舉例說，像「雙方處理事務，應嚴守誠信原則」，又如「所作片面聲明應視為有約束力」等；屬於一般性，所以易被接受。

祇有雙方的確具有善意與誠意，由小合約終可到大合約，最後，兩岸終於同意簽立像兩個德國之間的基礎合約。「簽約的次序和德國先例相反，而有殊途同歸的結果。」

其實，「互不侵犯條約」的說法，在臺北和北京都會有「礙難同意」的理由，如果降低到「改善關係合約」，反應將大為不同。

當然，其成敗關鍵仍在雙方是否具有「改善關係」的誠意；有之，則「合約」將是解決目前爭議的一個起點，並可能成為爾後擴大往來、改善關係的依據。若無此意願，則不僅「合約」不可能成立，「改善關係」云云，亦將止於是宣傳口號，則所謂兩岸關係的良性發展，無非是鏡花水月一場空了。

臺灣方面這三篇論文，以及多位專家學者所發表的高論，大陸方面究竟有何反應，我們不甚了了。但我相信，一旦交流開始，理念上的互為吸引和互相批判，都是不可避免之事。凡是合理而有益的建議，終將有受到鄭重的考慮與採行的機會吧。

原載紐約《世界週刊》　中華民國八十一年八月十六日

聖彼得堡來客

在中國，不論是在哪一邊的中國，司格林教授跟人通電話，總是會碰上麻煩。

他至少要花上五分鐘，先是很委婉，然後是很堅決地說明，他「實實在在」不是中國人。要很費力氣才能說得對方相信，而不認為他別有所圖。

因為他的中國話，說得太道地了。

不但講得好，一筆小字兒寫得也不含糊。初次見面，他說，「對不起，名片還沒印好。」當場露一手，密密麻麻幾行中文，寫的是：

世界漢語教學學會常務理事
聖彼得堡大學教授
臺灣大學客座教授

釘是釘，鉚是鉚，一筆不苟，至少比我的「大筆一揮」要清楚得多。

作主人的歐茵西教授說，「司格林教授是聖彼得堡大學的副校長。他在中國語文方面的造詣，不僅在聖彼得堡是第一人，就是在俄羅斯國協，也是箇中翹楚。」

「你在哪兒學來這麼好的中國話？」大家都很好奇。

「在北京啊，」司格林笑瞇瞇地說，「在輔仁附中念書，從一九四三到四六年吧。」

天下真有這樣巧的事。我念輔仁附中比他早幾年，一九四二年以後我就遠走後方。當年的輔仁附中，不過一千來學生吧，天寬地闊，卻不時會碰到附中的學友。劉賓雁是輔仁的（他念了不到一年就走了），蕭乾的夫人文潔若女士（英文、日文都好棒），姊妹四個都是輔仁的。萬里迢迢來的這位俄國學者，想不到也是李廣橋西街那座大紅門裡的老學生。

司格林幼年隨家人到中國；協和醫院為員工子弟辦了一所明明小學，司格林從那兒開始學中國話（用行話來形容，這是有「幼功」）。他進輔仁的時候，已經頗有根柢了。

他在中國前後住了十二三年，念過北京大學，聽別的朋友說，在若干次「中蘇邊境談判」裡；司格林以蘇方外交部參贊名義參與其事。前蘇聯的要人們，包括戈巴契夫，會見外賓需要華語翻譯時，都要請他偏勞。因為他出道早，功力強，眼前一代俄羅斯嶄露頭角的漢學家，尤其是致力語文研究的，不少位都是他的學生或後輩。

我聽說輔仁大學的原址已經改設師範大學，不知輔中怎麼樣了？

「我在八六年回去過，」司格林說，「大紅門仍在，學校改成了第十三中。」

輔仁大學的校舍前臨定阜大街，是遜清的「濤貝勒府」，綠瓦白牆，外觀是東方建築，裡面是現代設備。南面是足球場和山字樓。中學與大學相連，從裡到外都是傳統格局，每一座教室自成院落，院中老樹婆娑，綠蔭掩映。「我那時候的校長姓鄢。」他告訴我，「數學老師是『大頭』。」

這就完全「對」上了。我還記得鄢老師。

輔中的校長，向由輔大的校長、著名元史學者陳垣（援庵）先生兼任。中學設主任負責校務，等於校長。主任最先是英千里先生（輔大創辦人英斂之先生的公子，來臺後任臺大教授兼外文系主任，在臺北逝世）。抗戰之後，北平淪陷，英先生是中國國民黨北方地下黨的負責人，不幸被捕。繼任的是劉不凡先生，劉先生一年後也被捕，鄢說先生「臨危受命」，承當了主任的職務。鄢先生，字鳴難，湖北天門人。經年布衣布鞋，不苟言笑，辦學十分謹嚴。學生們背後說，「鄢主任又嚴又難，到了南天門了。」

至於數學老師，我們那時是程玉蘅老師，有名的「大嘴」；大頭大概是後來聘請的，我沒趕上了。

司格林治漢學，著力於俗文學，包括曲藝、相聲等。他特別提到八旗子弟書和評彈。在北京時，他跟侯寶林等著名藝人都相當熟。他說，侯已年老，「文革」以後，相聲人才有馬季、姜昆等。這些人我倒也不陌生，「多層飯店」、「照相」，還有新起的「致富能手」、「魚兒問答」那些段子，臺北都有錄音帶，我藏有全套。

歐茵西在臺大教俄文和德文，一班有兩百學生，「聲勢浩大」。她是中華民國筆會裡極少數俄國文學專家之一。在「蘇東波」大變之後，她去年到俄國訪問，與司格林盤桓論道，彼此都很佩服。她離開臺北時，臺大的孫震校長囑託她物色俄文老師，「一定要請最好的。」歐茵西說，能請到司格林來臺，可算「幸不辱命」。

這天同席的行政院新聞局副局長葉天行伉儷，文建會的余玉照，中央圖書館館長楊崇森等多位，還有幾位年輕朋友，向司格林請教一些問題，客人都有很妙的回答。譬如講到俄羅斯的民族性，他說，「沒有辦法用一兩句話講得清楚；因為，俄羅斯人的性格是許多例外的綜合。」

有人問到了飲酒的習慣——當時我們正在淺酌；司格林承認俄國男人的確愛喝酒。我問他是否因為氣候太冷的緣故？

他笑笑說，以前有這樣的笑話，「蘇聯一切困難都來自五大原因：因為這是春天、夏天、秋天、冬天。另一個原因是(美國前總統)雷根」。換言之，一年四季都困難；美國人更把困難擴大了。

他講了很多笑話，有的聽過，有的從來沒聽過，有的彷彿是自嘲，但他都講得很有分寸。自我幽默一下可以，但對於自己的國家和民族，依然保持尊嚴感——不好隨便開玩笑。

他舉了幾個實例來說明俄羅斯人的心態，間接澄清了外人對俄羅斯人的曲解和誤會。

這使我想到了紐約時報名記者史密斯(Hedrick Smith)那本「俄羅斯人」裡的說法。書裡引述杜斯妥也夫斯基的話：俄羅斯人「一半是聖賢，一半是奴隸。」一個人可以為了聽到一首好詩而感動淚下，幾分鐘之後，就在同一個地方，他可以殺死一個敵人，毫不動心。

過去，由於明顯的原因，我們對俄羅斯人的認識和看法，不十分完全、不怎麼公允。今後經由廣泛的接觸，特別是雙方知識分子的交往，從認識到瞭解，當可引致深一層的友誼與合作。

聯副的瘂弦兄保持他一向的風範，聽得多，說得少；但他最後提出的建議很有意思。由中央圖書館和聯副合辦演講會，請司格林教授講講他研究中國俗文學的心得和展望；再談俄羅斯文化和民族性的特色。司格林想瞭解我國的新詩，瘂弦自己就是行家，很好安排。

司格林說，他在聖彼得堡課餘主持一個電視節目，一週一次，講中國文化。當時還參加一些綜藝性的活動，「我幹的就是像鮑伯霍伯那樣的事。」

我這時才注意到司格林高額大顙，像貌與鮑伯相近，「當然，你比他年輕得多，漂亮得多。」

司格林夫人也陪他同來，他說，「她聽得懂你們的話，不過她太客氣，不肯講。」司夫人微笑著，始終很東方。

前幾年讀過一本英國人寫的暢銷小說，「聖彼得堡來客」，曲折驚險，是能破除沈悶的偵探小說。近兩三年來天下大變，聖彼得堡來客，如司格林教授者，絕無驚險刺激，而是可以傾談平生的朋友。這世界真是越變越好了。

中華民國八十一年四月十二日

【後記】本文發表後，戈巴契夫和夫人應聯合報邀請訪問臺北。為戈氏任翻譯的正是司格林教授。

半世紀，重聚緣

年事愈長，涉世愈深，就更加相信「萬緣前定」的說法。「同船共渡，是五百年因緣。」人和人為什麼會聚在一起？為什麼會發生這樣那樣的事情？隱隱間都脫不過一個「緣」字。

我們那一班大學同學，五十年前，從天南地北而來，同窗共硯，四年之久。然後是一場大風暴中各自分飛。隔了漫長的半個世紀之後，居然又能回到南京重聚一堂，而且就是在當年讀書的老校園裡，這豈不是極其難得的緣法？

這樣的重聚，白頭道故，風雨平生，有訴不盡的感慨，說不完的離情。長夜漫漫，特就記憶所及留下幾行紀錄，姑且算是大時代中的小註腳吧。

小溫泉的全體照

我們那一班，是「國立政治大學新聞系第十五期」。學校設在重慶市郊小溫泉，初入學時學校的名稱是「中央政治學校大學部」，改為政大是一九四七年國家制定憲法實行憲政以後的事。

我們那一班，入學考試是在一九四五年七月間，那是抗日戰爭的末期。放榜則在九月下旬，日本已經投降。所以我們是帶著雙重的「勝利」心情，跨進大學之門。

應考考區分布在大後方重慶、成都、西安、昆明、蘭州等八、九個城市，報名人數一萬多，錄取僅三百名。我是在西安考區參加考試的。

抗戰期間，沿海地區都告淪陷，我是從北平逃出的流亡學生，間關萬里，到達西北地區。先已進了國立西北農學院讀農業經濟；因興趣不合，暑期重考政大，倖獲錄取。十月間由陝西寶雞登程，搭長途汽車，曉行夜宿，路上走了三四天，趕到重慶入學。

當時政大的校長，由國民政府主席蔣公兼任，實際負責校務的是教育長程天放先生。程先生曾任駐德大使、教育部長、考試院副院長等職。系主任是我國新聞教育拓荒者馬星野先生。馬先生時任中央日報社長。對於我們十五期同學指導最多的，是當時剛剛自美深造後返國的謝然之老師。二、三年級「採訪學」、「編輯學」等專業課程都是謝老師教的。

戰時大學都實施公費制，無所謂學雜費用，衣食住行等費用都由政府供給。像我這樣從戰區到後方的學生，有公家的伙食，有冬夏兩季制服，有現成的宿舍，除了用功讀書之外，沒有甚麼可愁的。

大一時，校舍在小溫泉。其地在重慶大江南岸的花溪，是著名的風景區。校區範圍甚廣，比臺北木柵的校園要開闊些。不過戰時物力維艱，絕大部分教室和宿舍，都是竹籬茅舍，十分簡陋。

我們學校術德雙修，文武並重，大一要受軍事訓練，生活上是軍事管理，早晚參加升降旗儀式，編成學生總隊，以下又分大隊、中隊、分隊等。事實上課業甚忙，軍訓也祇是比劃比劃，日本已投降，「勝利第一」的氣氛漸漸淡了。

功課很重，老師很嚴，生活很苦——教室裡晚上自習，沒有電燈，祇好點桐油燈，考試前夕才捨得用「僧帽牌」的蠟燭。筆記本的紙張又粗又黑，「參考書」云云，大都是老師說說，我們聽聽，因為根本買不到也買不起。

可是，我們還是過得很快活，心中充滿了光明的希望。打敗了日本人，中華民國成了「四強之一」，該是中國人揚眉吐氣，昂首闊步的時候。

同學們推選出來的班長袁良，服務熱心。在他奔走邀集之下，全班同學集合在一起照了一張團體照，把六十多人湊在一起，一個也不少，不是容易事。

那時還沒有彩色照，重慶的山裡處處都是一片濃綠。正像我們每一個人那樣年輕。照片分列四排，第一排是八位女同學坐在草地上。這是我們全班惟一的一張全體照，至足珍貴。

這張照片攝於一九四六年四月十二日。由於多年變亂流離，幾乎絕版，這次又複印出來。在大陸上的同學們看到了，特別感動，有人說，「好像是找回了失去的青春一樣。」

這次二十多位班友重聚，時在一九九四年六月九日，和照全體照的時間，相隔了四十八年，這次聚會，算是迎接我們「入學五十年」之慶。真覺得和作夢一樣。

自君別後

大一在小溫泉，隨後是勝利還都。

依校章規定，政大校址設在中華民國首都所在地。勝利之後，學校於一九四六年夏天復員還都，遷到南京，校址在建鄴路紅紙廊。隔壁的「朝天宮」是金陵古蹟之一。

大二、大三、大四，三年光陰都在紅紙廊。我們入學時是剛剛勝利的那一年，畢業時則是發生了空前變局的一九四九年。

在南京的三年，班上有一些小的變化，有的回來復學（有人是戰時從軍，此刻都已退伍），有的轉學他校。人數略有增加，最多時有七十人。

一九四九年初，學校陷於停頓，同學們陸續星散。大部分各回家鄉，約二十人到了臺灣，到臺的學友有十來位陸續到美國深造、就業。

自君別後，魂牽夢縈，原以為今生今世恐難有再見的機會，想不到還能一堂團聚，樂何如之。

一九九二年，欣逢謝老師七秩晉九誕辰，照中國人習俗，就是八秩大壽了。在美同學齊集洛杉磯為老師祝嘏。席間戴豪興（聖巴巴拉大學圖書館長）建議，何不在美舉行一次班會，設法接大陸上的同學同遊一番。此事就請袁良兄聯繫。經一再通訊洽商，因班友都已年逾六旬，旅途勞頓不便，費用亦甚可觀，不如回到大陸去開會，較為簡便而實際，所幸兩岸關係漸呈緩和，彼此間皆少所顧忌。

聯繫籌劃，差不多過了一年，最後確定一九九四年六月在南京聚會。聚會的場所就在紅紙廊母校原址。那兒現在是中共江蘇省黨校。在臺灣和美國的班友，由袁良聯繫。大陸上的班友，則由在南京的聶耀主聯絡。集會能在紅紙廊舉行，以節約方便的方式，就近解決膳宿問題，耀主洽商安排，頗費心力。

乍見翻疑夢

司空曙詩，「故人江海別，幾度隔山川。乍見翻疑夢，相悲各問年。」正可以寫出我們在重逢那一瞬間的感觸。

我和內子史棻於六月九日到南京，耀主兄嫂冒著傾盆大雨在機場相迎。事前通過幾次信，此刻真的面對面相見了，一時說不出是夢是真，悲喜交集。

驅車到紅紙廊，在黨校後樓的第二層，劃歸我們下榻。舊地重遊，自然勾起了許許多多的回憶。

母校原址前臨建鄴路，舊名紅紙廊。現在門前的馬路拓寬，民房拆除不少；以前常常照顧的天河茶社（其實是一家小飯館，肝尖煨麵和小籠包出名），都已不見了。

學校那座幾根大柱的正門，仍保持舊年風貌，兩旁懸掛的招牌已經換過。大門右手邊的月亮門仍在，門內的小跨院，早年是校長室，校長蔣公來校治公或主持典禮時，就是在此下車的。

左首是原來的「白宮」即女生宿舍。正中的大禮堂，原來除了開會之外，也是學生餐廳。名人演講甚多，胡適之、羅家倫、蕭公權先生等都在此作學術演講。禮堂燬於火災，現在改為行政中心。

教室、宿舍、球場、圖書館……原來的建築都已拆除，後來蓋的比較高大一些，但格局和建材似仍沿襲著原來的樣子。乍看不容易分辨有多少不同。前庭有好幾株柏樹，我們離開時不過一人多高，此番重見，都長高了一倍以上，不禁想到杜工部「錦官城外柏森森」的感嘆。

江蘇省黨校的作用，近似臺北的陽明山莊，有各種程度、班次的訓練講習。我們住的那一座樓，據說是為「廳處長級」人員而設，屋內有單人床兩張，上掛蚊帳，頭上有電風扇，桌上有電話，兩套桌椅，並有一簡單的盥洗室。比一般旅館、招待所要好得多。同學們多年未見，能住得相近，聲氣相聞，日夜都可以聚談，更是方便。

這學校的校長胡先生，是共黨內資深的理論家，「實事求是是檢驗真理的唯一標準」，這句話雖因鄧小平倡導而風行，首創者是這位胡校長。

一九四六年入學之初，全班共六十五人，在學四年期間，人數時有增減。一九四九年畢業後，到臺灣的約二十人，有些位到國外深造、就業。留在大陸上的有四十多位，不過由於新環境變動太大，能取得聯繫的不到一半。這次在南京聚會的有：

來自大陸各地的同學：

南京：聶耀主、陳建之、劉彥佶、王士荷。

天津：汪嘉平、黃維迪。

湖南：張傳範（長沙）。

四川：周兆和、劉宗棠偕夫人（成都）、王明煋（瀘州）、余鍾和（渠縣）、鄧孝富（大竹）。

陝西：秦翠芳（西安）。

貴州：葉苓（貴陽）。

還有些學友已經通信確知下落，但這次未能來者，有王曼筠（長沙）、饒思賢、彭勤貴、王俊卿（都在湖北）、師伯純（青海）；和在香港的鍾期明。

從臺北到南京的是何貽謀、張邦良。這次未來的是彭承斌、葉宗夔。

從美國趕到的有冉伯恭和溫英強伉儷，王理璜和王冉之伉儷、張毅，我和內子史棻。

在美國未能到的，有袁良、尹直徽、戴豪興、汪鵬生、和聯繫不上的陸孝武、鮑事國。

從韓國回去的則是劉宗周和夫人。

遺憾的是袁良兄是團聚的總策劃人，行前因病動手術，遵醫囑不宜遠行，使大家特別懷念，為此聯名寫了一封信慰問他，後來又找到錄音機，每個人都講了一段話，連同全套照片託理璜帶回面交，這也就好像他和同學們見了面一樣。

見不到面的，希望下一次都能來。這是大家的共同心願。

為振興中華

到南京的次日，六月十日下午，舉行「見面會」。長方形的會議桌，大家圍著桌子坐下來，除了十五期同班之外，十四期高恕新學姐由無錫趕來，還有在南京的孫桐明、劉圖義兩位學長。

既然是開會，多少得有個開會的樣子。大家推定張傳範為主席，先請耀主報告籌備的經過，表達了對若干人士和機關的謝意。由此可知，安排這一集會麻煩了不少人。耀主是湖北人，多年在南京任教，細心周到，人緣甚好。

接著是汪嘉平發言，代表大陸上的老同學致歡迎詞。嘉平是江南才子，卻在天津落戶。年輕時他熱愛文藝，特別喜歡戲劇和電影；如果可以由他自己選擇，很可能成為劇作家和導演。記得在重慶，趕上大雪天，他把教室外的雪搬進來，在講壇上塑了一座貝多芬的半身像，真是多才多藝。先前通信時，我還跟他開玩笑說，「我以為你已經娶了一個白楊或鞏俐。」

嘉平面孔團團，講話慢條斯理，他說，「我們班六十多位同學，當年是為了抗日救國，從天南地北趕到重慶入學，在重慶迎來了抗日戰爭的勝利。這種愛國精神應該繼續發揚。不論身在何處，要為振興中華，統一祖國而努力。雖然我們都是古稀老人，還要把這份感情和思想傳給子孫後代」。這一番語重心長，熱情澎湃的話，大家都很感動。這樣的說法，海峽兩岸的人都有同感，也都能接受吧。

余鍾和是四川渠縣人，篤實誠樸，出語幽默。記得當年復員時，鍾和第一次出川，看到了火車，真像別人說的「一大串房子在地上飛奔」，他就大為興奮，至感新奇。

鍾和自一九五〇年以來，一直在教育界服務，由教師而教導主任。據他說，「本班同學大多擔任教職，有教授、講師、高級教師，得天下英才而教之，精神上甚有安慰。」他舉例說一九八五年，他教的一班學生，有五十個考取大學，八六年成績更好。大陸上升大學考試也是重要關口，跟臺灣的大學聯考一樣使萬千青年緊張。

鍾和最為快意的事是，他有一個學生考取四川大學外文系，畢業後到牛津大學深造，學成回國任教。一九八七年特別將老師夫婦由四川接到北京，遊覽名勝古蹟，盤桓多日，鍾和說這是他生平第一回到北京，有愛徒相陪，玩得很盡興。

鍾和講話坦白。他說，我們同學的處境本來很困難。有些幹部說，「政治大學是蔣介石辦的。這些學生畢業後都是要當大官的。」據說，大陸上原來規定大學畢業生從十八級起薪，政大比別的學校低一等，十九級開始。大陸上實行低薪政策，很多人幹了二三十年從未調整薪資，政大同學要加薪晉級自然格外困難。這是意料中事。

可是，鍾和自稱是樂觀主義者，事事都從樂觀處著想。他說，他曾多次聽到別人讚揚政大同學們學識根柢深厚，在教育界任職，幾乎甚麼課都能教，國文（大陸上稱為漢文）、英文、歷史、地理，甚至數學，樣樣都拿得起來，樣樣都教得好，所以才能立得住腳。想來這是實際情況吧。

沿著座位次序，每個人都講了話，雖然因時間所限，難以盡傾肺腑，但情深意切，十分感人。耀主兄說，從交談時表達的深情厚誼，看到了我們在海峽兩岸炎黃子孫的美好前景。

相見不相識

同學們分手多年，每個人都經歷了許多變化。有個有趣的小插曲，可以說明久別之後，相見不相識的情景。

女同學周兆和與秦翠芳，結伴自四川乘輪船下南京，看到一位白髮蒼蒼的先生，一個人正在進食。翠芳請教他在何處去買飯菜，甚麼價錢？那位先生很仔細地回答，一碗白飯好多錢，一碗菜好多錢，一共是多少錢。三個人談了一陣子，竟沒有發現彼此原是老同學，答話的先生是王明煋。女同學認男同學比較難，因為人數多；明煋認不出她們倆，也情有可原，他是千度以上的大近視。一直到了南京，才發現「原來是你！」

在大陸上的班友，這次見到面的十多位裡，有六位從事教育工作，聶耀主、張傳範、汪嘉平、余鍾和、鄧孝富、秦翠芳等，為人師表。張傳範且是長沙一所學校的校長。

另外幾位如黃維迪在天津市房管局，擔任工程計畫。周兆和在成都新華印刷廠，王士荷在南京煉油廠，王明煋是四川瀘州文聯主席。

從事新聞工作的有好幾位，劉宗棠河南人，原任成都新華社分社副社長，他對農村經濟問題的專訪與特稿，曾在大陸許多報紙刊出，對後來的改革開放有相當影響。退休後轉任重慶大學新聞學院院長。

劉彥，在校時叫劉彥佶，山東人，南京新華日報編輯主任。年輕時是小胖子，如今仍是體態豐滿。

葉苓，河南人，是貴州日報編輯。

陳建之，安徽人，原在中央廣播電臺工作，曾膺選全國優秀廣播記者。當年長身玉立，是班上的美男子，如今丰采猶昔，祇是頭髮全白了。

老同學有的入黨，有的加盟，政治上可能各有看法。但到了這般年紀，都不談那些「身外之事」。大家談的都是「向前看」。

從海外和臺灣回去的同學，也略作交代。

冉伯恭，河北人，來臺教了幾年書，赴美後獲紐約大學博士學位，現任俄亥俄州立大學教授，並創設中華研究院。在政治學的造詣受各方推重。臺北、華府和北京都曾就中美有關問題向他請教。北京地質大學等校聘他為顧問。

張毅，湖南人，原任新生報記者，赴美後改攻化學，得到博士後加入杜邦公司，近年曾代表杜邦到大陸談判合資開發。

王理璜，湖南人，曾任中央日報記者，副刊主編，赴美後轉習電腦，負責潘尼公司採購部門。

何貽謀，湖南人，曾任中央日報通訊組主任，在美國塞拉求斯大學專攻電視。臺灣電視公司籌備之初，應聘回國策劃，是我國學電視、辦電視的第一人。先任節目部主任，後在副總經理任內退休。現任中國文化大學教授，今年亦退休。

張邦良，湖北人，曾任新生報編輯主任、主筆，以心思細密知名。

劉宗周，四川人，聯合報最資深的記者之一，並在紐約、洛杉磯世界日報工作，在聯合報駐漢城特派員任內退休。

內子和我，是同班中僅有的一對夫婦，所以同學們都對我們特別愛護。一九四九年我們在長沙結婚時，理璜、傳範、維迪、曼筠等參加婚禮，轉眼間都成了祖父母級的老人。我們二人都在新生報工作，我去美讀書，後來去中央日報服務，由總主筆而社長，退休後到海外與兒輩團聚。

在美同班同學這次未能參加南京之會者，有袁良和尹直徽，都在紐約自行創業有成。戴豪與在加州聖巴巴拉大學任圖書館長。

瞻拜中山陵

六月十一日，我們參觀了靈谷寺風景區，瞻拜了無樑殿內為北伐革命戰爭犧牲的先烈紀念碑。國父孫中山先生和廖仲凱、黃克強等人的蠟像栩栩如生。名錄中載有蔣公的姓名。回念蔣公生平，打倒軍閥，抵抗日本；在抗戰期間爭取到外交上的勝利，光復臺灣，在歷史上確有不可磨滅的貢獻。大陸上過去對蔣公雖有不同的議論，但仍在「愛國主義」這一人原則之下肯定他的作為。「不容青史盡成灰」，歷史總是要以保留真實而完整的事實紀錄為要。大陸上講求「實事求是」，顯然是走向比較理性的轉變。經歷多年的隔絕之後，雙方都需要這樣沈靜的省思，做為歸向和諧統一的根緣吧。

到中山陵謁陵，瞻拜國父墓室內的臥像。我們從小記得，國父推翻滿清、立黨建國，建立了全亞洲第一個民主共和國家的貢獻，大陸上尊奉先生為「中國革命的先行者」。不論說法如何，中山先生是中國歷史上旋乾轉坤的偉人，他所領導的國民革命，是驚天動地的大事，都已確定無疑，百世莫移。我們一級一級爬上那幾百層石階。我們在這兒走過，以後百年千年還會有千千萬萬人在這條路上走過……。

南京校友們在鼓樓公園舉行茶會歡迎我們，白頭道故，備感親切，互祝健康珍重。人生至此，似乎祇有健康的生命是值得祝福的事了。

在經歷了五天短暫而難得的聚會之後，每個人都有滿懷感慨。一方面深刻地體會到時光荏苒，歲月無情；另一方面卻也感受到生命的強韌性。我們這一班同學，分別在海角天涯，各人有各人的遭際和苦難，但都能一一熬過，而且多多少少各有一些成就，不虛此生。

自兩岸關係由對立而開放、由緊張而緩和以來，從臺灣到大陸探親、觀光、創業以至定居者，前後何止幾百萬人次。文化經濟交往日益密切。「中國人不打中國人」，「中國人要幫助中國人」這種新的觀念和態度，呈現出前所未有的新氣象。從這個新的基點出發，峰迴路轉，柳暗花明，中國的前途應無需再經歷血腥搏鬥、自相殘殺了。

雖然我們都已白髮蒼顏，垂垂老矣，看遍了半世離合，萬里滄桑，相信中國人終歸能找出自己的一條出路。教條八股不足為用，真正強固的還是人的真情，人與人之間互信、互敬、互讓——像闊別已久的老友們一樣心情。

人生不過百年，我們都已去日苦多。然而，中國，古老而又年輕的中國，卻一定是千秋萬世，綿延無窮。

分別時，我們定下了五年之後重聚之約，希望到二〇〇〇年有更多的班友和他們的兒女們共赴盛會。這次來了的，一定要再來；這次未能參加的，屆時也務必欣然命駕。筋骨雖老，要表現一股青春昂揚之氣，迎接二十一世紀的到來。

此事古難全

在南京聚會之後，得到了師伯純兄來信，伯純是三湘才子，原在上海教書，反右之後被送到青海，在各農場和木廠勞動二十餘年。所幸他入政大之前先在西南聯大學過化學，就憑著這方面的本領，從事副食生產（製醬、醋、酒和化驗工作）和寫字、刻鋼板。直到一九七八年，鄧小平復出，將「右派」徹底改正，方得自由。青海地區處於邊陲，師資人才匱乏，所以全力挽留他留下來任教，於是就在青海安家立業。

伯純兄讀了聯大再考進政大，年齡比我們略長，各方面都較成熟。我依稀記得他面容清癯，風度瀟灑，衣履經常保持整潔，深度近視眼鏡，我們笑他是「有學問的濁世翩翩佳公子」。他當年不十分認真上課，但各樣功課都好，寫得一手好字。據說他舞藝甚精，班上應屬第一。

遇到假期，他會脫掉制服換上西裝和朋友們起舞一番。此刻我想說一句笑話，伯純被劃為「右派」，也許不算百分之百冤枉吧。

去年他曾回長沙訪友，有惜別老友的「滿庭芳」一闋，錄之於後為念，聊代結語：

五十三秋，星沙重聚，那堪慷慨當年。倩誰重訴，霜鬢早華巔。多少風流歲月，空回首，滄海雲煙。人間世，悲歡離合，此事古難全。魂傷終一夢，英年銳氣，徒寄樽前。湘水無情北去，應記取，勝景難捐。秋光好，征鴻又遠，萬里共嬋娟。

中華民國八十四年五月廿八日

覆轍

早在一九五〇年代，大陸上流行的口號是「向老大哥一面倒」，又說，「蘇聯的今天，就是新中國的明天」。連許多知識分子也深信不疑。多少多少年超英趕美，而「不久的將來」，就能和蘇聯一樣。

當時講這樣話的人，可謂之馬列主義樂觀主義者。其樂觀之處，不僅是認為「新中國」，一定會突飛猛進，前途無量，而且更認為那蘇聯是千年不倒的。

現在，大家都已看到，蘇聯分崩離析，變成了一大堆各立旗號的共和國，最大的一個俄羅斯，如今還在不斷起紛爭。再想想前面所說「今天」「明天」的比喻，當年最樂觀的估計，快要成了最悲觀的預言了。

從史達林到戈巴契夫，克里姆林宮的當家人換了許多代，一步步走向王綱解紐、外強中乾的地步。叫名兒是數一數二的超級強權，一般老百姓的生活卻艱苦無比。儘管這樣那樣的衛星、飛彈滿天飛，買個麵包都要排上幾個鐘頭的隊，還不定買不買得到。這樣的「社會主義天堂」實在不值得當作樣板。大陸上頭腦清明的志士仁人，早就看得很清楚了。

蘇聯的垮臺，東歐各國的自由化，對於共產陣營的其他成員，當然是絕大的衝擊，像北韓、越南、古巴等，各自都有一番打算。中共的因應之道，一方面高唱改革開放，借重市場經濟的法則，容許老百姓在有限範圍內自求多福。另一方面則仍不放棄四個堅持，尤著力於防止精神汙染，以免江山變色。由於近二三年世界景氣不佳，大陸上搞活經濟便顯得很起眼。北京的當家人們不免意氣風發起來。大至聯合國開會，小至焦唐會談，都擺出高姿態來。

其實，從海外看全局，並不那麼簡單，有些西方的學者預測，若干年之內，中國大陸會成為舉世界第二位的經濟強權。北京隨即予以否認；而且暗示這樣的預估，有些「用心叵測」，另有玄機。

為甚麼西方有些人近年來對中共特加青眼？有的人更主張不要再在「人權」問題上多作文章，還是低調一些、現實一些為妙。天安門慘案是一九八九年的事，五年後的今天，還提它幹甚麼呢？

這樣的不念舊惡、與人為「善」，自有其客觀背景。首先要看前蘇聯。兩億多人口的蘇聯，一舉把罪深孽重的共產體制推翻了，列寧的像都砸毀了，共產黨部都關門了；可是，大多數老百姓的溫飽要求還是無法滿足，生產未能大幅振興，從前的鐵飯碗、大鍋飯已經打爛了，新的秩序並沒有建立起來。政治上所謂的改革派和保守派，都沒有拿出高明的辦法來，反倒出現了所謂極端分子要恢復「帝俄之光榮」。已經失勢的共產黨分子摩拳擦掌，爭取死灰復燃的機會。看樣子共產黨東山再起的可能性雖然極小，但俄羅斯以及其他那些共和國裡，都還存在著頭痛的問題，並不是一句「民主自由」就可以治得了的。尤其東西德統一之後，西德一年要花費兩三千億美元去敦親睦鄰，變成了沈重的包袱。

由此乃使西方各國警惕，大陸的人口為蘇聯的四五倍，困窘的程度甚於蘇聯或東德；若是馬上自由化起來，勢必出現空前的混亂；光是沿海「船民」，一定比現在的偷渡者要多若干倍。一旦市場管制放鬆，消費品的需要大增，物價和通貨問題都比目前更嚴重。

西方若干策士很怕再出現危機，所以才對中共的開放改革大加揄揚；無論如何目前不要讓中共成為第二個蘇聯。變是應該變，但不能太快太猛。讓中共自己去解扣吧。

站在中國人的立場，我們也希望大陸上能從無到有，白貧而富，讓老百姓生活充分改善；但也別忘記：精神與物質並重，沒有自由和民主的實踐，經濟上的改革開放都缺乏活力，就像蘇聯的超級強權一樣，忽然間就會嘩啦啦垮掉。

蘇聯和東歐的馬列覆轍，大陸不應重蹈。中國人應該感謝他們的「先進經驗」。「蘇聯的今天，就是新中國的明天」，這句話真是正確無比的警告。

中華民國八十三年二月廿六日

黃鶴煙愁

一九九四年春夏之交，再訪大陸，第一站是武漢。武漢居樞要之地，綰轂南北，過去有「中國的芝加哥」稱號。辛亥革命首義之都，雄雞一唱天下白，自是民國史上最緊要的史蹟。武漢的第一名勝，是和義軍總部都督府相距不遠的黃鶴樓。這兩處都是遊人必到之處。「寰宇記」有謂費文褘登仙，嘗駕黃鶴在樓上憩止，因而得名。黃鶴樓樓高五層，俯瞰大江，極目千里，匾額上有「氣吞雲漢」題字，相當寫實。這座樓有一千多年的歷史，數毀於兵燹烈火，多次整建重修。人們對此樓特有感情，大概還是由於唐代崔顥的名詩，「黃鶴一去不復返，白雲千載空悠悠」，兩句話遂杜千古登臨之口。連李白也承認，「眼前有景道不得，崔顥題詩在上頭」，珠璣當前，後人當自知分際，無需枉費筆墨了。

黃鶴樓頭遠眺，長江大橋就在腳下，對岸是漢陽的龜山，與此岸武昌的蛇山遙遙相望。龜山一帶煙霧迷濛，已非「晴川歷歷」的景色。山上有一座電視塔，塔上有極大的四個英文字母，是美國香菸的廣告，據當地友人相告，單是這四個字掛在塔上，廣告收益每年人民幣好幾十萬元，以大陸物價水平而言，不可謂不昂貴。但因此可以使武漢市民時時都可看到它的招牌，這廣告的影響自然不小。

在大陸，民生水準很多方面不及臺灣，可是吸香菸卻比臺灣更普遍，公私場所，都可看到氤氳繚繞，吞雲吐霧。有人說，薪資收入，除了吃飯，最重要的開支就是買菸。更有人明明害了肺氣腫，依然樂此不疲，戒不掉，也不想戒。

我曾有相當長的菸齡，好幾年前斷然戒除，也頗費過一番工夫。生平一不勸人信神佛，二不勸人炒股票，唯對戒菸一事，常常依自己的經歷宣傳一番，這真是「回頭是岸」的好事。

中國人吸菸人口有增無減，與兩岸的政府有關。臺灣自光復以來實施菸酒專賣，專賣收益年達新臺幣三百多億，平均每天有上億的進帳。大陸上香菸也是專賣的，我在電視上看到慶祝節目。慶祝「專賣制度十週年」，這筆收入為數必甚可觀。儘管明知香菸危害健康，造成公害，看在專賣的份上，官家便眼開眼閉。兩岸對推動禁菸，都是雷大雨小，作作樣子而已。財政收益應是重要考慮。

現階段兩岸關係，非友非敵，沈滯不前，千島湖悲劇之後，更有疏離之感。其實，若能抓住幾件真正與全民利害攸關的大題目，平心靜氣想辦法，有行動，甚至來一場「友好」競賽，未嘗不可獲得一些具體的成果。像推動戒菸就是項目之一。此事如能有成，全體中國人皆受其實惠。

美國的疾病防制中心曾分析，估算全美國每年因吸菸生病而喪生者，有四十一萬八千人之多。中國人比美國多四倍以上，這個數字自然更為驚人。

我勸大陸上的朋友們戒菸，還是依據我的三民主義的說法。第一、外國人禁菸，卻把香菸向東方傾銷，我們不能讓他們「以鄰為壑」。挺身自救，這是民族主義。第二、吸菸妨害他人健康和權益，事關民權主義。第三、吸菸既傷身體，又耗金錢，絕對不合民生主義。有此三者，主張禁菸，理直氣壯。

要防制菸害的蔓延，首先要靠癮君子自覺的韌度。不過，政府與社會也有許多配合措施。美國現在是把吸菸區越縮越小，辦公室、學校、軍隊、公共場所、以至交通工具上，限制越來越嚴，逼著吸菸的人躲到自家浴室裡去「享受」。同時把稅金大幅提高，一包菸要加一元二角五分的稅，比例幾乎是百分之百，稅款作為支持全民健保財源的一部分。

兩岸關係冷冷熱熱，在現況下很難找到交集之點。但像禁菸這樣有百利而無一害的事，推動起來，對中國人有利，應可由此而進為某些「共識」，對未來大局的演進，也會有良性的突破作用。

「日暮鄉關何處是？煙波江上使人愁」，中國人的問題太多太複雜，自崔顥又愁到如今，總要耐心去理出一些頭緒來吧。

中華民國八十三年七月九日

首義之館

從書本上讀過很多有關辛亥革命的事蹟，這次到了武漢，當然安排前往瞻拜辛亥革命首義紀念館，也就是當年鄂軍的都督府。

清季末葉，各省革命同志起義，前仆後繼，風起雲湧。惟有湖北省在辛亥年八月十九日（陽曆十月十日，亦即雙十國慶日之由來）發動的武昌起義，一舉成功，震動全國，真正是「創千古未見之奇局，奠萬年不易之基業」。辛亥首義的先烈與先進，功在國族，永垂青史。武昌這座紀念館，就是在那一段驚天動地的日子裡，指揮戰局的中樞。

從外觀看，那座紅磚大樓說不上宏偉，和臺北忠孝路上監察院的規模相倣，上下兩層樓，大部分房間都開放觀覽，樓下有會議廳和辦公室。會議廳上懸的旗幟，有一面是共進會的十八星旗，共進會是革命黨在湖北最重要的外圍組織之一，十八星則是象徵長城以南的十八行省。當年八月二十日黎明，首先飄揚在黃鶴樓上的，也就是這面旗幟。

會議廳不過是幾十張桌椅，全無「輝煌氣象」可言。馬上讓我聯想到美國費城的獨立廳，也是差不多的簡單樸實——古今中外成就非常功業者，大都由簡素而來，興衰之理，蓋可知矣。

各展覽室以前都是都督府的辦公室，陳列著各種史料文物。當然主軸線都是以國父早年鼓盪風雲，激起熱潮的事蹟為主。論陳列品之質量，不及臺北國父紀念館的收藏。其中有一件以前未見過的，是國父與宋慶齡女士的結婚誓願書，很簡單的文件，後面簽名的見證人是日本友人和田瑞，宋的簽名是慶琳。時間是民國四年十月廿五日，地點在東京上野養精軒。過了許多年之後，可能是這誓願書歷經滄桑而重現人間，宋慶齡在後面加註了一行小字，「此係真品」。也許這是女性觀察世相的一種特別細緻的心理。偉人的生命，自身就是無待旁證的真品。

辛亥革命成功之後，國父自美國乘輪返國。次年即民國元年元旦日，國父由上海到南京，就任臨時大總統，定國號為中華民國。緊接著清帝溥儀於二月十二日宣布退位。末代皇帝下臺，清政告終。國父第二天就向臨時參議院請辭，並薦袁世凱自代。

國父正式解除臨時大總統職務，是民國元年四月一日，隨後到上海，九日到武昌——停留五天，主要的活動都在這座紀念館裡，並於十日那天出席兩次歡迎會，發表了兩篇演說。國父當時究竟講的甚麼話？我後來從「國父全集」中查出，國父在湖北軍政界代表歡迎會上講題是，「自由之真諦」。對武昌十三團體聯合歡迎會上的講題是：「社會革命說」。國父說明他辭職之後的宏願，「僕此次解職，外間頗謂僕功成身退，此實不然；身退誠有之，功成則未也。僕之解職，有兩原因：一在速享國民的自由，一在盡瘁社會上事業。」他特別強調，「蓋吾人為自由民，而自由民之事業甚多，且吾國困頓於專制政體之下，人格之喪失已久，從而規復之，需力絕鉅，為時亦必多。僕不敏，請擔任之。」他諄諄告誡軍政界人物，「諸君如欲得完全自由，非退為人民不可。當未退為人民，而在職為軍人或官吏時，則非犧牲自由、絕對服從紀律不可。」

對民間團體，國父強調的是民生社會問題，「今吾國之革命乃為國利民福革命……故欲鞏固國利民福，不可不注重社會問題。」將種族的、政治的與社會的革命，「畢全功於一役」方是國父的理想。

我佇立庭中，遙想國父與革命先輩的風采。此日風清日朗，很難聯想到八十多年前開國賢豪拋頭顱、灑熱血的景象了。

在大陸上，辛亥革命彷彿是上古史。在臺灣，本來是理直氣壯的一脈真傳，卻有些糊塗人避忌革命，自廢歷史。然而，偉人自是偉人，歷史自是歷史；真正為了追求國利民福的努力，不會中止，也無從中止。有辛亥革命，便有未來的自由、正義、革命。

中華民國八十三年七月廿四日

鑑園心影

到北京重遊恭王府花園，真如回到了少年時代；白雲蒼狗，多少變化似都是指顧間事。而我們都已白頭。

時間是一九三〇年代末期，自七七事變到太平洋戰爭爆發之前的那幾年。我們學校的全稱很長——掛在朱紅大門外的招牌上這樣寫的：私立輔仁大學附屬中學男中部。隔著李廣橋西街和一條淺澈的小溪，便是我們的宿舍，也就是恭王府花園。

一位當年的同窗至友領我走進大門。若是我自己來很可能找不到。輔仁中學現在是「第十三中學」，李廣橋西街改了名叫柳蔭街，那條小溪像臺北的瑠公圳一樣被加了蓋子，看不見了。小溪之名貴，因為是當年全北京唯一一條引來充灌池塘到私家花園裡的溪水，這是天子腳下罕有的特權。

整座府邸原是乾隆時權臣和珅所建。和珅倚恃「上頭」的關係特好，結幫拉夥，貪權納賄，是有清第一大貪官。乾隆死後他立遭整肅抄家，府庫中黃白珍異之物，比皇家庫房還多，所以有「和珅跌倒，嘉慶吃飽」的傳聞。

和珅壞了事，私邸被沒收歸官，先配給慶親王。後來才歸恭王奕訢名下。奕訢是道光帝第六個兒子，在親貴中算是頭腦比較清楚的。慈禧問政初期，翦除肅順就靠他出力。後來恭王是軍機首班，大權在握，並主持對外交涉，苦於力不敵人，不得不忍辱退讓，被時人稱為「鬼子六」。「戲說慈禧」電視劇裡，崔浩然演的那一角兒就是他。

後花園是恭王時闢建的，名為「鑑園」，池塘花木，甚有可觀。假山和亭臺皆是第一流高手的作品。或謂此地即曹雪芹筆下大觀園的舊址。經過專家考證，鑑園成於雪芹死後百餘年，他沒看到；所以與大觀園無涉。

一座後花園能住得下幾百個歡蹦亂跳、個個都像齊天大聖孫悟空一般精力瀰滿的中學生，當然也夠「大觀」的了。恭王府最後一代的主人，是大畫家溥心畬先生。可能是經過他的同意租給輔仁。王府是大學女生部，後花園成了男中宿舍。現在列為觀光點的，限於花園部分，門票跟頤和園一樣，可見其身價不凡。

我們以前住過的房舍，如今都重加整修好了，雕樑畫棟，樓閣儼然。我住過的蝙蝠殿，似不若記憶中那樣廣闊。老友特別指出轉角處一個空間說，「以前這兒有間小屋，就是林思廉神父的住處。」美國籍的林神父，是我們的舍監，也教過高班的英文，管學生管得好嚴。我曾寫過一個短篇，以林神父為主題人物。他為在中國辦教育坐過日本人的牢，勝利後去了非洲。

徘徊在庭柯綠蔭之下，不禁想起當年的師長和學友們，也回憶起集體自修、燈前苦讀的情景。寒夜就寢前，還要設法接一臉盆水放在床底下，怕第二天早上自來水管會凍結，無法洗臉刷牙。天氣特別冷的時候，那盆水也會結冰，毛巾凍成一根大冰棒。那樣的冷法，在別處沒有再受過，但我們也都熬過來了！饑寒交迫的經驗，反而成了回憶中甜美、生動的印象。

最大的一座建築是戲場，我也住過；沒想到現已恢復了戲場舊觀。戲臺下布置八仙桌，照老年間的辦法，可以容下一百八十來位客人，每晚唱一場，都是小折子武戲，讓外國觀光客看看熱鬧，票價不便宜，生意據說不壞。

假山洞裡有康熙御筆「福」字刻石，保存得很完整。前有「流杯池」，內書房等，那山頂上一條小徑，有幾棵大樹，怪石嶙峋，就是我們平明起身、朗誦課文的地方。那時雖然是身在太陽旗下危城中，與亡國奴所去無幾，但壯懷激烈，豪情萬丈，憑欄長嘯，絕不承認中國人會長此屈服。努力讀書，隱含著忍辱報國的心願。

經歷了半個世紀，我所見所聞，差不多也快要和前代的往事一樣，轉眼成塵了。此刻回到恭王府，沒有傷感也沒有興奮，祇覺得浮生如夢，說不出究竟哪一段才是真的。過去，現在，未來，「一彈指間去來今」，界線都朦朧起來。

中華民國八十三年八月六日

雪芹故居

北京西郊的臥佛寺，是我童年舊遊而印象相當深刻的名剎。這次回鄉省親，抽出一天時間到那兒看看，不是朝山謁聖，頂禮膜拜，倒彷彿去看望闊別多年的老友——歷經半個世紀滄桑，佛仍靜臥無言，當然，在祂眼中，這祇是一剎那間。

燕京市上，大小寺院庵觀曷止千座，有些早已沒落。也有些是在「文革」期間搗毀砸爛。臥佛寺倖未損毀，也可能因為遠離市廛，逃過一劫。

從山門拾級而上，兩旁古木森森，花枝寂寂，罕見人跡，偶爾有幾隻不知名的山禽嚶鳴來去，令人有「鳥鳴山更幽」的感觸——頗像「世外」了。

正殿裏楹聯，單說我佛的心意：

發菩提心，印諸法如意，

現壽者相，度一切眾生。

內殿匾額四個大字：「得大自在」。

多少年前仍是這四個字。

臥佛寺據說從唐代就有，但臥佛的造像則是六百多年前元明之交所建。臥倒的大佛身長五點三公尺，用了五十萬斤銅鑄成。有十二尊圓覺立像，侍立在臥佛身旁。

人間所見的佛像，或立或坐，寶相莊嚴，為甚麼是臥佛？這是描摹佛祖即將涅槃之時，在臥榻上對弟子們叮嚀訓誡的情景；所以面部的神情特別安詳。

佛教由印度傳來。印度的佛像有三種，即金銅佛、檀木尊和石雕像，傳入中國之後，又發展出泥塑佛像，為佛教藝術開拓了新境。臥佛寺裡的天王像和十二圓覺，都是泥塑的，工細生動，甚見中國的特色。

釋迦牟尼成佛之後，應已超脫了生死大限。可是，這尊臥佛是涅槃之前的情景，如此說來，「囑咐後事」就不止是眾生的事了。佛也一樣有不放心的事。

下一站才是我主要節目，走訪曹雪芹故居。都說就在附近，轉來轉去找不到。幸好路旁乘涼的兩位老太太，一聽來意就笑了，用手一指，「朝前一直走，門前有一棵歪頸兒樹，後有兩棵大槐樹，那就是了。」老人家想必指點過許多迷途的訪客吧。

有專家推算，中年潦倒的曹雪芹，約在乾隆廿一年（西元一七五六年），「移居京西山村，啜饘粥，但猶傲兀，時復縱酒賦詩；作石頭記蓋亦此際」。眼前這幾間簡陋的平房，就是雪芹筆下「茆椽蓬牖，瓦灶繩床」的居處。震鑠千古的「紅樓夢」，大部分可能就在這屋中完成。

雪芹的好友敦誠，曾有寄懷詩給他，結句說，「勸君莫彈食客鋏，勸君莫叩富兒門。殘杯冷炙有德色，不如著書黃葉村」，遙想才高八斗、志行高潔的大作家，為世俗所困，連最起碼的生活也顧不周全，全家人窮得喝粥度日，唯有將滿腔悲憫落拓之情，盡付筆墨之中。為了著書而血枯淚盡，三百年來自贏得知音者無限敬仰與同情。曹雪芹的紅樓夢，是中國小說史上第一鉅作。關於此書的內容，儘管爭議猶多，至今尚難一一定論；但它的「第一」地位，已是公認無疑。雪公地下有知，應可引以為慰了。

這紀念館前面五間，甚為簡陋，似是盡可能要「回復」曹雪芹時代的舊觀；陳設的文物書畫，後來重新發現牆壁上的題詩等，都是要證明此處確是雪芹的故居。壁上詩句有「有花無月恨茫茫，有月無花恨轉長……」；「困龍也有上天時，甘羅發早子牙遲……」，詩文書法平平，當非雪芹的手筆。

後面另有一排擴建出來的房舍，陳列著歷代各種版本的紅樓夢，和有關的研究著述。書櫥裡展示惟一的一張報紙，是臺北聯合報副刊上趙岡兄一篇有關曹雪芹繼室的考據。趙岡是卓然有成的經濟學者，可是他在紅學研究上的成績，似比本行更為世人所知。

斗室盤桓，比瞻拜臥佛寺留連更久。我忽發奇想，曹雪芹因病逝世之時，是否也像佛祖一樣的神態安詳，萬慮皆空？不是的，他也有許多後事要一一叮嚀。

把此生所經歷的悲苦與繁華、挫折與滿足，透過寫作而傳留人間，未嘗不是「印諸法如意，度一切眾生」的法門。留下一部紅樓，也稱得起「得大自在」了。

中華民國八十三年八月十四日

大觀幻夢

由於近代科技進步，倣製藝術品司空見慣，王右軍的快雪時晴帖，梵谷的向日葵，都可以做到纖毫不差、真假難分的地步。在北京市西南角的那座大觀園，也應算是倣古複製。不同的是，曹雪芹筆下的大觀園，雖可能有實景為依託，畢竟大部分出於想像，然後再寫入小說之中，成為一部紅樓夢的主要場景。眼前的複製品就是依想像中的亭臺樓閣、山水花木而營建出來的。

少時初讀紅樓夢，對於「開闢鴻濛，誰為情種？都祇為風月情濃」那些話，皆在似懂非懂之間。倒是第十七回「大觀園試才題對額」，看得十分入味。寶玉題對額的本領令人佩服（那年他不過十二三歲），尤其是和他父親辯論「天然」二字，顯得政老迂腐偏執而又強作風雅，成為「權威型老爸」的笑柄。寶玉批評稻香村之造作，「遠無鄰村，近不負郭，背山山無脈，臨水水無源。高無隱寺之塔，下無通市之橋；峭然孤出，似非大觀……」未及說完，賈政氣得喝命「扠出去！」不管政老的嗓門多麼大，我認為在講道理上他輸給兒子了，因此便覺得很快樂。

曹雪芹的想像力真是豐富，無論他親歷過多少繁華盛景，僅憑江南織造衙門或北京城裡的王府，恐怕都很難寫出大觀園那樣的氣勢。「題對額」等於對寶玉進行了一場口試，同時也是對新落成的大觀園作了一番完整詳細的介紹。

這天，我們走進大門，迎面果然是白石崚嶒的假山，曲徑通幽之後，就是瀟湘館、怡紅院等許多院落，好像也看到了那幅甚有才氣的對聯：

「寶鼎茶閒煙尚綠，幽窗棋罷指猶涼。」

一路上想起，寶玉與眾姊妹究竟何時搬進大觀園去的？（這是我的紅樓夢題庫裡一道有趣的題目。）回來翻書——在賈元春省親之後，到第二十三回「西廂記妙詞通戲語」中夾敘了一段：「元妃在宮中編次大觀園題詠，忽然想起那園中的景致……命太監夏忠到榮府下一道諭：命寶釵等在園中居住，不可封錮；命寶玉也隨進去讀書。」這是很緊要的一個過場。

搬進去的那一天，「二月二十二日是好日子。」各房分配是：「寶釵住了蘅蕪院，黛玉住了瀟湘館，迎春住了綴錦樓，探春住了秋掩書齋，惜春住了蓼風軒，李紈住了稻香村，寶玉住了怡紅院……」紅樓的讀者人人熟悉，但這一回是提綱。他們一搬進去，「登時園內花招繡帶，柳拂香風，不似前番那等寂寞了。」紅樓的夢就更多了。

這是曹雪芹構思苦想都未能親見的地方，我們來了，不僅是遊賞風光，而且好像是替雪公來驗收的，書中有的，這兒都有。

在怡紅院門前照了相，這是「未能免俗」的事，倒沒有看到院內有沒有「榮光泛彩」的海棠花。忽然想到第二十六回「瀟湘館春困發幽情」，相鄰不遠的瀟湘館門前，「鳳尾森森，龍吟細細」，該別有一番翠意。又想到黛玉晚間來看寶玉，正趕上晴雯嘔氣，不問是誰就說，「都睡下了，明天再來吧。」黛玉聽到屋裡一陣笑語之聲，「細聽一聽，竟是寶玉寶釵二人」。黛玉自然難堪，而且自悲身世，不禁在花陰之下悲悲切切嗚咽起來。

此刻我就站在怡紅院門前，想像著林妹妹負氣而去，躲在牆角兒啼哭。與前面的春困發幽情對照起來看，格外覺得曹雪芹心細如髮，筆妙毫顛。

中間經過了多少曲折，到最後黛玉在病床上撕帕、焚稿，「寶玉成家的那一日，黛玉白日已經昏暈過去。卻心頭口中一絲微氣不斷」，又過了半天，掙扎最後的一口氣，祇直聲叫道，「寶玉！寶玉，你好——」這是她魂歸離恨天之前最後一句話，也是紅樓夢悲劇的最高潮，令人不忍卒讀，而又忍不住要再讀三讀。

賈府抄家之後，賈政將房產並大觀園奏請入官，內廷不收，又無人居住，祇好封鎖。這是第一百八回中交代出來的。大觀園已是一片荒園，紅樓也該夢醒了。

我們現在看到的該是全盛時期的景象，「高柳喜遷鶯出谷，修篁時待鳳來儀」。可惜園中人物已度過了波瀾多變的人生，想像即真實，真實亦不過是倏然一夢。走出園門時，好像又重讀了一遍紅樓夢裡的離合悲歡。

中華民國八十三年八月廿日

故宮之痛

到北京觀光的人，第一站大概都是故宮——明清以來皇帝們住的地方。建築專家說，故宮是世界上規模最大而又保存得最好的木構建築群。在我的印象中，巴黎的凡爾賽宮、倫敦的白金漢宮，以及許多等而下之的宮殿，論氣象之宏偉莊嚴，都難與故宮相比，這是祖先留下的光榮遺蹟。

從前聽馬連良和張君秋演「遊龍戲鳳」。天真活潑的李鳳姐，問微服出巡的正德皇帝，「月兒彎彎照天涯，問聲軍爺住在哪家?」正德故意繞彎子，「北京城內有個大圈圈，大圈圈內有個小圈圈，小圈圈內還有個黃圈圈。我啊，我就住在裡面。」觀眾都笑了，很欣賞他的俏皮並非吹牛。

那黃圈圈就是北京的紫禁城。建築面積約十五萬方公尺，共有屋宇九千多間。始建於明成祖永樂四年（西元一四〇六年），蓋了十五年才告完成，仍祇是初具規模。清代曾多次擴建；今天看到的大都是康雍乾以後擴建的成果。

記得幼年參觀故宮，分為中、東、西三路，即三條路線，每天祇能參觀一路。現在不再有那樣的限制。一日看遍長安花，雖然匆忙一點兒，倒也簡單明瞭。

讀前人筆記，都建議參觀故宮最好的路線，必須走正中的午門，必如此才能真正體會到整體建構的美及其內在的精神。

黃圈圈裡分為外朝和內廷，用現代語言來說，前院辦公，後院住家。專制時代「天子富有四海」，家與國根本不用分。房子蓋得那樣大、那樣多，其實亦是要表達其權其勢至高無上的虛榮感。

外朝的中心是太和、中和、保和三大殿，太和殿亦即民間所說的金鑾寶殿，是故宮最大的建築。皇帝接見大臣，主持慶典等都在這兒。站在宮門前才明白，所謂文武百官朝見至尊，大多數都跪立庭中，斂神遙望，見不到皇帝的天顏。中和殿是皇帝披覽奏章和休憩之所。保和殿則是皇帝宴請王公大臣吃飯的地方。乾隆後期，保和殿又充作殿試的試場。千千萬萬可憐的書生頭懸樑、錐刺股，辛苦幾十年就盼望能到這兒來一試身手，狀元郎在這兒誕生。

由保和殿北進才是內廷區。中心部分也由三座宮殿組成。依序前進，乾清宮是皇帝的寢宮。交泰殿居中，清代冊封皇后大典即在此舉行。後面的坤寧宮是皇后的寢宮。內廷的主題是「乾坤交泰」，可惜事實並不常常交泰。

西路的儲秀宮最引遊客注意，因為那專權亂政、折騰了幾十年的慈禧太后，就住在這裡。從窗外望進去，那硬板板的床，冷冰冰的古玩陳設，不管有多麼名貴，卻都是大而無當，毫無生氣。很坦白說，這樣的房間如果讓我住，我寧願還是選擇自己的蝸居。「老佛爺」的種種鉤心鬥角，雖說半出於天性，半迫於時勢，是否跟她住在那樣「孤絕」的環境裡也有關係？夫喪子亡之後，沒有別的消遣，就一天到晚祇有搞權力鬥爭。

逛完了故宮，我覺得最精彩的部分倒是後面的御花園，松柏森森，勢若蟠龍，奇石嶒崚，各成丘壑，果然與別處所見截然不同，應可視為東方庭苑的代表作。遊宮的人到此已成強弩之末，錯過此園，實在可惜。

對我個人來說，遊故宮不是一段愉快的回憶。記得抗戰剛剛爆發，北京就淪陷了，漢奸組織粉墨登場。侵華的敵軍以封豕長蛇之勢南下，每當攻陷一處重要城市，便從中南海附近升起很大的汽球，上面懸著大字「慶祝皇軍」打下了甚麼甚麼地方。漢奸們召集各校學生舉行慶祝大會；集會地方就在可容納二十萬人的太和殿廣場。我也曾是那忍氣吞聲的青年人之一。現在，走在廣場上，環顧龍樓鳳閣，玉砌雕欄，彷彿又聽到多少年前人群中像夜潮一樣的聲音——不得不應命而作的呼喊，內心卻在無限傷痛，流淚流血。

抗日的號召，吸引我遠走大西南，也改變了此後的一生。那番決心其實就是在太和殿前下定的。悲壯豪邁，勇往直前。

每個時代有每個時代的歡樂和痛苦。太和殿的集會令我感到屈辱，眼前這一輩青年人們想的卻是天安門，故宮門前的另一座歷史的標誌。

歷史默默地朝著命定的方向流去。流不盡的，中國人的傷痛，中國人的悲哀。

中華民國八十三年九月十八日

登長城

太空人淩空下望，回顧家鄉，在小小地球上惟一看得見人力造成的東西，就是萬里長城。

中國人的長城，祖先留下來的長城。

登臨長城，遠眺四方，群山迤邐，城關雄峙。千百年之下，令我們感到幾分驕傲，幾分悵惘。那天風和日麗，我們一口氣爬上了八達嶺那一段最高處的北四門。衹是想證明身心俱健，尚有餘勇。

長城早在戰國期間已有燕趙等國築成的段落，到了秦始皇時，「六國畢，四海一」，才把段落連成整體。在古代人力物力有限、工程科技都很原始的情況下，竟能成此鉅構，當然令人欽仰驚嘆。

國父在「孫文學說」第四章講到：「中國最有名之陸地工程者，萬里長城也。秦始皇令蒙恬北築長城，以禦匈奴。東起遼瀋，西迄臨洮，陵山越谷，五千餘里，工程之大，古無其四，為世界獨一之奇觀。」其所以成功之道，一言以蔽之，「為需要所迫不得不行而已。」

國父論長城與秦始皇的功過，尤具歷史宏觀的偉識：「秦始皇雖以一世之雄，併吞六國，統一中原，然彼自度掃大漠而滅匈奴，有所未能也；而設邊戍以防飄忽無定之游騎，又有不勝其煩也；為一勞永逸之計，莫善於設長城而禦之。始皇雖無道，而長城之有功於後世，實與大禹之治水等。」

若無長城之捍衛，胡人南下牧馬，不必等到宋明，在楚漢時代就已發生。如是中華民族就沒有漢唐盛世的發展昌大，也來不及與南方民族融化。正因長城屹立，中原有充分的時間團結自強，後來雖先後受到蒙古、滿洲入侵，蒙、滿終於也都被同化了。所以國父說，「其初能保存孳大此同化之力，不為北狄之侵凌夭折者，長城之功為不少也。」

當中原平靖，國力殷實之時，長城就是經營邊疆的發起線：一旦內有紛爭，外患嚴重，長城便是國防的最前線。時至今日，這兩種意義都不復存在，剩下來的便祇有「思古之幽情」。

城下是停車場和市集，飲食店與特產店很多，生意似不見佳。沿路上增加了一些新的「遊點」，展覽秦俑、蠟人館等，我們都來不及下車。

長城與明十三陵編排在一天行程之內，因為順路。十三陵在延慶縣天壽山，所謂「太行龍脈西南來，金堂玉戶中天開」，迴峰環抱，氣象森嚴。遊人首到的是定陵，即明神宗萬曆的陵寢。

萬曆在明代君主裡相當特殊。他十二歲登基，作了四十七年皇帝，是明代任期最長的皇帝。權相張居正就是他早期的宰輔。他從二十一歲起，就親自選地，預築自己的墓。據統計，定陵施工平均每天有三萬人，用了六千萬工，工程費白銀八百萬兩，恰為當時全國田賦四百萬兩的兩倍。照當時物價，八百萬兩銀可買到一百萬人食用六年的稻米。工程之艱巨可想而知。

定陵共有六層深，從地面走下去，越走越冷，裡面工作的女士們都穿著大衣。最後一進是神宗和李、王兩后的棺木，大得像一間小房子。殿堂裡有燈燭祭供，有些旅客在那長明燈前奉獻了不少鈔票，以前未曾見過，不知何解。

走出墓穴，外面有幾間陳列室。帝后冠服之類，可以看得四百年前中國的冶金和紡織術之進步。但也看到玻璃櫃中陳列著一具臥在那兒、不甚完整的骷髏，說明是某皇后遺體的複製品。這一看，真令人有醍醐灌頂的感覺。至尊至貴的玉體，埋在那樣堅實隱密的九地之下，不料最後仍被發掘出來。

走在歷史的陰影裡，讓人容易有「看破紅塵」的了悟，千載一瞬間，寵辱皆空。「玉環飛燕皆塵土」，後人又何用其感傷？

前兩年去埃及，探訪那幾座有名的金字塔。導遊人說，近年金字塔風化得厲害，說不定將來會塌倒消失。

我衷心默禱，祇要中國人在，不論幾經滄桑，長城是不倒的。長城是中國的驕傲，中國的傷痕。

中華民國八十三年九月廿五日

甲午百年

今年是一九九四年，中日甲午戰爭（清光緒二十年，西元一八九四年）爆發，至今正是一百年。百年前的九月間，黃海之戰，清軍覆師，十一月開始議和，其實是城下之盟。馬關條約，割讓臺澎。此後百年來兩國的關係，幾乎大部分是侵略與被侵略的關係。

也就是在一八九四年的十一月廿四日，國父孫中山先生在檀香山成立興中會，致力於救亡圖存大計。興中會幾經變革，乃有今日以「百年老店」自許的中國國民黨。可嘆的是，今之文官考試停了「國父遺教」，興中會以下的百年奮鬥，連某些靠國民黨升官發財的人們都不甚了了，甲午戰爭更是塵封往事，提它作甚？

然而，歷史畢竟是最嚴格的教師，不能鑑往而知來，就難免會重蹈以往的覆轍，試看當前中日之間的情況對比，更令人有無窮浩嘆。

今年去大陸，留心看看有關中日關係的著述，宣傳性者不少，學術性者不多。社會科學院近代史研究所的「日本侵華七十年史」，是一部有代表性的力作。大體上守住了原則：「歷史研究的職責是要講清楚以往發生的事情，絕對不需要也不可能加進或減少甚麼。」這部日本侵華的歷史，起自一八七〇年日派外務權大丞柳原前光來華，為建交通商作準備，結於一九四五年日本投降，前後七十餘年的大事。全書分三編、十七章、七二二頁、約六十萬言。自一九八二年籌劃，一九九二年出版，經歷十年之久，寫作的過程相當慎重。參加寫作者有近代史專家張振鵾、夏良才、謝雪橋、沈予等十五人。由張、沈二位分工統稿。

張振鵾幾十年來致力中外近代關係史的研究。在這個大題目之下，中國人揚眉吐氣之時甚少，忍辱負重之事甚多。他多年前參與「帝國主義侵華史」一書的寫作，上卷出版後，當時有人指責那本書犯了方向性的嚴重錯誤。照極左的論調，祇需要寫「揚眉吐氣史」，而不是「挨打受氣史」。其實，那種虛矯的心態，否定了歷史研究求真求實的本義，即就現實政治而言，也是十分短視，有害無益。張振鵾緘默自守，不忮不求，不作無謂的爭辯，潛心學問，終能成此巨構。

中日關係是我國近代史上的大關節。過去海峽兩岸所見有關的著述，在抵抗日本侵略的大題目之下，時而不免有中國人同室操兵，互為戈矛的偏見在內。中共過去某些文件中常謂國民黨從未抗戰，或汪精衛降日是國民黨密謀之類，此書未予採信，而唯是從民族大節的立場，悉以紀錄史實為重，不作節外生枝的誇議，如此反而使真相更為清晰鮮明。日本侵華用心之刻毒，手段之陰狠，鐵案如山，歷歷如在眼前。對於身經抗戰這一代的中國人而言，細讀此書，有說不盡的刻骨銘心之痛。

日本以蕞爾三島，竟敢妄想鯨吞中國，可嘆老大積弱的中國，號稱文明燦爛，廣土眾民，卻竟著著敗退，難以自保。從二次戰後到今天，日本又已復起，不久就會成為聯合國安理會常任理事國之一，在國際上重新取得強勢發言地位。經濟上因不必建軍，省了軍費，集中生產研發，賺了全世界的錢。海峽兩岸的中國人也都視同財神，向它示惠結好。大陸上儘管有時氣勢洶洶，但為了爭取資金和技術，對日本多方籠絡；最近更不惜借重日本的手來「封殺」臺灣。從大歷史的眼光來看，中國人內鬩於牆，外不能禦其侮，將來終有一天還要再吃日本的虧。甲午百年，炎黃冑裔何曾領受了歷史的教訓？

中華民國八十三年十月一日

遊園驚夢

頤和園不僅是北京市內第一名園，其實也是全中國第一名園。可是，每到此處，內心中都充滿了無限的矛盾之感，應該說是愛恨交加吧。

幼年時隨長輩遊頤和園，大都是在春夏之間。當時記憶似乎路很遠，去一趟要籌備好幾天，彷彿是大事一樁。現在因為市區擴大，西直門外十公里，仍在近郊範圍，遊園就方便多多。

從小時上歷史課，就記得這座庭園的重建，是為了慶賀慈禧太后過生日，花了白銀二萬萬兩，那筆錢本來是預備籌建新的海軍艦隊的經費。從光緒十四年到十七年，大興土木，作為慈禧歸政後頤養之所，才改名頤和園。光緒二十六年被八國聯軍破壞，三年後再度重修。在這兩段施工期間，便夾著光緒二十年的甲午之戰。這場海戰的失敗，是中國人百世難忘的奇恥大辱。

其實，參加那場海戰的日艦不過十二艘，約四萬一千噸，兵力三千五百人。清軍北洋艦隊共有定遠、鎮遠等艦十四艘，兵力二千三百多人，雙方實力相去不遠。但日艦航速較大，火力較強，士氣亦較為高昂。我們在百年之後論戰，不免要想到當初如果不修頤和園，好好造艦練兵，歷史是否可以改寫？

眼前所見，全園占地三・四平方公里，四分之三是南面的昆明湖，北面是萬壽山，山水之間，各式建築三千多幢，比故宮具體而微；但依山帶水，雲影天光，自成佳趣，不是任何單靠人工建築的宮殿所能相比的。

這次我們兩對夫婦同遊，從仁壽殿開始，昆明湖前「雲輝玉宇」牌坊向北，這一路上去，排雲殿、佛香閣、智慧海都是最負盛名的所在。排雲殿建構宏偉，重簷黃屋，慈禧晚年駐蹕於此，遇有慶典時，就在這兒接受朝臣親貴的覲賀。

更高層的佛香閣，是八角形的層樓，內供接引佛三尊，金身丈餘；慈禧晚年被佞幸弄臣們稱為「老佛爺」，人間的尊貴無足以加其榮，一定要與「佛」並駕，所以這佛像亦造得特別精緻。我幼年雖曾來頤和園多次，但每次最多祇爬到排雲殿，總想著「下回再到佛香閣」，想不到竟隔了半個世紀，才能第一次站在佛香閣前眺望湖山。

頤和園裡的長廊，是世界上最長也最美的遊廊。長廊沿萬壽山南麓，繞湖水北面而建，全長七百二十八公尺，共二百七十三間，紅欄綠柱，枋梁上繪有八千多幅山水、人物、花鳥和著名掌故，簡直是一座連緜不斷的美術陳列館，可惜時間有限，祇能照幾張相，稍留雪泥鴻爪之意吧。

那天風日晴和，遊客如織，長廊兩側幾乎坐滿了人，我們就在那兒進餐，不意剛剛吃完東西，發生一件意料不到的事，一個青年人風掣電閃一般從我身旁跑過去。後面一位女士聲嘶氣竭地叫喊，「攔住他，他搶了我的皮包。」大家一時都愣住了，不知該怎麼辦。等我想過來應該幫她追搶犯時，人都已跑遠了，後來如何了結，不得而知。以今之亂世而論，這樣的事情雖說是到處都可能發生；偏偏在這天下第一的名苑中演出，格外令我氣沮神傷。

歷史上的功罪，現實生活中的波瀾，使人遊興大減。到了北京，若不去頤和園，親友們都認為有負機緣，對不起這樣美好的景物。可是，也有人說，中外出版物裡為頤和園而寫的專書和畫冊，就有很多種，看景不如聽景，臥遊勝過攀緣，何必一定要垂老還鄉？誰都會想到那兩句話：「未老莫還鄉，還鄉須斷腸。」

百年之下，仍有這樣的疑問。如果當年那糊塗自私的老太太以及那些擅長拍馬逢迎的大臣們，沒有濫用軍費，世間少此一座名勝，多造一些堅船利砲，中國人的日子是否會好過一些？以前我覺得答案應該很簡單明白，現在想想，倒不那麼有把握了。

中華民國八十三年十月廿九日

古鎖

故都北京原是由河北省的兩個縣組成，東為大興，西為宛平。故宮在宛平縣境。傳說帝王家年初要向宛平縣納糧，以示尊重體制之意，誰知這次回鄉，才發現經過了幾十年翻天覆地的變化，號稱「天下第一」的宛平縣已經名實俱亡。

一九四九年，北平市改為北京市，市區調整擴大，各區名稱也有多次改變。一九五二年，原屬通縣專區的宛平縣撤銷，劃歸北京市。此後就不再看到宛平這個名稱了。其他各縣，如大興、昌平等，一時撤銷，一時復建，改來改去不知多少回。

現在的北京市包括十區九縣。東城、西城、宣武、崇文這四區大體就是當年老城圈市區。海淀、朝陽、豐臺、門頭溝、石景山、燕山等五區都是近畿要地。海淀區有北大、清華等學府數十所，又鄰近頤和園、圓明園、香山等名勝，開路建樓，最有可觀。

市屬九個縣，依序是昌平、延慶、懷柔、密雲、順義、平谷、通縣、大興、房山。其中通縣是早年的特等縣。近年來由昌平出身調到北京市當家的有好幾個；所以昌平縣的發展最快，外資引進不少，蓋了很多新房子，也有豪華型別墅，但銷路並不甚暢。

市區擴大，人口自然增加。市區範圍是一萬六千八百方公里，約為臺灣全島之半。人口超過一千萬人，也是臺灣的一半。

若談市區建設，故宮、天壇、天安門，都是老底子，新的摩天大廈，臺北、高雄都很多，倒是那機場外面的公路相當氣派。二環路與剛完成的三環路，是照德、奧系統標準修的快速路，不算特別寬，施工很「確實」，環形路上沒有紅綠燈，晚上開車好像是在維也納的感覺。

北京地下鐵道，市民稱為地鐵，五角錢一張票；雖然幾分鐘一班，但班班客滿，水洩不通，上下都得有一身好體力。

比起紐約、倫敦、東京的地鐵來，北京的系統算是很簡單，老弟帶我坐過一次就掌握了情況。一條是環城線。原有的內城城牆和城門樓子被拆除，環城線大體就修在城牆的「遺址」上。一共十八個站，有十二個站都以城門為名，從西城算起：宣武、和平、前門、崇文、建國、朝陽、東直、安定、鼓樓（鄰近沒拆的德勝門）、西直、阜成，到復興門。其中除了建國、復興二門是後來增建，其餘都是「古已有之」。一提那些名字，我對方位距離都了然胸中。

比起來坐東京的山手線（也是環城線）要放心多了。

另一條是由西郊蘋果園向東，共十四站，經復興門與環城線接連；再向東到繁華的西單大街。外國新聞界報導，接下去還有一站可到天安門廣場地下。那年鎮壓六四血案的軍隊，就是從那條線進城的；不知確否？

北京市自古為首善之區，如今是大陸上最「夠看」的名城；那是一個不惜工本擺出來的「櫥窗」，僅在北京觀光遊覽的人，無法體驗老百姓實際的生活。

大陸報載，外地到北京找工作的人，先要繳好幾萬元（不知算是入境費還是買路錢），外地人要遷入北京作一名市民，「難於上青天」。一個人有沒有市民證，不僅影響就業、就學、就醫，甚至也影響到「找對象」的成敗。

青年考大學，競爭激烈，比臺灣更嚴重。考不考得取好學校，真好似「魚躍龍門」那樣的考驗。可是，北京許多小青年對此反而很冷淡。他們說，即使考取了，大學不定在哪一省，畢了業十之八九不能再回北京。就算分配了好的工作，也趕不上在北京作一個小市民。這情景令我想起五十年前一位詩人的感嘆：

這古城是生了銹的千年古鎖
鎖住了懶人的心……

中華民國八十三年十一月五日

故居

在新年舊年之間，不免有許許多多塵封已久的回憶；也許這正是步入遲暮歲月的自然現象。

生逢亂離之世，不斷遷徙，搬過無數次的家。但在我心目中的「故居」，要算在北京的那一處印象最為深刻。

北京話早經定為國語（大陸上稱之為普通話），其實北京話裡有許多土語和許多微妙成分，外來的人很難體會。

像我家故居原址，在西長安街上的大柵欄。這條胡同的名字叫起來大有「學問」。前門外最繁華的市區也有大柵欄，讀音是「大沙臘」，我家門前的大柵欄，卻讀作「大札樂兒」，重音都在第二個字。如果你按國語正音班的讀法「大山藍」，保管找不到。

故居是舊日中上家庭典型的四合院，北面是五開間兩進的正房，是家人起居活動的中心。

西面一排三間是祖父會見賓客之所。東邊則是外來親友的客房、廚房、以及佣人們的住處。東部小跨院裡有一間小小的佛堂。還有一間空屋裡停放著一輛廢置了的汽車，除了駕駛盤以外甚麼都不會動了。

我最喜歡的是正房裡祖父的書房，許多老書和新書，許多碑帖。那間屋子陰陰的，可能因為四壁圖書櫃子都排得太高的緣故。老書新書我都看不懂，最喜歡坐在地上翻閱那一本本的「三希堂法帖」。也試讀過「唐人小說六種」，線裝書，木刻字，沒有標點的文言，一邊摸索一邊斷句；我喜歡那幽幽的書香。

炎炎夏日，祖父午睡起來教我寫大字，在九宮格紙上臨寫歐陽詢的「龍藏寺碑」，祖父收集了一二十種不同的拓本，他說，「最好的應是張元禮拓本，可惜還沒有找到。」我不知道張元禮是何許人，更不懂他的拓本有甚麼好；但我說等我長大了會掙錢的時候，一定買來送給他。祖父掀髯而笑——祖父的長髯在胸前飄拂，好像有一尺長。他是從五十歲開始蓄鬚，就是我出生的那一年。

房屋前面都有走廊，漆了綠色的柱子。中庭的北半部有四棵海棠樹，春天偶爾開一些粉紅色的花，後來也結下海棠果，酸澀不堪。祇有一棵是西府海棠，結實不多而頗為甜美，但每年都會招來蟲蛀，所以也吃不得了。

南半部是花壇、金魚缸，很白很大的玉簪花，和據說是有毒的夾竹桃。還有兩棵笨重的棕櫚樹，種在很大的木盆裡，冬天要搬到屋裡去避寒。

祖父去世的那一年，金魚缸裡的金魚和大部分花木都死掉了。我生平的苦難——一個十來歲孩子不應該受的苦難，從此開始。回想那一段歲月，好像一場灰濛濛的夢，不忍思量，而又刻骨難忘。

離開北京是在抗戰中期，重回北京則是五十個年頭之後。三弟陪我去憑弔舊時庭院。因為西長安街拓寬，兩旁的胡同步步退縮，老屋仍在，但大柵欄沒有了，新名是「鐘聲胡同」。原來的大門沒有了，門洞改成住房，住著不同的單位。北屋是交通大隊的宿舍，我們進去時，有一二十個年輕人圍觀電視節目。四棵海棠樹沒有了，改種的槐樹已長得很高大。可以利用的空間都加蓋了房屋，走廊部分也增加了臺北所謂的違章建築，分住若干人家，各家門前有一個煤球爐。我坐在石階上，沒想甚麼，往事已無從想起。這是個「大斷裂的時代」。

北京是歷史的城，老屋也各有故事。我家這房屋原屬盧小嘉先生所有。盧是與袁寒雲、張漢卿等同稱「四大公子」之一。他的父親盧永祥據說是北洋軍閥最開明的一個。祖父買下這舊宅作晚年憩息之所，最後就在他的臥房長眠不起。過了許多年，聽說盧小嘉也在臺北，但我沒有機會認識他，想必很老很老了。

從世界到個人，變化何其大。宛平縣和大柵欄都沒有了，海棠樹換了別的樹，童年的歡聲笑影永不可得。我慶幸今生竟有重訪故居的機緣。雖然一切都變了，變不了的，是心田深處的溫馨的記憶。

中華民國八十四年元月廿一日

輔仁

中學時期，是一個人從童年過渡到成人的年代，充滿了有笑有淚的回憶；但那些往事最容易忘記，也許因為那是我們成長得最快的年頭——每一個人都恨不得自己快快長大。

我那時的願望是快快長到十八歲，快快逃出被敵人占領的北平，到大後方去投考空軍官校。為甚麼那樣入迷要幹空軍？受了誰的影響？已經記不清了。總之，那是當時的時尚。要把自己貢獻給國家，貢獻給抗戰，無論如何不要作亡國奴。

我讀的中學是輔仁大學附屬中學，天主教辦的學校。七七事變之後，北方許多學府，像北大、清華、南開、燕京等紛紛內遷，輔仁因教會的關係尚能維持原來的水準和風格，暫時不受日本人的干擾，成為華北地區最具吸引力的最高學府；輔大成為知識分子愛國活動的大本營。

附中的老師，大多數都是輔大各系畢業生的前三名。師資水準很高，學生錄取很嚴，自然而然形成一種勤樸好學的風尚。學校裡沒有甚麼特別表彰的好學生，在那樣的環境裡，偶爾出現一兩個操行和功課差勁的，最多祇能待一個學期，就被淘汰了。

輔大的校舍是從前的濤貝勒府，一座灰色的城堡樣的建築。後進的中學部自成天地，都是古典式的庭苑老樹；記得我們教室外面有參天松柏，一座月亮門……

當我再來時，也幾乎是隔了半個世紀。從外面看，大體仍保持舊觀，祇是門前掛了另一塊招牌，輔仁改成「北京市第十三中學」。有一千一百個學生，跟我們那時差不多。

走進大門，一位年輕的教師陪著我們一處處參觀。有新建的大樓，有正在加蓋尚未完工的教室。原來的老屋有些依然健在，但也和上了年紀的人一樣，面目全非，不復當年的神貌。我徘徊在教室門外，閉目凝神，彷彿聽到了顧廣佑老師朗讀英文課本和英純良老師講解「桃花源記」的深意。老師們教誨的深恩終身難忘，然而，多少年來，都不敢在文字或口頭上提到那些位師長；因為我們生活在兩個截然不同的世界裡。

我祇知道丁德勳老師已經去世，還有很多位師長並無音信，今生今世，報恩無緣了。在北平淪陷期間，他們都是手無寸鐵的書生，惟憑著一股凜然正氣，在日本人和漢奸的重重監視之下，教導我們不要忘記作一個堂堂正正的中國人！

操場仍是以前那樣灰塵四起的樣子。我摩娑著籃球架，冬令天短，我們熱心打球，有時連晚飯也忘了吃。夏秋之間打壘球，我就在那球場上初嚐打出「全壘打」的興奮。盛夏時默坐老槐樹下，聽著蟬聲聒耳，體會到那種有聲的寧靜……

輔仁中學是一個新的起點，從那兒我踏上了萬里征途，到河南、陝西、四川。很遺憾投軍無門，開不成戰鬥機；摸索著進了大學，走上另一條以筆勝劍、文章報國的道路；然而，到老來仍止不住要感嘆一番，「恨儒冠誤我，卻羨兜牟」。陣雲截岸，霸氣橫秋，千雉嚴城，虎躍龍驤的生涯，於我今生無分。回想老師們的諄諄期勉，總覺得有「對不起」的歉憾。

當年的好同學、好朋友，而今尚可相見者不過兩三人，白頭道故，恍如夢中。還有好多位見不到的，今生今世，不知可有再見到的幸運否？鄭板橋詞，「我夢揚州，便想到揚州夢我」。彼此的思念應該都是一樣的。古人吟詠的長別離、長相思，和我們這一代人流離顛沛的遭遇比起來，都算得平淡無奇了吧。

輔仁中學門前的街道原名李廣橋西街，向南走有許多家小吃店，同和居、劉記，挑著擔子賣餛飩的小白，現在都沒有了。街名好像也改作柳蔭街，沿街的小溪被蓋起來，跟臺北的瑠公圳一般，年輕人都不會知道了。逝去的流光，沖走了許多記憶，祇餘下無窮悵惘，茫茫哀愁。

中華民國八十四年二月十八日

藝文

我讀過四所小學，印象最深、受益最多的是位於北京市中心的藝文小學。創校的校長高仁山先生，是中國國民黨黨員；他早年在哥倫比亞大學深造後，把美國當時很受推崇的「道爾頓制」教學法帶回來，在中學部實行。小學部連帶也沾染了自由和競爭向善的學風。高校長不幸被北洋軍閥張大帥抓去殘害了，他的幾位留美同學繼續挑起重擔。藝文校園最後一進的仁山圖書館懸著高先生的遺像，聽說他遇難時不過三十幾歲吧；那是我第一次這樣親切地面對一位「先烈」——他活在我們心中。

我到藝文就讀時，校長是查良釗先生。查先生原任河南大學校長，感於友情和同志間後死者的責任感，同意在高先生之後接任藝文的校長。抗戰時期他去西南聯大任教，來臺後曾由教育部梅貽琦部長敦請，在臺灣大學擔任過訓導長。學生們稱他「查菩薩」，因為他總是以最大的耐心，感格群倫。

我在藝文讀書一共兩年，從小五到畢業，級任老師都是性情溫和的女老師，不但沒有體罰，甚至從無疾言厲色，跟我先前在天津讀小學時，男老師動輒「竹板伺候」者截然不同。由於女老師們循循善誘，不打不罵——那時還不懂甚麼尊重人格之說，我在藝文兩年進益最大，不但經常是榜首，而且自覺更為通情明理。

一次是九一八國恥紀念，查校長集合師生在後庭講話，他衹說了一句「今天是九一八……」就淚隨聲下，再也講不下去了。幾百個師生都止不住失聲。這無言的愛國教育令我終生不忘。生為中國人受盡欺凌的悲哀，惟有靠自己要強去湔雪國恥。

藝文的校旗是紅黑二色，象徵著報國的鐵與血。這是陽剛的一面。藝文又最注重德智體群美五育平衡發展。打球、歌詠、演戲，樣樣都得參加；人人都要在遵守遊戲規則的範圍之內全力以赴。我覺得，這是個人修持方面溫柔敦厚的一面。

離開藝文之後，又讀過許多學校，從初中到研究所，從中國到外國，但再也沒有一所學校是那麼認真地推行「人」的教育，發展健全人格；同時又讓人感到學校就是自己的家一樣。

在臺北，查校長在世時，每年四月十七日校慶日都有一個小型餐會，地點常常是中華路的「真北平」。老校長一個願望是有一天能再回到北平去，能再把藝文辦起來。不幸校長以高年逝世，這個願望沒有達成。

我在隔了五十年之後，重新踏進了母校的大門，是三弟陪我去的。有位女老師接待我們，好像是學校裡的黨委書記。學校現在改名為「北京市第廿八中學」，小學和幼稚園都沒有了。那位女老師給我看了一本題名簿，大都是從臺灣或海外回來的校友們留下的姓名和通訊處，人數很不少，但我沒有找到認識的人，大概因為我已經太老了。

在校園中走走，許多教室都已改建過，連原來的布局都想不起來了。我特意到最後一進去瞻拜仁山館；那兒也正在整修。一個大發現是，後庭掛著牌子，說明這座老建築就是清代的「昇平署」。昇平署曾收藏許多有名劇本，國劇中好多劇目都是依據昇平署藏本改編的。對於研究中國戲曲的人來說，等於是一座寶庫。小時候並未聽說過。

藝文的校址地點極好，在府前街上，與中南海緊鄰。比臺北的一女中更要「緊靠著領導中心」；但這優勢也成了缺點，原校址已無法擴建，不准建高樓，不准挖地下室，東西南北上下，都沒有發展空間，全校祇有五百多學生，但據說仍算是市內有數的好學校之一。

坐在操場沙坑旁，好像聽到周春鴻老師用天津話高聲叫喊，「孩子們，別發呆呀。」呆了一呆，五十年行雲流水般過去了。

中華民國八十四年二月二十五日

寂寞感

前一陣，在聯合報海外版上，讀到巴金先生寫給冰心女士的信，有段話大意是說，「妳能好好地活著，就是一種勝利」。二老都已年逾九旬，這句話殊非泛泛之辭。經歷了那麼多驚心動魄的風波之後，屹然健在自有一種勝利的意味。或者應該說，這就是「善有善報」吧。

冰心是中國新文學史上第一代女作家，把當時的男作家都擺在一起，冰心仍是極其傑出、極具特色的一人。她的筆溫婉精妙，有不食人間煙火之概。「寄小讀者」是五四以來新文學作品中，第一部以小讀者為對象的書。我已記不清自己讀「寄小讀者」時究竟有多麼小，也想不起當時究竟能懂了多少，但有些段落，在隔了五六十年之後仍有依稀印象。冰心的父親是海軍軍官，她乘海輪赴美途中，雖遇風浪並不暈船，她說，「大海證明了我是我父親的女兒」。我喜歡這句話的口吻，得意而並不驕傲。可是這句話也引起我的憂慮，萬一是我乘海輪，豈不要「如醉如癡」？我家長輩從未有度過海上生涯之人。

印象更深的是小學六年級「國語」課本選入冰心的短篇，題目似是「寂寞」。描寫一個男孩，在家裡接待來訪的姑母和表妹，玩得很開心，捉迷藏，用手搖機自製冰淇淋。男孩叫小小，女孩叫妹妹，過了週末，小小去上學，放學回來，一心想和妹妹玩，卻不料他們已經走了。小小覺得十分寂寞。

我那時已經偷偷摸摸讀過不少閒書，西遊記、封神榜、濟公傳、彭公案等等，自覺「學問」不小了。但是，「寂寞」似乎開啟了一扇門，體會到即使在童稚之年，也有屬於自己的一分寂寞。此後才漸漸能讀「紅樓夢」和「茵夢湖」。「寂寞」似乎是一座小橋，聯繫著童年以外的世界。

抗戰末期，我離開北平輾轉到重慶去念大學，無意中讀到一本「關於女人」的書，作者署名「男士」，起初以為這可能是一本「有趣而無聊」的消閒之作；但越讀越受感動，書中女性大都是知識分子，經戰火洗禮，變得十分堅強。有一段寫道，作者騎著馬在荒山中行進，暮靄蒼茫中，看到一個中年女子在溪邊洗衣，原來是他老友之女，當年在綺羅叢中，嬌生慣養；戰時生活把她磨礪成刻苦耐勞、堅強無比的性格。那篇文章樸素無華，真摯動人。後來才知是冰心女士的手筆，大為佩服。

早年讀冰心作品，記得她引一句唐詩，「早起開籠放白鷴」，透露出物我為一的愛的情懷。大陸上「文革」動亂後期，偶聞冰心可能到日本開會，我曾寫一短文，引那句詩寄望中共開了籠吧。後來冰心並沒有出國。如今情況有些不同，用不著再說那些話了。但我還是記得那句詩，原句出處，是唐人雍陶的七絕「和孫明府懷舊山」：

五柳先生本在山，偶然為客落人間。
秋來見月多歸思，早起開籠放白鷴。

九旬以上的老人，大約不大會有遠離故巢之想。不知道為甚麼，讓人忽然有另一種說不出來的「寂寞」。是海闊天空之外的寂寞感吧。

中華民國八十三年四月十六日

「悲歡錄」

旅途中有些事都須時時小心，自加節制；「在家千日好，出門一時難。」從飲食起居，以至行程的規畫、金錢的支配等等，都不可即興而為。我個人一個壞毛病，喜歡買書，尤其旅途中匆匆一見，生怕錯過之後就再也找不到了。行囊所載有限，漸行漸遠漸「多」書，成了自尋煩惱。

兩岸睽隔多年，大陸上的書店對我們這些「臺灣客」有些吸引力，但我仍祇能信手拈來，取其一臠而已，往往立讀片刻，覺得其中有些新意，便買了回來。

其一是「中國知識分子悲歡錄」，廣州花城社一九九三年出版，全書分三輯，六七二頁，約五十二萬字，售價人民幣十三元八角，合新臺幣約四十元。

三位編者是沈展雲、梁以墀、李行遠。書中對編者的背景，並沒有作任何介紹和說明。「前言」未署名，想是三位編者的集體之作，寫得相當好，含蓄而有骨氣。他們回顧近四五十年的經歷，發現每一個知識分子都與民族命運緊密相聯，「浸淌著血與淚的聯繫。我們感受到強烈的、命運的悲愴之情。」

書中收集了知識分子三十多人的遭遇作為代表，「許多文字出於死難者親友的手筆，義憤填膺，聲淚俱下，感人至深。」也有幾篇是受難者自述，如蕭乾和徐鑄成，讀來更覺刻骨銘心。

三十多人裡，有的是本已聲名卓著，遭受不幸的打擊之後更為出名，像梁漱溟、馬寅初、俞平伯、沈從文、老舍、傅雷、梁思成、巴金、錢鍾書夫婦、馬思聰等。有的是忠心耿耿的黨員，如王實味、胡風、丁玲、吳晗、鄧拓、賀綠汀、阿英、趙樹理等，祗因違忤了中央的一言堂，或在派系鬥爭中站錯了邊，便招來不測之禍。還有一些名氣雖不及前二者之家喻戶曉，但也曾為了中共奪天下而有功勞苦勞的人，甚至曾出生入死作地下工作，後來竟也都成了「反革命」，有苦難言。

有幾篇文章，已經成了文革動亂後的經典之作，如巴金的「懷念蕭珊」、楊絳的「丙午丁未年紀事」；又如一代文豪老舍被紅衛兵凌虐至死的經過，中外各家記述甚多，仍以本書裡所收舒乙的「父親最後的兩天」，最為沉重而翔實。文潔若寫「晚年的周作人」，也令人無限感慨。

中國文字運用，每以「悲歡」並列，就此書而言，祇見悲痛摧折，有何歡樂可言？書中亦分析知識分子屢遭厄運的社會原因有四：

一、對知識分子的厭惡之情和在知識文化問題上的反智色彩，一直是農民革命中屢有驗證的深層意識。

二、過左的階段鬥爭理論，總是輕而易舉地使知識分子聲名狼藉，成為任何政治衝擊的最合適的出氣孔。

三、從歷次運動，尤其是文革來看，對知識分子的迫害與共黨內部的殘酷鬥爭，有著密切關係。知識分子是代罪羔羊。

四、那些慣於以激烈殘忍的方式對待知識分子的人，都曾長期受極端意識形態的薰陶。這種心態顯示出文化素質的破產。

另一方面，某些知識分子自以為高人一等，和遇到風浪便存著明哲保身的僥倖之心，也是自招禍愆的原因。

我讀這「悲歡錄」時，寄居北京客舍。長夜漫漫，一燈熒然。推窗眺望，星月在天。遠處有座現代化的高樓巍立，雪亮的燈光集射在空空的樓窗上，闃無人聲。更顯得茫茫大地，一片森然。二環大路上有車輛飛馳而去，這是另一形式的星移物換。

想想看，這書中多少驚心動魄的情景，傷天害理的冤屈，就在這座千古名城中發生。那樣逼近，又那樣疏遠，令人毛骨悚然。

設身處地想一想，中國知識分子背上的十字架，何時才能卸下？悲歡錄還要寫多少卷才能有完結篇？

中華民國八十三年九月三日

同心與同情

那年在東京開會，和大陸出來的作家們相見。彼時兩岸尚未開放，彼此在言談應對之間多少都還有點兒「防人之心不可無」，所以，總是淺嘗輒止，欲語還休。在國際會議的場合，似乎有一道看不見的隱形界線。

但因開會約一週，會場內外總有不少坐在一起的機會。一次是吃晚飯，碰巧和廣州來的黃秋耘相鄰。我稱道他普通話講得好，他笑說，「我在北方念過書。」他在清華讀書時，趕上一二九學生運動，要求政府抗日。那以後他就去延安了。他比我年長，經歷不一樣，但想要打倒日本帝國主義的心情相同，我完全瞭解。

這次在大陸上讀到「中國知識分子悲歡錄」，其中有黃秋耘兩篇文章：「十年生死兩茫茫」，悼念文革期間死難的陳翔鶴。「荒原上的狼群」則是他自己在五七幹校裡的生活雜記。兩文都寫得情真景切，不愧名家手筆。也由此讓我對大陸文人的心情有更深一層的瞭解。我對他有更多的尊重和同情。我很失悔那年同席之時未能和他多談談。

陳翔鶴是古典文學研究者，主持作家協會「文學遺產」的編輯工作。一九六一年他寫歷史小說「陶淵明寫輓歌」，黃秋耘曾著文稱揚為「空谷足音」。想不到「輓歌」為陳惹來殺身之禍，黃也受到株連。陳在次年另寫「廣陵散」，以性格剛烈、命運多舛的嵇康為主角。嵇康曾說：「欲寡其過，謗議沸騰。性不傷物，頻致怨憎。」陳自認他也正陷於這樣的悲劇命運。

陳翔鶴在被暴打重傷，命若游絲時，還一再囑咐他的兒子說：「假如將來你打聽到黃叔叔還在人間，你一定要去看看他。」真所謂一死一生，乃見交情。黃秋耘文章結尾說，想起陳的耿介正直和深摯友情，「我總感到有一股抵抗『隨風轉』的力量。」陳與黃都是共產黨員，也都想要潛心學問，認真做出點兒成績來。「只想一輩子與世無爭。」但這是不可能的。

「荒原上的狼群」寫他自己的親身經歷。羅曼·羅蘭寫過一個劇本「狼群」，實際寫的是法國大革命中互相鬥爭、互相殘殺的革命軍將領。「我們的五七幹校，在某種意義上來說，也是一個個分散在荒原上的狼群。」儘管衹是勞動、吃飯、睡覺、開會的地方，但仍有人勾心鬥角爭奪小小官銜——好歹也有些整人的權力。

幹校附近有一些枉死鬼的新墳，「這些人有的是長期患病得不到治療，有的是在審訊過程中受到拷打和慘無人道的虐待，不堪忍受，最後死於自殺的。」

黃秋耘也極推崇楊絳女士的「幹校六記」是「怨而不怒，哀而不傷」，極盡溫柔敦厚之能事。共黨裡有人指責「幹校六記」是大學生的反黨作品，「人到中年」是中學生的反黨作品，「苦戀」不過是小學生的反黨作品。「愈是寫得含蓄，有弦外之音，藝術性愈高，就愈能『毒害』讀者。」這個分級法很妙。我覺得黃秋耘文章的妙處，也就在於平淡沈靜之中，有餘不盡的味道。悲憤不形諸詞色，可是，讀者感覺得到那種即將要爆炸出來的、火山口一般的熱力與怒氣。

在幹校，黃秋耘先是在畜牧班放牛養馬，不久調在木工班。他說，那十個月，「幾乎可以算是我這一生中懂事以來最逍遙自在的時間。」這話可算「怨而不怒」之一例。他順筆寫下若干尚未解放的「牛鬼蛇神」的遭遇——真如古代社會裡的奴隸，最累最髒的活兒都該他們去幹。

後來外頭有大官要挑幾個人出去作宣傳工作，黃秋耘首被約談，黃說自己的世界觀沒有改造好，應該多鍛鍊一些時間；又說，「幹木工活對我也挺合適。」被解釋為存心抗命，當然不行。但由此可以體會到他對那半生獻身的「理想」，是何等失望。這種幻滅感，才是許多知識分子真正的悲哀。

中華民國八十三年九月十日

空話篇

千島湖慘案震撼中外。對於不幸罹難的同胞及其家人，這已是無可挽回的悲劇。海內外中國人，人人都感到「愴痛至深」和「沈冤待雪」的餘哀。案發十七天之後，中共終於承認這是一項「特大搶劫縱火殺人案」。並逮捕了三名嫌犯。至於全案的真相，相信中共應在近期內查明公布。李鵬的致歉和慰問，雖然姍姍其來，總算是一種療傷止痛、彌過補罪的表示。如果中共從一開始就採取這樣的態度，事情也許不至於鬧得那樣僵。千島湖案不僅是一樁駭人聽聞的特大犯罪案件，更已成為兩岸關係歷史性發展的臨界點。

在回到冰凍與沸騰爆炸的兩極端之間，千島湖案考驗著兩岸中國人的耐心和智慧。在臺灣和海外的中國人，從慘案中再度認識了中共漠視人權、草菅人命、掩飾真相、冷漠倨傲的面目。如果說，過去連「六、四天安門案」發生之後，還有人不懂得（或不肯承認）紅色恐怖有多麼可怕，千島湖案應該是很具體的「補課」吧。

民間的反應強烈，對中共紛紛譴責，對政府也感到失望。林鑫有一幅漫畫十分生動。當臺胞在茫茫大海中載浮載沉的時候，遠遠看到一艘巨輪駛近，船上掛著好幾個救生圈——官方的陸委會，民間的海基會，原來都是畫在船舷上擺樣子的。畫餅不能充飢，畫的救生圈到了危急關頭未能發生救生的作用。

和朋友談論世事，我認為中共是為「臺獨」幫了大忙。果然，後來看到聯合報的民意調查，贊成臺獨的聲音超過三成，「達到歷年的最高點」。

對於近年國事，我有這樣的一系列看法：

由於中國國民黨領導階層不夠堅定、不能團結，才使主張分離主義的勢力有了乘勢發展的機會。

在臺灣，由於執政黨和在野黨在國家認同上發生分歧，不能團結，使得對岸的中共漸次掌握了主動，在兩岸關係上取得了「收放自如」的地位。

在全中國範圍內，在臺灣的中華民國政府和人民與中共之間，仍存在有互不信任、甚至彼此敵視的狀態，當然就談不上真正的團結，因而讓外國勢力占盡了便宜。

從全人類觀點而言，十二億中國人若不能得到公平的待遇和充分的發展，不僅不是世界之福，而將是全球性的禍患。

在這一連串的「不能團結」的死結中，更可體會出現階段兩岸關係的重要性。不僅是「可以慢，不可以斷」；而且是祇能「越變越好」，不容「越搞越壞」。千島湖案的嚴重性就不止是二三十條生命的枉死，而更令人明白，所謂「兩岸關係」和兄弟手足之情，是如何的脆弱。

連一向立論持平的余英時也說，「臺灣獨立已經不是一句空話」。「如果臺灣獨立不是根據狹隘的地方觀念，也不是投降任何外國勢力，那也沒有甚麼不好。而且將來中國大陸重新走上合理的體制，那時仍然可以討論怎樣統一起來」。

像「臺灣人不是中國人」那樣的臺獨主張，很難令人心平氣和去接受。但先保留現狀，「從容論道」追求合理的體制，會越來越動聽了。中共處理千島湖案的表現，完全與它統戰的目標相反，遂使臺獨不再是一句「空話」。

許多錯誤導向歷史上的大錯誤，難道這是中國人的命運嗎？

中華民國八十二年四月廿三日

左禍

在中國大陸上，究竟甚麼是「左」，至今仍是十分令人困惑的問題。「左」的後果是甚麼？許多人仍有些吞吞吐吐。對於「左」這個字眼以及它所代表的觀念，還懷有幾分浪漫的懷舊之情。此外，也不免還有一些恐懼，耽心著說不定甚麼時候又會來一波「左」的回潮。「寧左勿右」的陰影，並未完全消除。對於大陸同胞來說，這其實是最可怕的夢魘。

被尊為中共現政權「總設計師」的鄧小平，對這個問題說得很清楚，很堅定。從「南巡講話」到「鄧小平文選」，都不止一次地批評了「左」的錯誤，引為深痼惡疾，非根除不可。鄧說過，「根深柢固是『左』的東西。」「『左』的根子很深。」「『左』已經形成了一種習慣勢力。」

最要緊的一句話是，鄧這樣說，「中國要警惕右，但主要是防止『左』。」所謂左的思潮和勢力，如果不能徹底清除，目前的改革開放隨時都會夭折的。

十月間由於傳出鄧小平去世的謠言，臺北股市一天內暴跌三百多點，有人說這是由於臺灣的人心太虛弱，禁不起風雨。我看並不那麼單純。九旬的鄧已屆風燭之年，一旦他完全退出政治舞臺，大陸上誰能夠挑得起「主要是防止左」這個擔子？誰也沒有確切的答案。這比誰抓得住政權和槍桿子重要多了。

記得在文革落幕，四人幫一網成擒之後，中共為江青等定的罪名之一，就是「形左實右」。這四個字給人們很深刻的印象，左是好的、正確的；右是壞的、錯誤的。四人幫搞得天下大亂，為禍十年，就因為它骨子裡是右。這話相信的人很少，可是它暴露出在中共高層裡某些人的一種心態；跟鄧小平大聲疾呼「防止左」是對立的。左的勢頭時現時隱，以鄧總設計師的威望，並沒有能把它完全壓下去。人們恐懼「左」的回潮，是有相當現實基礎的。除了某些左派秀才的言辭之外，像中共近來舉行多次軍事演習，同時全面封殺臺灣開拓對外關係的努力，都可以聞到左派的冒進氣味。

剛剛讀了「中國『左』禍」，此書號稱「全景式長篇歷史紀實」，從一九二七年史達林的老鄉羅明拉茲潛赴漢口「指導中共中央」開始，一直寫到一九九一年蘇聯解體之後，大陸上仍然有「姓資姓社」的論爭。左之為禍，歷歷可見。

此書作者文聿、編輯岳建一、章德寧（兩人署名寫前言），還有一位總策畫盧野，可能都是筆名。出版者朝華出版社，沒有說明設在甚麼地方，由新華書店經銷，全書十四章，五五六頁，約四十二萬字。一九九三年出版，印了五萬冊。今年初被禁，但某些書店裡仍有陳列。

左禍來源已久，冰凍三尺，非一日之寒，瞿秋白、李立三、王明，都是左上加左。但真正集大成的，是毛澤東，此書雖不敢指名問罪，但所舉出的事實，從延安的整風，進城以後的反右，三面紅旗大躍進，以至曠古絕今的文革大動亂，都由毛發動，自亦應該由他負起歷史責任。康生、陳伯達、林彪、江青、張春橋一干人等，「逢君之惡」，造成了左禍滔天。其中，有些情節雖早已知曉，但也有些事件，像在河北省徐水縣首先開辦人民公社的經過，那樣偶然，那樣荒唐，居然竟認真推行起來，害苦了億萬生靈。

此書論左禍，直指其具有反動性、偽善性、排他性、頑固性、孤獨性的特色，「極左與繁文縟節、政令刻板、妄自尊大、公文旅行、形式主義、人浮於事、假公濟私、文山會海……又都有深刻的或千絲萬縷的聯繫。」因此，是當代中華民族一切災難的最主要內在根源。

這是一本極值注意的書。大陸上能有這樣的著作公開出版，顯示民心對於「左」的深惡痛絕。此書遭禁，又可見「左」的殘餘勢力仍在，問題沒有解決。近聞出現了四五種地下版本，禁是禁不了的。

中華民國八十三年十二月五日

大爭議小說

平日喜歡讀小說，古今中外，各有所取，兩岸開始接觸以來，大陸上的作品在臺灣登場者不少。我比較喜歡張賢亮、馮驥才、汪曾祺等幾位。這次去大陸，限於時間來不及多逛書店。隨手揀到一本「自由的空間」，是短篇小說集。書面上還有個副題：「大爭議小說・社會卷」。

為甚麼是「大爭議小說」呢？編者陳學超在引言中解釋，「爭議，本是思想開化的槓桿，是打開禁錮的鑰匙」；在久經禁錮的環境裡，大爭議將引起大發展。這本小說集「便是敏感而睿智的作家和熱情而挑剔的讀者，在對現實社會生活的思考中共同提出來的。」相應著經濟方面的改革開放，作家有了「表現社會人生問題的空前自由的思維空間和描寫領域」；但編者同時也承認，社會自由空間的限度，與人們對自由的追求、與作家自由表現之間，總會有某些距離，致使一些尖銳的觸及社會問題的小說，「往往命途多舛，大起大落」。編者很巧妙地避談政治，但可以理解的是，自由仍極有限，爭議乃繼續發生。不論如何，這樣的書能在大陸出頭，已經是可喜的現象。

「自由的空間」由西北大學出版社出版，空軍導彈學院印刷廠承印——由此足以說明，這種形質的書應不致再「命途多舛」了吧——跟著導彈來的。

全書收小說十四篇，三八四頁，約三十萬字。各篇文學水準高下頗有參差，但其共同特色是稜角分明、立意新穎，在相當程度內干預生活，並對某些凸出的病象展開挑剔。對於看慣了以往「金光大道」式的讀者而言，自然是耳目一新。（不記得「金光大道」嗎？那是文革期間歌功頌德式小說的樣板。）

十四篇小說分屬十三位作者，王蒙一個人選了兩篇。王蒙曾官拜文化部長，不久前以作家身分到過臺灣。有位和他相處數日的名作家後來對人說，「兩岸文藝界人物，若比城府深沈，當以此君為第一。」久歷風霜，深沈是自保的條件。在小說裡，他倒仍吐露了幽默機鋒的情致。

「堅硬的稀粥」主題是在大家族裡，爺爺是絕對權威，儘管他再三要下放權力，由元首制改行內閣制，事實上，一湯一菜之微，甚至於一道菜裡炒肉絲還是肉片，也都要等老爺子拍板定案。重孫子輩兒的改革大計是吃西式早餐，「化海無涯，黃油為楫。樂土無路，麵包成橋」。結果全家人鬧肚子，祇好又回歸到稀飯和鹹菜的舊秩序。王蒙的初意是，亂搞民主、毛病多多。但讀者感受更深的是，老爺爺堅持的稀粥鹹菜，難道就是中國人永遠的命運嗎？那一家人會永遠明知不合理卻非聽他的不可嗎？

池莉的「熱也好冷也好活著就好」，以長江上三大火爐之一的武漢為背景，極寫夏夜之熱與擠，從中反映出今天青年人焦灼不安的心情。太陽下山後，人們在街上搶地盤擺出了竹床，乘涼聊天，天南地北，說出了很多心事，像談論到伊拉克之戰，男人們說，「咱們出兵算了，賺點外匯，減少點人口，又主持了正義，刀切豆腐兩面光。不知江書記想到了這點沒有？」主要情節還是寫男女之情、父女之情、人間的倫理畢竟是「不廢江河萬古流」。我此行到過武漢，略略體會到那熱與擠的實況。日子不好過，可是，活著就好。池莉筆下幽默即是辛酸。

劉恆的「教育詩」、張抗抗的「流行病」，鍾道新的「經濟風雲」，諷刺性都很強；「風雲」這一篇從新聞記者眼中寫出某些倒爺，搞的都是子虛烏有的公司；這是眼前環境裡的新生事物！

王朔的「頑主」，是灰色的俏皮，北京城裡的一群青年（這樣的青年臺北其實也不少）；體力充沛又不知該幹甚麼是好。他們組織「三T公司」，替人解難、替人解悶、替人受過。

為自掏腰包的準作家發文學獎，為自傷老大的女店員當臨時男伴……。好像是不大可能的笑話，但也說不定這正是當下立見的涕泣人生。眼淚裡帶著諷笑。「頑主」改編成電影，我在美國看到了，似稍粗糙，但有兩三個演員很生活化，就像我在北京街頭看到的某些小青年的神情，有些不安，又有些不服氣的樣子。

中華民國八十三年十月—五日

秋思

中國人的一年三節，各有不同的情味。

小時候，過年過節，無不歡天喜地；總是熱熱鬧鬧，有吃有玩，而且長輩們彷彿都比平日更加慈眉善目。成年而來，憂患多而歡樂少，有意無意間把那些美好的記憶都付諸塵封重重，沒甚麼可想的了。

中秋之美，月餅之香，於今都是很遙遠的事了。遙遠，是因為懶得去想、去尋。唐人李群玉有句，「久向饑寒拋弟妹，每因時節憶團圓」，淒涼中別見摯情。

一年一度的中秋，正是所謂團圓佳節，應時當令的月餅，也叫團圓餅。

我素來不喜甜食，所以也不甚欣賞月餅，但每年都未能免俗地吃一兩塊，不過是像白居易「自詠老身」那樣的情懷，「家居雖濩落，眷屬尚團圓」。沒有大團圓就小團圓也好吧。

以中秋為題的詩文很多，韓愈「八月十五夜贈張功曹」的長詩最為有名；小時候讀之卻覺得毫無意趣，很像讀杜斯托耶夫斯基的小說，不僅沉重，而且沉悶。中年閱世漸深，才懂得「洞庭連天九疑高，蛟龍出沒猩鼯號」的環境中住久了，對於纖雲四卷，清風明月的感受也會不同；「一年明月今宵多，人生由命非由他，有酒不飲奈明何。」韓老夫子的無奈感，千載之下，猶有其人。這就是對草草人生的悟解吧。

許多年前，在江南讀書時，和史棻去逛市場。在一家北方人開的店裡問問月餅價錢。那掌櫃的穿著藍布大衫，光著頭，笑瞇瞇地說：「有提漿的，有翻毛的，有椒鹽兒的，有棗泥兒的。」那年頭通貨膨脹已經「一日數驚」，兩個窮學生口袋裡所有的錢全掏出來大概也不夠買一盒最廉價的月餅。我記不清我們究竟買了沒買。過了好久，史棻還記得那掌櫃的模樣和語調，就說：「你們北平人好有禮貌。」她也從此學會了用北平話來講「椒鹽兒的、棗泥兒的」。結婚以後很多年，每次談到中秋月餅，她還要學一遍，「椒鹽兒的，棗泥兒的」，認為純粹的北平話裡帶有兒歌和詩的喜悅味道，很好聽。她沒有講過北平式的月餅是否好吃，若不是印象欠佳，可能就是當時根本沒有買。下一年過中秋，我們已經到了臺北，跟翻毛月餅隔著千里萬里。

由中秋便想到北平的秋天。說不出為甚麼，我總覺得八百年帝都古城，特別富於秋之成熟的氣味，所以秋光最好。

潘榮陛「帝京歲時記勝」是一本紀實性的筆記。他是乾隆年間翰苑中人，本籍直隸大興（當年的北京，東為大興，西為宛平，兩縣合起來提供了京城的土地）。他筆下家鄉景色，有一則寫得很美：「金風漸起，嘶柳鳴旌，家家整緝秋衣，砧杵之聲遠近相接。教場演武開操，觱篥鳴於城角。更有檐前鐵馬，砌下寒蛩，晨起市潮，聲達戶牖。此城闕之秋聲也。」一則記中秋：「十五日祭月，香燈品供之外，則團圓月餅也。雕西瓜為蓮瓣，摘蘿蔔葉作娑羅。香果蘋婆，花紅脆棗，中山御李，豫省岡榴，紫葡萄、綠毛豆、黃梨丹柿，白藕青蓮。雲儀紙馬，則道院送疏，題曰：月府素曜太陰星君。」

富察敦崇的「燕京歲時記」，性質與前者略同，他是旗人，書成在光緒年間。書中也談到中秋：「京師之曰八月節者，即中秋也。每屆中秋，府第朱門皆以月餅果品相饋贈。至十五月圓時，陳瓜果於庭以供月，並祀以毛豆、雞冠花。是時也，皓魄當空，彩雲初散，傳杯洗盞，兒女喧嘩，真所謂佳節也。惟供月時男子多不叩拜。故京師諺曰：『男不拜月，女不祭竈』。」

從清初到清末以至民國，民間的風習、節日的盛景，似乎並沒有多少改變。尤其「黃梨丹柿、白藕青蓮」，以及月餅和兔兒爺，都跟我幼年所見沒有甚重大的分別，閉目思之，就像在眼前一樣。

經過天翻地覆的近半個世紀的時光，家鄉風貌變化很大，但也仍有些變不掉的東西。老弟告訴我，八旬晉六的老母身心俱健，耳目都仍管用，頭腦很清楚。過年過節的時候，總還想重享一些早年間的熱鬧景象，中秋節不忘交代要買月餅，而且指定是西單大街上某某老店家的出品。

老弟年近花甲，住在郊區，要趕地下鐵清晨第一班車，因為再晚一點兒，上班的人潮洶湧，他就擠不上了。車行大約半個小時就到了市中心區，可是店家都還沒開門，他就一個人在馬路上閒蕩，耗夠了工夫，總要九點鐘以後，商店開始營業，他去買兩盒月餅，然後送到老娘手上。

「老太太想的都是幾十年前的事。她要買月餅，自己不吃，都分給孫兒輩，大家團圓。其實，她說的那家月餅店，老早就沒有了，也許搬了家，也許關了門。她指定在西單，我就趕到西單來買。味道如何不必管他，心到神知，反正是我作兒子的一番孝心吧。」

大陸昔年艱難歲月，普通人家都曾有過三餐難繼的辛酸經驗，更不必說吃月餅了。如今情況好了一些，但社會間貧富差距似乎越來越大。去年北京市面上曾有極豪華的月餅出現，標價是一般人月薪的好幾倍。甚麼人吃得起那麼貴的月餅？很難理解。

「椒鹽兒的，棗泥兒的」，那樣的謙和有禮的聲音，不容易聽到了；幾十年前著名的老店也已消失無蹤。惟有人與人之間的善意——像老人們的念舊，老弟的孝思，還是沒有改變的。

想到中秋的月餅，不覺感到一陣悲涼，一陣溫暖。「人生由命非由他」，離合悲歡，都祇好歸於命運安排吧。唐人王建的「望月」詩：「今夜月明人盡望，不知秋思落誰家？」此情此景，徒增無限的惆悵。

中華民國八十三年九月廿日　甲戌年中秋

雙　贏

記得往年的春節前後，臺北的某種戶內遊戲便特別流行。文雅一點的稱之為「四健會活動」——正派的四健會為此曾公開抗議過。雄壯一點兒的則稱之為「修我長城」。那就是直可稱為國粹之一的「打麻將」。

打麻將是家庭娛樂方式之一，但與賭相鄰，所以不是甚麼很光彩的事，至少不是可以在大庭廣眾之間接受「表揚」的事。早些年，好像還列為違警犯紀的罪名之一。有位警務首長曾說過，春節期間，大臺北每天晚上至少有十萬桌麻將。如真的嚴格禁止，十萬桌麻將不打了，「四十萬人齊解甲，全都擠到西門町去找消遣，那又得出多少問題？我們警察怎麼受得了？」明白了這層道理，就可理解不禁有不禁之妙。春節期間，大家恭喜發財，衹要不玩得太過分、太囂張，大概就不會有甚麼人來焚琴煮鶴，大煞風景地「抓賭」。臺灣的民主與法治之間，就有這麼微妙的關係。

海峽對岸的大陸上，牌風據說也很盛。以前稱為「搓麻」或「碼磚」，大約還是在紅旗之下娛樂不忘「勞動」之意。在那「史無前例」的「文化大革命」期間，雖說破這個、立那個，鬧得是熱火朝天；但是麻將牌倒也並沒有「破」得了。有些農村地區，老年人躲在倉庫裡打，牌桌上鋪的是糠皮，為的是消音滅跡，不露行藏。為了這種娛樂兼勞動，也不知是哪位老大娘想出了這樣的高招？真可申請專利。

從前聽老華僑說，「有井水處就有中國人」。現在可續上一句，「有中國人就有麻將牌的聲音。」東京的麻雀館，像健身房一樣經營。香港則大飯館裡都可以摸幾圈。至於歐也美也，愛好此道的朋友，天涯海角都不難找到「搭子」和工具。

據真正有研究的人說，論牌藝之首都，還要推臺北。各種推陳出新的花樣，妙不可言的名堂，幾乎無不導源於臺北。十三張、十二張、十六張，運用之妙，存乎一心，甚麼清一色、一條龍、雙龍抱柱，我覺得已經夠複雜，但行家說那祇是初小程度。許多名堂聽過也就忘了，其中有一種名為「五極三鏡」，是從電視機廣告上借來的，究竟是何奧妙，至今依舊茫然。

麻將桌上雖不過四張嘴巴，卻是國事家事天下事，事事關心的場合。各種風言風語在此交換，比股票市場還要熱烈。最妙的是，有關牌藝的各種「遊戲規則」，一經三讀通過，立即分頭施行。既無需報紙上發新聞，也不勞大人物下命令。臺北玩出一個花樣來，不出一週就通行全臺灣，兩週之內，透過港澳而風靡亞太地區。一個月之後，從紐約到巴黎，全都曉得按照新規矩「出牌」了。

某政黨人物曾喟然浩嘆，「我們貴黨的政策宣達和群眾動員，如果能這樣迅速有效、無遠弗屆，到了選舉的時候，就可以萬無一失了。」牌桌上的小眾傳播，真如水銀瀉地，無孔不入。其詳細過程和影響，需要找一個施蘭謨那樣的專家去探索一番。

展望臺北新局，應該有人想出來最具有時代意義的花樣：「雙贏」。臺北人不光是天天遊戲，更在動腦筋辦大事。臺北的大人物們說，「排斥零和，走向雙贏」，意思大家都能瞭解，但比鄧小平說的「你不要吃掉我，我也不要吃掉你」，含義很相近，聽起來似乎更有學問。

一個「贏」字就有二十筆，寫起來相當麻煩，何況還要「雙贏」。要創造一套公平細密、合情合理的規則，兼顧雙方的利益和尊嚴，眼前能夠行得通，未來不致有甚麼疑難的後遺症，那就是中國人自求多福的高度智慧了。

把國家大事和打麻將扯在一起，似乎有失莊敬。其實，大家都喜歡的事，大概都可以「心想事成」。兩岸的中國人推心置腹，開誠合作，不要你搞我，我搞你，「雙贏」應該是不久就會實現的事。富於創造力的臺北人，多動動腦筋吧！

中華民國八十三年元月廿一日

誰逝去？

長夜漫漫，燈前獨坐，展讀巴斯特納克的「齊瓦哥醫生」。他從一九四八年開始寫這部小說，到一九五五年年底完稿；那年他已六十五歲。兩年後有義文譯本出現，一年間譯為十九種文字。一九五八年獲得諾貝爾文學獎——在蘇聯境內卻引起一場政治風暴。他的書不能在本國出版，而且受到種種打擊。老作家甚至於被逼得說，「我已經這樣老了，最不幸的遭遇也不過一死」。一直到一九六〇年病逝，他都沒有看到過印成書的「齊瓦哥醫生」。

巴斯特納克是詩人，也翻譯過莎士比亞和歌德的作品；「齊瓦哥」是他唯一的一本小說。三十年前初次讀到此書時，我有一種感覺，彷彿它並不是有意寫給這一代人看的，而有「滿腹心事對誰云」的感慨。我寫了，你們未必懂得——所以有若干情節寫得那樣隱約，那樣朦朧，我認為他倒並不見得是怕共產黨的「苛政猛於虎」，寫都寫了，還有甚麼顧忌。為了他的信念，為了他這部書，事後可能招惹來的麻煩，他並不是完全沒有想到。

不論是怎樣的文學，其中總要包含著真摯的情感和誠懇的見地。齊瓦哥是一個好心腸的醫生，既擁護改革、更重視人道的知識分子。有一段寫到戰亂之後，齊瓦哥一家乘火車下鄉，中途認識了一個自稱社會民主黨人的左翼青年仙地維也托夫。他們辯論起來，齊瓦哥說：

「馬克斯主義是科學？唔，和一個相知不深的人辯論這個問題，至少是在冒險。不論怎樣——作為一種科學，馬克斯主義的基礎太不牢固。科學是更平穩的、更客觀的。我不知道還有甚麼運動，比馬克斯主義更自我中心，更遠離事實。每個人祇留心在實際事物上證明他的信念；那些當權的人，卻急於建立他們絕對無誤的神話，以致完全蔑視真理。我對政治毫無興趣。不過，我不喜歡不問真假是非的人。」

在全書十六章、七百多頁裡，這段話是從思想層次正面地批判了馬克斯主義和共產運動。很簡潔，但很堅定。「我不喜歡不問真假是非的人」，這一句話概括了二十世紀的人們憑著良知和理性、明辨是非的願望和經驗。

巴斯特納克黯然逝世之時，蘇聯仍是全球數一數二的超級強權；共產陣營控制著世界人口的三分之一。不僅巴斯特納克自己想不到，連我們也想不到，二十世紀尚未結束，那紅色大帝國已經土崩瓦解，被它本國的老百姓踐踏在腳底下了。

反共，不必成為一種文學的標籤。總是因為先有了「共」，先有了「共」所造成的種種罪惡，然後才有所謂反共文學。反共文學是一種「逝去的文學」嗎？當然不是的。祇要「共」仍在，「共」所犯的種種錯誤仍在不斷發生，文學家就總會有真情的流露和英勇的反抗。共產黨沒有死光光之前，反共文學是不會「逝去」的。

夏志清先生「母女的光輝」一文中，說到他鼓勵有意專修文學的音樂神童翁均和，「多讀真正文學名著，少讀文學理論的課程，多讀了現今流行的文學理論，反讓自己同文藝絕了緣，變成心胸褊狹的政治動物了」。夏志清的評論當行出色，這段題外話切中時弊。

開一次文學會議是很好的事，作回顧式的檢討也是題中應有之義，但總要公正平實，不容信口雌黃。朱西甯「光輝永續的反共文學」是開年來一篇擲地有聲的好文章。不平則鳴，總該有人講公道話。

在蘇聯，曾有這樣的小笑話。

一百年後的小學教室裡，教師問，「赫魯雪夫是誰？」一個小學生吞吞吐吐地說，「好像是巴斯特納克時代的一個共產官僚」。

巴斯特納克墓木已拱，但他的書依然光耀人寰。共產帝國及其頭目們都死翹翹了，像「齊瓦哥醫生」這樣的文學作品沒有死，而且千秋傳誦，反映著人類在一個危難時代中，堅忍不屈的精神。

中華民國八十三年元月廿九日

商業化

重遊大陸，印象比較深刻的一點，是這個社會多方面的「商業化」。改革開放以來的所謂「實事求是」，大概也是在這上頭最見效應。從南到北，都可以聽到這樣自我解嘲的順口溜：「十億同胞九億商，還有一億跑單幫。」老老實實的語氣，沒有甚麼慚愧，但也並非沾沾自喜；自然還是有些誇大了。九億人都從商？即使真想那麼幹，也並沒有那麼多的機會。

有一個「倒」字，妙用無窮。不是關門大吉的倒閉或倒賬，而是比「投機倒把」含義更加豐富，此中當行出色的人物便稱之為「倒爺」。「十億人民九億倒，還有一億在思考。」思考甚麼？當然是如何倒得更高明、更乾淨利索。這句話裡略有憤憤不平、謔而亦虐的味道；因為到達倒爺這種身分位望，已非平民百姓所能企及。「作思考狀」，正是「雖不能至，心嚮往之」的過乾癮吧。

大城市裡商店多起來，有些一間門面的小飯館，仍掛出「國營」的招牌，有的還加上幾句廣告詞兒，「大宴小酌，豐儉由人」，不免有資產階級自由化的嫌疑。店名一律是甚麼甚麼酒店（據說這是由於香港風）。內容則往往令人不敢恭維。為甚麼這樣簡陋的小店要強調「國營」？豈非故意塌臺，存心抹黑？我想不明白。

「個體戶」也很多，想來是改革以來的新生事物。農民把菜蔬鮮果等運進城市擺地攤，以前是絕對不可，現在則很普遍；老祖先傳下來的經營方式，個體戶有幾千年了，這又有何新鮮？

經商致富，尤其搞合資企業，極具吸引力。有些青年人豪氣干雲，把儘速發財定為人生第一目標，對於「犧牲奉獻」等等說法完全聽不進，連按部就班、循序漸進也感到不耐。馬列主義等等，更是十萬八千里。他們思考的是「有志者必發財」的原則如何落實於現實人生，而且要快，要立竿見影，馬到成功；二十年三十年以後如何如何，他們覺得沒有甚麼意義——大概由於前些年「空洞的諾言」聽得太多太煩了。

報上偶爾也會報導，多少萬的豪華住宅，多少萬的名牌汽車，總是有人爭相購置，供不應求。實際上是極少數的特例，買來賣去都是外面來的人，與真正生活在那片土地上的人群無甚關係。

生活確有改善——每個人都這麼告訴你；不無遺憾的是，最近物價上漲了不少。主婦在菜場精挑細選的神情，跟臺北看到的差不多，買是要買，抱怨也總歸要抱怨。「上班族」的薪資仍然太低，人民幣兩三百元一個月，很難談仰事俯蓄。大學教授拿到五百元的已屬資深而且優秀的人才。可是，深一層觀察，「靠山吃山，靠水吃水」的自力救濟，門道顯然比過去多。黨政機關、軍隊、學校，都可以（而且是受到鼓勵）自辦企業。往往是拆去一段後牆，另掛一塊招牌，別成一片「生意」，賺了錢大家有份，這現象十分普遍。琉璃廠的師範大學附屬中學，校名是毛澤東題字。勻出一塊地皮來跟日資合建一幢樓房，算是中日合作的買賣。

貪汙，或曰「以權謀私」，盡在不言中。有權的人可以自行立法，依照單行法規辦事。凡是供應緊張的東西，譬如某些地方的汽車票和火車臥票，都得另外設法。

很明顯的一例是，各風景名勝地區都有照相服務，出租皇帝和皇后的龍鳳服飾，似乎也都自稱國營。更有人占據某一個宜於拍照的「景點」，用繩子一攔，誰要站在那地方照相，誰就得付費，雖不過是五角一元，但這樣強占公地、攔路收錢的現象，就像「打漁殺家」裡說的，既非「聖上旨意」，也無「六部公文」，卻也無人出面取締。究其原因，凡是敢那樣幹的，都不是外人。從小生意到「白孔雀」那些大型獨占性的買賣，都得有後臺才行。

商業化之極致，由過度的消費而出現各種賭博。賺了錢自然就要講究吃喝玩樂。於是又傳出這樣的自嘲：「十一億人八億賭，還有兩億在跳舞，剩下的都是二百五。」二百五，北方話有蠢才，胡塗蟲之意。其實，處今之世，想作二百五又何嘗容易呢？

中華民國八十三年七月十七日

歸人的心

馬列之說儘管已經退潮，大陸社會仍然存在著重重矛盾，很難克服。有些毛病明顯是「專政」、「鬥爭」的後遺症；或說是由過去的嚴格壓制之後暴露出來的反動。

表現在經濟上的是極其強烈的對比：沿海省分的開發，更加顯示內地各省的貧窮落後。這是第一大矛盾。

其次，城市處處比農村占便宜，北京上海那樣的大都市不必說了，就是各省的城市居民，生活也比農民好得太多。農民肩頭的負擔最重，得到的回饋全無。名都大邑的輝煌建設，全都是靠農家的膏血，所以怨氣沖天。

第三，個人與個人之間貧富差距也越來越大，而且已不是正常的勤勞苦幹與合理的薪資體制之下改善得了的。收入反正都是那個樣子，城裡人月入兩三百元相當普遍，七八百就算高薪，但有辦法的人三兩千也並不稀奇。問題是這些「有辦法」的，很多是從合法範圍以外去動腦筋，有些歪招，好像是從臺灣學來的，而且青勝於藍。

中國的土地問題嚴重，所以「土改」勢在必行。但當年的作法太殘酷、太過分；毛澤東「矯枉必須過正」這一句話，不知害死了多少人。

一九五八年以後有連續三年的自然災害，出現了歷史上少見的大饑荒。三年間餓死了幾千萬人，比土改時殺掉埋掉的人更多。倖而活下來的人，至今忘不了飢餓的恐怖。

事後檢討，並不是甚麼自然災害，而是那套制度把人逼得不肯幹活。人民公社先出小規模開始，大家都還認真種田。後來大搞起來，一個公社幾萬人；在這樣大的核算單位裡，每一個人的賬就很難記得清楚。勞逸不均，很快就成了人人「躺倒不幹」——身體不敢躺，仍然奉命下田，可是心理上絕對要問「你們不下力，俺為啥該下力？」農民雖然老實，也有自救之道。有人說，公社一算大賬，農民就開始變相怠工，「下田用的鋤頭，比林黛玉葬花的銀鋤還要秀氣。」鋤頭小了省氣力，祇為給地皮搔癢癢，結果便成了「人哄地皮，地哄肚皮。」沒有汗流禾下土的辛苦，盤中也就沒得餐了。

這種情況是我們從書本和報章裡無從理解的。

舉例說，電力建設有進步，但還是以城市為限。電力每度成本是七分錢，市民用電二角五分，農村裡卻要貴五倍，廣大農村至今多用油燈。這個例子可說明城鄉差距之由來，總開關仍在北京。

人民公社不廢而除，人人暗中稱慶。「包產到戶」等辦法，並不是劉少奇、鄧小平的決策，而是農民自己的發明。這辦法證明有「撥亂反治」之效，所以劉鄧都支持。文革時他們被打成「資產階級的黑司令部」，這項大罪是主因。

文革一場浩劫，餘毒至今未絕。傳統的道德、倫理觀念固皆蕩然無存，所謂上一代的革命熱情，如今聽來也都成了笑話。現在流行的不僅是鈔票掛帥，而且是「祇爭朝夕」。若就「拉得下臉來」的坦白程度而言，超過了臺灣。有些人騙錢的手段，已經很接近豪奪。千島湖悲劇不是偶然發生的事故。

然而，我仍然抱著幾分樂觀——對中國人本性的樂觀。從前有人說，中國人祇重家，不重國，人對於自己的親人友好，仍有濃郁的情誼。正因為外人都是這樣的不可靠，以自我為圓心的小圈子就格外值得珍視。天荒地老，此情如一，這話僅限於「自己人」之間才算數。

因此，像我這樣年齡，從海外回到大陸的人，心情有重重矛盾。把社會看作一個對象，很難再「物我如一」融為一體，這中間隔著比四五十年更久、比浩瀚的太平洋更遼闊的距離，一種難以名言的疏離感。可是，若我和個別有血有肉、有情有義的人相對時，一顰一笑，一悲一喜，仍然能相顧而嘆，莫逆於心，好像從來沒分開過一樣。

這，就是我自己——或者說所有歸人的矛盾吧。

中華民國八十三年七月卅一日

人多之患

在大陸各地走走，隨處都可得到的印象是：人太多了。因為人多，食物、水、空氣、住屋、交通、醫藥、教育、就業，樣樣都是問題。大陸上用的字眼是「緊張」。人口激增而各種民生條件不能同步配合，就到處都緊張了。

記得抗戰前後，談到中國人口，習慣的說法是「四萬萬五千萬同胞」，已覺得非常之聲勢壯大。沒想到現在是號稱十二億了。全球四分之一的人口都是中國人，假定五十多億人下場打麻將，每一桌上至少有一個中國人！

談到人太多，就會有人聯想到馬寅初的「新人口論」，馬寅初是耶魯出身的博士，一九四九年以後出任北京大學校長。他是最先注意到人口膨脹會造成危機，並公開發出警告的經濟學家。

一九五三年，中共完成第一次人口普查，全國人口已超過六億，估計年增長率為十分之二十。人口普查在任何國家都是一項大工程，何況廣土眾民的中國？當時採取的方式，是從選樣調查再加推算。當時選的樣本是二十九個大中型的城市，寧夏全省，其餘各省從每省中選十個縣，合起來作為調查樣本。

這樣的抽選與實際情況不符，因為農村的出生率遠高於城市。馬寅初斷言，年增長率絕不止於千分之二十。

此後他到各地調查，一九五五年，他提出的估計年增長率，是千分之三十，亦即全大陸每年淨增一千三百萬人。他根據具體材料寫成「控制人口與科學研究」一文，準備向全國人大會議提案，要各方警惕「人多不是福」的後果。本來已是底子薄，這麼多張嘴巴加上去，甚麼經濟建設也會被吃垮。

但是，馬寅初的一番苦心，卻招來了激烈的攻訐，反對的意見大多不是從理性而是從情緒出發。有些人認為他是「對社會主義祖國的無理誣蔑」。

馬寅初不得不辯說，他這個馬，不是英國「人口論」作者馬爾薩斯的馬，而是馬克斯的馬。他對人口問題提出的忠告，是為了關心中國的前途。

這樣表態交心沒有用處，別人還是認為他是跟馬爾薩斯一脈相傳。一九五八年報刊上出現批判他的文章已有八十多篇。那年四月，毛澤東在一篇文章談到當時的「一片大好」，「……除了黨的領導之外，六億人口是一個決定的因素。人多議論多，熱氣高，幹勁大。」這就成了「人多好辦事」的理論架構。誰再主張節制生育，自屬大逆不道，人民日報就稱之為「嚴重的政治鬥爭問題」。

兩年後，馬寅初辭北大校長，人大常委不久也被罷免。一九六〇年以後，再也沒有人敢像他那樣大聲疾呼，「人口多是我們的致命傷」了。

現在，許多人都會發出這樣的感嘆，「鬥倒了一個馬寅初，中國多出了五億人。」五億人比美國加俄國還要多。

人口負擔已形成惡性循環，許多事情改革改不動，跟人多有關。近年來南澇北旱的天災，原因雖很複雜，基本也和人口太多有關。多出來的人要吃要穿要住，便出現「人與天爭，人與地爭」的現象，大自然的生態平衡破壞了，水旱等問題相繼發生。

大陸上推行一胎化，道理即使十足，手段也未免過分嚴酷，民間已出現不少殺嬰事件，殺了女嬰求子息。這樣鬧下去，十年二十年之後會出現男女人口差額過大，陰陽不調的問題。目前，暫時祇管煞車，其他談不到。

從放任到嚴限一胎，政策一搖一擺，許多人間悲劇由此而來，凡事總不要走極端，太極端了總是要出大毛病。光是那種無形的緊張，就不好受。

中華民國八十三年八月廿七日

兩岸電視

電視，許多人都說「實在不是個好東西」，但還是不能不看。即令很糟糕的事情發生了，便更加要看。譬如洛杉磯大地震，電視畫面才看得真切。雖然不免翻來覆去，有點兒嘮叨，不看可又不放心。

在海外，對臺灣的事情也有這樣那樣的不放心。光是一個上校究竟怎麼死的，就糾纏了一兩個月，讓人看得好不心焦。

在美國看國內的電視節目，有一家好像是轉包，節目之前先有這麼一段中英對照的說明：

「本節目的內容，並不反映本臺的意見，更與本臺的觀點或立場無關。」

這同樣的話要講三遍。最先是臺灣新聞，接著是大陸新聞，都用國語。最後是香港新聞，講的是廣東話。

這是對「兩岸三方面」電視新聞作比較研究最方便的樣本。同是中國人，同是中國的新聞記者，報導同一天發生的大事，然而，「兩重世界兩重天」，其間的差別真是「非可以道里計」，都很遙遠而疏陌，讓人有不期然的異鄉之感。

臺灣新聞是三臺輪流供應，一家大概是四個月吧，前一陣是沈春華，近來是李豔秋。大陸則是中央電視臺，徐俐、王靜芳，一個男生好像叫丁凡，反正都是所謂俊男美女，國語都講得挺俐索。

可是，細聽內容，味道就大不一樣。臺灣新聞最多見的似乎是接見外賓，「上校之死」的報導，跟報紙上的新聞差不多，越看越讓人滿頭霧水。老節目是立法院裡打架的場面，海外觀眾的「修養」越來越高了。以前看到吵吵鬧鬧，不免肝火上升，現在已經見怪不怪，祇嫌他們演出不夠火爆，「並不見得比老賊們精采呀」！

也許由於時間所限，報新聞的人不得不快馬加鞭，一筆帶過。「深入報導」是沒有的。處處留下一些餘音嬝嬝，讓你去自思自嘆罷。

臺灣新聞的好處，因為簡短，所以能作到多樣化、生活化，天氣變了，股票漲了，甚麼地方出車禍了，一掠而過，倒也應有盡有。

不好處則是——讓人怎麼說呢？就如立法院打架、垃圾桶套到頭上的那種鏡頭，看多了總非延年益壽之道。尤其同座中不幸有夷狄之輩同觀，那真令人看也不是，關也不是，「臺灣經驗」講不出口了。當然這問題不全出在電視，是臺灣特有的「民主憲政」的毛病，內行人看得出來，電視上已經在輕描淡寫了。

大陸新聞另有一功，報的人跟著「新華社消息」一路朝前走，畫面少而獨白多。也許是怕那些新聞人物的普通話不夠普通，一切發言都由報告新聞的人代勞。前一陣熱門新聞是針對香港總督彭定康的提案，談判破裂，劍拔弩張。北京外交部發言人「嚴正譴責」，可是有他的畫面沒有他的聲音。接著我再看香港新聞，播到了那段新聞，倒是讓發言人自己發了言，在粵語節目中，他的國語算是滿好的。不懂為甚麼北京的節目不讓他出聲？也不祇是外交部發言人，別的有頭有臉的，十之八九都是演「默片」。

大陸新聞全是「積極健康」的，涉及兩岸往來，免不了玩些小心機，讓外界覺得關係搞不好，臺北該負全責。他們報導臺灣的事甚少，倒是有一天臺北菜價大漲，成了北京對美國播出的一條新聞。

總括起來說，臺灣的節目比較生動活潑，技高一籌，很想做到「新聞自由」掛帥，對於「新聞記者信條」上的理念就不大去思考了。

大陸新聞條條框框比較多，因為太純淨了，反而讓人起疑。那樣的防備著「精神汙染」，仍是三四十年前臺灣有過的「戒嚴」心態。

可是，在大力鼓吹臺商到大陸投資這件事上，他們作得相當成功。從貫徹「政策性」的要求來看，兩方沒有辦法相比。至於海外現象的反應如何？一句話，各有愛憎吧。

中華民國八十三年二月五日

毛病

老友遠道寄這本書給我，前一陣不得空閒，直到元宵節才讀完。想不到在次日的紐約時報上看到這位作者猝然長逝的噩耗，真是太可痛惜了。

李志綏的「毛澤東私人醫生回憶錄」，稱得起是一本當代奇書。這樣的書能夠完成並順利出版，可說冥冥中自有天意。中國人吃的苦太多太冤，天可憐見，才有這樣難得的機遇，有這樣一個人物，為歷史留下一些真相。

作者是醫道世家，祖上曾任清廷御醫，作者雖受的是英美式醫學教育，他的家世背景和他被選中擔任毛的保健醫生，大概也有相當關係。他在毛身邊前後二十二年，如他自己所說，不僅是醫生，而且是一個受信任的「清客」，有耳目作用。

起初，李志綏對毛甚為崇拜，仰望如泰山北斗。直到一九五九年之後，才逐漸看清真相，「原來他正如演員一樣」，前臺化過妝，到了後臺另有一副面目。李志綏和毛相處既久（從一九五四年直到一九七六年毛死為止），且又參與密勿，不僅對毛個人生理、心理種種隱密瞭如指掌，且對中共權力核心種種運作，也都有深刻的認識和理解。近數十年間，有關毛和中共的書太多，揚之者歌功頌德，捧到九天之上；貶之者口誅筆伐，踩到十八層地獄裡。此書的長處在於實事求是地敘述往事，處處謹小慎微，似求自保。他雖然有滿腔的悲怨不平，但絕少激昂慷慨，形諸辭色，祇是實話實說。

此書出版前就造成轟動，由於書商的宣傳似乎側重在毛的「後宮」穢聞，自有很大的吸引力。誠如作者所聞所見，「毛的私生活駭人聽聞」。外表上毛儼然是和藹的長者，實際上「一貫將女人作為玩物，特別是晚年，過的是糜爛透頂的生活。他沒有別的娛樂，玩弄女人成了他唯一的樂趣。」毛特別中意年輕貌美、知識程度很低的少女，他也相信道家採補長生之術，對這些女性談不上什麼感情。紅樓夢裡警幻仙子所謂，「世之好淫者，不過悅容貌，喜歌舞，調笑無厭，雲雨無時，恨不能天下之美女供我片時之趣興，此皆皮膚濫淫之蠢物耳。」毛也不過止於這種境界。

毛之真正為禍中國，作者有深一層的體會和分析。一九五六年，毛就發現進了城的共黨大大腐化墮落，黨內整風起不了用處。所以他要動員知識分子幫共黨整風，想不到知識分子倒戈相向。他號召「百花齊放，百家爭鳴」，結果是惹火燒身，知識分子不僅向共產主義質疑挑戰，而且直接攻擊毛這個「老和尚」。

一九五七年的反右鬥爭，一九五九年廬山會議批鬥彭德懷，以至一九六六年開始，十年浩劫的文化大革命，為中國人民帶來了空前的災難。為甚麼毛會這樣倒行逆施，把許多親密戰友，當年打天下的功臣驍將都非要鬥垮鬥臭、鬥倒鬥死不可？

李志綏體會到的根本原因，是蘇共二十次全代會上由「反史達林」而「反對個人崇拜」運動，在中共黨內引起一連串反應，毛的唯我獨尊的地位動搖，於是他才想越過黨政種種關卡，鼓勵狂熱的年輕人造反。劉少奇死無葬身之地，林彪粉身碎骨，都因為他們冒犯了毛的獨霸天下的「雄心」。這些經過世人都約略知道，但其中情節沒有李醫生寫得這樣詳切而生動。

毛去世已快二十年，這本書在臺灣和海外仍能風行一時，可見人們對於毛這個怪物，仍有極大的好奇心。其實，在兩岸關係開展之後，大陸上的億萬人民，才最需要讀一讀這樣掀開神秘面紗、痛陳真相的好書。中國的和平統一是全民的願望，無法統一的主因之一，是大陸上仍有以左為正、以毛為師的偏激思想——人們讀鄧小平文選和傳記，其實還不如讀讀李醫生的回憶錄更為有益，更有清掃餘毒、實事求是的大作用。

作者最後說，「我將一生獻給毛和中國，但我現在成了真正的無產者。」他寫這本書紀念與他患難相共的愛妻，也是為了寫出來「平民百姓生靈塗炭，以及善良知識分子，為了求生存，不得不扭曲良知、犧牲理想的歷史記錄。」毛的病態為中國人帶來浩劫，這是歷史上罕有的「毛病」。

中華民國八十四年三月十一日

許之回憶

喜歡追求事實的真相，是古往今來人所共有的特性。千島湖的暴力犯罪，名古屋的空難悲劇，人們都迫切想要知道當時的真相究竟如何。其實，學術上的鑽研，歷史上的探求，文學藝術上的苦思冥索，以至新聞上的追根究柢，層次或有不同，要旨卻都是差不多的，求真求實而已。

香港將於一九九七年歸還中國，在港人所謂的「九七大限」之前，中共與港英之間的交涉，對香港居民所下的工夫以及各方的反應，具有深廣的影響。真相如何，自然值得重視。「許家屯香港回憶錄」的作者，曾是中共駐港最高負責人，以「新華社香港分社社長」之名，實際上則是「地下港督」。他在任六年多，以其第一手的經歷，把涉及香港六百萬人的命運的這段秘辛一一敘述出來，等於是揭開了歷史事件的黑盒子，其意義自非尋常。

我先是在美國的「世界日報」上讀到連載，雖然，每天三五千字，仍感到意猶未盡。中間偶爾因故脫漏幾段，更是不舒服。春間買到了單行本上下兩冊（聯經公司出版，六六六頁），重讀一遍，頗有「不亦快哉」之樂。

香港是「東方之珠」，其重要性無需多說。中共在改革開放的主題曲之下，在香港推行「一國兩制」，一方面是要養住這隻能下金蛋的鵝，另一方面當然更是要給臺灣一個樣子看。項莊舞劍，意在沛公。在中共的天平上，解決臺灣才是「最後命題」。

許家屯對香港形勢的判斷——他承認大多數港人對中共是心懷疑懼，以及其統戰的作法——多方面「交朋友」，包括某些大資本家，如何請客，如何送禮，如何破除疑懼而爭取好感。從種種曲折之中，看得出此人的才識、手段，確是統戰的一把高手。

「回憶錄」裡極有價值的一部分，透露出中共權力核心勾心鬥角的實況。許原在江蘇工作二十餘年，做到第一書記。江蘇奉行鄧小平開放路線最有成績；秘訣就在憑藉市場經濟的力量。基於這種認識，他在香港便「實事求是」地和包玉剛、霍英東等刻意結交，不喊口號，拋棄了馬列包袱。

無論是依據「論資排輩」的標準，或者是比較「政績」，許家屯的條件和當權的江澤民、李鵬等都在伯仲之間。正因「功高震主」而疑謗叢集，被責為「太右」。六四天安門事件之後，許家屯支持趙紫陽應向學生告罪，因此被排擠而去。他一輩子都幹共產黨，極瞭解黨內剪除異己那一套手法，所以決心「脫走」，目前託足美國。

這本書是從大陸出走的類似著作中極特殊的一本，它提供了豐富的有關中共在作法上、人事上的真相。「總書記管得太細了」，江澤民連新華社香港分社辦公廳主任這樣一個職位，也要安置自己的親信。李鵬在「港龍」公司和「海口開發」等案的決策，都並沒有遵照「黨的原則」。他也揭發了某些所謂「學者」，為北京講話，原來是有暗盤的。許家屯娓娓道來，讓世人看清了「黑盒子」裡的東西。彼汲汲於爭權者，亦汲汲於攘利者也。

中華民國八十三年六月十一日

大風之末

從一九九〇年算起，不知不覺已在海外過了五度雙十節，這中間雖曾回過臺灣和大陸，畢竟生活上有許多改變；「夢裡不知身是客」，但總有夢醒的時刻。

今年的雙十前後，心情低沉黯淡，覺得有很多話要說，又不知如何說才好。不甚好聽的話，還是留在薄海騰歡的日子以後再說吧。

不管身在天涯，心心念念總希望自己的國家好，國運昌隆，人民安樂，大家都好才有個人的「好」。然而，事情的發展並不是那個樣兒。以前擔心的是貧窮匱乏，似乎一切困難都由一個「窮」字，祇要我們能不怕吃苦受累，打破了窮關，別的事都好辦；其實不然。臺灣現在稱得上很富了。然而，給人的感覺是，除了錢，臺灣似乎甚麼都沒有了。

我初次到美國，是在三十四年之前。彼時大局已對我們甚為不利。可是，海外的僑胞和華裔都很樂觀，「一心一德，貫徹始終」地心向臺灣。國父的遺蔭，老總統的英名，三民主義和青天白日滿地紅的國旗，都能讓人聞風興起。聽一位老僑胞說，「在美國，共產黨跟國民黨爭人心，永遠占不了上風。」

有人認為，華僑很保守。若干年前，重要的僑界集會，國歌照例要唱三遍。你認為這是沒來由的保守嗎？其實是因為身在異域，勢禁形格，平日少有聚集一堂、高唱國歌的機會。一而再、再而三，無非是流露濃厚的眷念祖國的心情。例行的儀式已昇華為一種虔誠的獻禮。

不知國內朋友們是否注意到，今年海外有一些細微的、卻可能有深遠影響的變化。

在紐約，九月廿五日出現了一次「慶祝十・一」的遊行。雖然人數不多，聲勢不大，且沒有走進華埠，但這是幾十年來破題第一遭，以前從未有過。

在舊金山，報紙上形容為「一國兩慶」，井水不犯河水。不過，往年金山大埠祇見青天白日滿地紅國旗飄揚，看不到五星旗。當地僑團裡的萃勝堂，二十二年前一度要升五星旗，禁不住僑社裡「眾人皆曰不可」的輿論力量，祇能「議而不行」，不了了之。今年萃勝堂卻舉行了升旗儀式，中共的大使和好幾任駐金山總領事都趕來參加。唐樹備在僑社中發言豁了邊，就是那個場合之外的一筆。

總體來說，慶祝雙十節仍遠比十・一熱烈隆重，東西兩岸如此，北美其他各地也是如此。或因為中共今年要刻意突出「意氣風發」的一面，反而激發了僑界的反應。今年雙十節的味道就格外不同。

大風起於蘋末，臺北應該不致有意無意忽視了這種變化吧。為甚麼在退出聯合國的時候，在中美斷交的時候，僑胞對自由祖國的支持未嘗稍懈，反而是在臺灣大力「修憲」之後，僑情僑心才開始發生這樣不幸的變化呢？值得深思。

臺灣之所以強，因為傳承著「堯舜禹湯文武周公」以來的一貫之道，中國人之所以為中國人的準則。近年來，有些人偏偏要「小其道而行」，不認華夏的列祖列宗，妄想搞一個小朝廷自保自安，這是行不通的。僑胞的失望與震愕，比我們過去承受任何外來的打擊挫折時都更為嚴重。

高層一定要醒悟，千萬不要逼得海外廣大僑胞們要作「兩害相權取其輕」的抉擇，那就太痛苦、太殘酷，而後果太嚴重了。

今年天時不利，颱風連連，臺北雙十節的慶典，不得不改在中山堂舉行。這也是四五十年來頭一回。許多人都順理成章地說一聲，「風雨生信心」。此情此景，自屬恰當。不過，還是希望平時不要做戕喪信心的事，不要說不三不四的話。惟有秉持明確、正當、堅定不移的目標，才足以號召海內外的人心。真等到風狂雨驟的時候，才來生信心，恐怕為時已晚。

中華民國八十三年十月廿一日

弓不要拉滿

去年這個時候，一位青年作者寫的「一九九五閏八月」曾引起很大的反響。當時雖議論紛紜，但很少人想到一九九五年還未進入閏八月，中共的飛彈便已試射到臺灣北部海面。世情變幻，翻雲覆雨，最荒誕的幻想幾乎成了相當準確的「預言」。

在最近幾個月間，單以臺海兩岸的關係而論，波瀾起伏，瞬息千變。萬變不離其宗的是我一直深信的至理：禍福相倚，哀樂相隨，物極必反，月盈則虧。弓不要拉得太滿，話不可說得太絕。這話對兩邊都適用的。

在臺灣方面，李登輝總統回到母校康乃爾大學，六月九日發表「民之所欲長在我心」的演講，有人說講得十分精彩，也有人認為平淡無奇；但這總算是一篇充滿感性的證詞，比起前者和司馬遼太郎對談的「生為臺灣人的悲哀」進步多多。從務實外交的觀點而言，是一次來之不易的「突破」，也是李先生個人在從政境界上的提升。

可是，這件事似乎有些宣揚過當；臺北圈子的某些熱心人馬上慇勤勸進，似乎綺色佳便是總統連任的快速公路，四海歸心的氣氛越來越濃厚了。

然而，接下來卻是一連串的不愉快。各方期待的辜汪二次會談和兩岸間的交流，都被對方一手切斷。七月廿一日開始的飛彈試射，從江西、從吉林，不遠不近地射到了彭佳嶼海面。市井民眾雖仍能在「處變不驚」的心情下，保持鎮靜；股市卻一瀉千里，意味著錢比人更敏感。於此同時，北京連日叫罵，一評二評，再三再四，都以李總統為單挑的對象。在中共看來，康乃爾之行簡直是「罪大惡極」，連「叛變」之類的字眼兒都用上，著實過分。

美國方面冷暖不同，國會議員們熱情如火，白宮以次卻仍是謹小慎微，生怕得罪了北京。中共原來要和美國廠商作一筆有關汽車的生意，適於此時，合約落在德國的賓士廠頭上。通用與福特大感失望。當國務卿克里斯多福與錢其琛在汶萊會談時，雙方的姿態都不低，中共更把臺灣問題當作一著「生死劫」，關繫著整個棋局。

冷眼觀察，中共在表面上彷彿占盡一切上風，飛彈在握，收放從心，你們說不會玩真的，但誰能打這個包票？祇要臺灣要「獨」起來，就得冒著兵燹戰禍的危險。分析家且認為，中共的一路「評」來，正是兩手策略配合運用，要使李總統退出選舉，並壓制臺獨的聲浪。

康乃爾之行是一個高潮，飛彈試射是一個反高潮。

不過，從海外看來，中共的炫示威力，作得太猛浪了一點兒；對李先生的人身攻擊，也嫌話多了一些。其效果乃不如預估之高。

以飛彈試射來說，這一舉動想必出於軍頭兒們「躍躍欲試」，但卻與中共的政略要求不合，試過之後，真能打過來嗎？中國人打中國人，而且是用飛彈打，說得過去嗎？若真那樣一打，中共多年來的統戰功夫全都付之東流，而且在世界輿論之前遭受的責難，將是「不可承受之重」。

至於那幾「評」，儘管疾言厲色，卻有些絮絮叨叨，翻來覆去，到後來便不止是反臺獨，連「中華民國在臺灣」也不認賬了。這樣批鬥下去，對李先生反而是幫了忙。

大家都知道，李總統在臺灣並不是「唯此一人」的人物，外有在野黨的角逐，內有不同派別的離心。平心而論，層峰過去出言不慎，思慮未週，留下話柄之處著實不少。但由於中共指名叫罵之後，許多原來抱著不同見解的人也都暫時沉默下來。中共的謾罵，無形中幫了李先生的忙。

當然，國家大事，不容如此輕率地「跟著感覺走」，大選的布局自應更加慎重，這又應了老話，處變不驚還不夠，需要的是「慎謀能斷」的大智慧。

中華民國八十四年八月十二日

中國的古拉格

當世人慨嘆著「文學瀕臨死亡」之時，總還有些癡情的、固執的人，包括區區在內，仍然相信文學不僅不會就此衰竭、死亡，而且終必有其新興再起的運會。

眼前的文學之低潮，是因為有些作家迴避了他應負的使命，有些作家以「博君一粲」的娛樂家自居，文學的分量越來越輕，最後就面臨了可有可無的命運。

文學的價值，不是、也不應該是祇限於娛樂品。像索忍尼辛在為接受諾貝爾文學獎而準備的演說辭中，便強調說：世界文學「並不是一個抽象的名詞……而是具有一定形態，蘊涵著人類的共同精神，和心靈的躍動統一，從而反映出日新月盛的全人類精神的統一和諧。」

索忍尼辛早在一九七〇年寫好的那篇演詞中強調，「如今唯一能拯救人類的，就在於大家都來關心天下事……而文學，作為人類存亡所繫的最精妙、最緊要的工具之一，顯然是最先把握與連結人類統一願望的必要手段。」

在索忍尼辛的等身著作裡，文學價值不是最高、但在俄國內外卻發生了最大影響的，是長篇鉅構「古拉格群島」。

這本書的重要性，可以從「古拉格」這個字的創制充分顯示出來。「古拉格」原祇是俄文的字頭縮寫，代表的全文是「勞動改造營總部」。在索忍尼辛的書問世之後，「古拉格」這個字已被編入各種語文的字典裡，確切的含義是指蘇俄在史達林時代暴力統治懲罰體系。

到了一九九二年的今日，蘇聯已經解體，在那廣漠土地上統治了七十餘年的共產政權隨之瓦解，可是，「古拉格」這個字卻並未死亡，因為，共產體制的暴政，在世界上其他地方依然存在——譬如中國大陸。

古拉格群島不是地理名詞，而是一個具有象徵意味的、更廣泛的專有名詞。索忍尼辛在蘇俄勞改營中度過十一年的漫長歲月。他的書裡包括他自己和二百二十七名難友的親身經歷。這不是小說家的想像之辭，更不是由於意識形態對立而發出的譴責和詛咒，這些人物和事實都是二十世紀裡的噩夢。

現在，蘇聯和共黨俱往矣，索忍尼辛仍在，索忍尼辛的著作長存；他創下的「古拉格」這個名詞，陰影徘徊未去，籠罩在中國人民的頭上。

現在，有一本揭發中國大陸「勞改」全貌的專書已經出版，以英文本對世界發行。

此書的原名是「勞改，中國的古拉格」(*Laogai:The Chinese Gulag*)。原作者是聯副讀者十分熟悉的吳弘達先生(Hongda Harry Wu)。他用中文寫的「重返地獄」於三月七日、八日、九日在聯副全版刊出。吳弘達曾在清河農場等地度過十九年的勞改——比索忍尼辛還要長八年。

去年夏天，他兩次返回中國大陸，尋訪了十二個勞改隊，自廣東到北平，自上海到青海，前後歷時四十天。

吳弘達冒著生命的危險，深入禁區，採訪到各勞改隊中的實況，在美國電視、報刊上發表，更在美國參眾兩院聽證會上提出。吳弘達揭發了中共多年來即一直用強迫奴工的勞力，從事生產外銷，這是嚴重的摧殘人權。他的指控獲得了舉世的重視與同情。

「重返地獄」寫的是他從事採訪調查的詳細經過。

「中國的古拉格」這本書，是他捨死忘生，重入虎穴得到的結果，這本書便是他揭發中共壓榨人民、破壞人權的鐵證。

吳弘達近年在史丹佛大學的胡佛研究所從事研究，主題就是大陸上的「勞改」。這是一本謹嚴而確實的學術性著作。英文本的譯者是史林格蘭(Ted Slingerland)。全書五章，二四七頁，由美國西景出版社(Westview Press)出版。

人權鬥士方勵之教授在序文中指出，在中共政權統治大陸的四十年間，「人權」這個名詞絕少有公開的機會；因為這個名詞已被當局歸於「反共」的觀念一類，所以嚴禁提出。因此而造成一種印象，在大陸上從未發現有摧殘人權的紀錄。方勵之說，其實，「沒有紀錄正是最壞的紀錄」。

他舉例說，早在一九五七年的「反右」運動，受害者不下於五十萬人，或被迫失業，或下放勞改，更有許多人死亡、失蹤，但都不曾留下任何可以追查的踪跡。

遲至一九八六年，進入鄧小平的改革開放時期，方勵之與友人們曾籌辦一次「反右運動三十週年」的紀念活動，藉以提高人們對人權的重視；可是，在開會通知已發出之後，仍在當局的大力阻撓之下，不得不偃旗息鼓。「人權」是提不得的，三四十年前如此，至今依然如此。

因此，方勵之推崇吳弘達這本書，定能引起全世界人民的重視，在普遍人權的觀念導引之下，一起來關心大陸上的人權問題。

「中國的古拉格」與「重返地獄」雖然討論的是同一個主題，但方法和態度大有不同。「中國的古拉格」不似「重返」那樣重用感性的、切身的描敘，而完全是客觀的、科學的陳述。

全書分為「緒論」、「勞改」、「勞教」、「強迫就業」、「鄧小平時期的勞改」等五章。緒論那一章，對勞改營的組織與分布，勞改營裡的人，勞改營的政治功能，勞改營裡的政治犯，思想改造，強迫勞動與強迫生產，勞改企業在中共經濟體系中的地位等，都有精要而深刻的分析。

吳弘達蒐集到的資料，包括九百九十座勞改營的實況。他所瞭解的是，這些勞改營也祇不過是大陸各地勞改營總數的四分之一到六分之一而已。

每一處勞改營都有兩個名稱，這是中共政策所定，一個是根據公安體系指定、對外不公開的名稱，如「山西省第十三勞動改造大隊」；第二個名字則是為了公開使用而加以「企業化」了的，如「清河農場」、「湖南重曳引機工廠」等，使人看不出任何「勞改」氣味。

關於吳弘達已掌握了確實資料的九百九十座勞改營，分布全國各地；如以地區來看，廣東省（一三一處）最多，其次則雲南（六十六處）、福建（四十五處）、四川（四十二處）、山東（四十四處）、河南（四十三處）、黑龍江（五十二處），其餘各省區各約二、三十處，至於每一個營裡關押的勞改人員，少者三千以下，多者萬人以上。在本書的「附錄一」（自一四七至二一三頁），分別詳細列出了二十九省市的地圖，以及在該省市境內各勞改營的名稱、地址，收押人數等基本資料。真是鐵案如山。

吳弘達提醒讀者，九百九十處勞改營，祇能算是冰山之一角，還有更多的場所，外間並無所悉。依他的經驗，最近邊界各省分，如廣東、福建、雲南等，資料比較容易得到，內地各省市真相難明，實際數字一定比他得到的資料高出許多。

還有些勞改營，是處於半軍事管制之下，如新疆的生產兵團，其下所屬各農業師，師部都有軍法單位與勞改單位。那些地方的情況還並未包括在這本書裡。

這一張張的地圖，一份份的統計表，將今日中國大陸上所謂「勞改」的主要分布地區都揭發出來了。中共想要一手遮天已經辦不到，相信國際間重視人權問題的組織和專家，一定會鍥而不舍繼續探索，直到中共能有一天放棄了這種暴政，或中共政權徹底崩潰為止。

勞改營實際就是奴工和農奴，他們的「成本」當然低廉；他們的產品，從農、林、漁、牧，到礦產、化工、塑膠、皮革、木材、工具、紙類、絲綢、布匹、成衣、地氈、陶瓷、玻璃、珠寶、鋼鐵等各種金屬、電工機具、核能反應爐、鐵路、公路、飛機、輪船等有關的成品和零組件、槍械、彈藥等九十九大類。吳弘達再從美國商務部的進口統計中，一一查明，除了軍火與交通器材等未有紀錄之外，其餘很多項目都有案可稽，而且從甚麼地方、從某些勞改營生產的，都調查得很清楚。

書中舉了三處勞改機構，即「北京市國營清河農場」、「北京市團河農場」和「山西省萬莊煤礦」。扼要說明其場址、沿革、和現況。

關於清河農場，讀過「重返地獄」報導的讀者，都已有深刻印象。「團河」規模較小，但收押的人員估計一萬以上。一九五八年，首被「國務院」選定為四十個模範「進步紅旗單位」之一。因為它管理得好，收穫量高，為政府賺了很多錢。不過，因為農場作工的全是勞改犯，所以祇有幾個「紅旗」幹部，沒有一個模範勞工或農民。

在「改革」的新口號之下，勞改營也受到若干影響。清河農場致力明蝦養殖，團河農場和香港商家合作，生產鮮花。這祇是千百種變化中的一例。所謂改革，主要就是「商業化」、「國際化」，向外面賺錢。

臺海兩岸的關係，近來呈現緩和的跡象。中國人都相信並且期待，經由和平的方式達成最後的統一，應是大勢所趨。

但是，橫亙在這種「良性變化」之前的一大障礙，就是大陸上的人權問題。「勞改營」或「中國的古拉格」，正是人權問題的一個核心。

最近十年來，中共對於勞動改造，採取了若干新的政策和措施（很多至今尚未公開發表）。這十年期間比早先的三十年（從一九四九到一九七九年），手段上已有不同。但是，究其實際，所謂「勞改」依然是中共整個控制結構的中心，其政治任務始終未變。吳弘達在重返大陸，和許多人（包括黨政幹部和勞改犯）接談的總印象是，「中共對此的立場一直是很堅定的」。鄧小平所謂「膽子要大一點，步子要跨得開一點」，顯然都不包括取消勞改政策在內。

索忍尼辛筆下的「古拉格」，已經隨蘇聯之崩潰而解體。

吳弘達所揭發的「中國的古拉格」，何年何月才能完全從地球上消失呢？

吳弘達的「重返地獄」，使得中國讀者感到震撼，並且重新考量兩岸間的所謂「善意互動」。他這本「中國的古拉格」，是以更冷靜、也更精確的聲音，向當世人類的良知提出訴求：漠視或容忍這樣大規模的罪行，等於是縱容罪惡；如此則正義與和平永遠不可能實現。

中華民國八十一年五月廿日

雲雨暗更歌舞伴

海峽兩岸往來春雲漸展之際，「北京京劇團」一行六十餘人，四月中來臺北演出。這是來自彼岸的第一個國劇團體，也是目前大陸上陣容最盛、實力最強的一團。幾位主要演員，如梅氏姊弟等，都是梨園世家，對臺灣的老戲迷而言，皆有一番特殊情分。唐陸暇的名句：「雲雨暗更歌舞伴，山川不盡別離杯。」經過四五十年天翻地覆的兩岸睽隔，而今能有重溫舊夢的機會，雖說是星移物換，人事全非，但那悠悠然的唱腔，依然裊裊不絕，彷彿從來沒有間斷過，「和原來的一樣好。」

老友維克多忽然在電話中相告，他已從美國趕來臺北，專程來看「京劇」從四月十四日到廿九日的演出。七組戲碼，他場場都買到了最好的票。我不知他如何變得這般神通廣大。承他美意，約我一同欣賞第一場的「龍鳳呈祥」。

維克多是南方人，中年開始迷上國劇，看了很多，而且下功夫認真去學，登臺票戲，很像一回事。如今雖退隱江湖，有好戲仍不肯放過。「為朝名山不辭遠」，這股熱心真是難得。

我們相別多年，他還記得我的嗜好，盛情可感。

又有一對伉儷，生平喜歡的是西洋歌劇；我提醒他們這次的「中國歌劇」不同凡響，不可錯過。他們接納我的建議，且把我也請上。在一票難得的盛況，我無意中觀賞了四場；依古人「樂不可極」之義，也就很夠了。這樣的際遇，已甚難得，濡筆略記觀感，以告慰遠道未能到場的同好。我的知識與筆墨，皆不足以言評論，此中有讚賞亦有感傷，歲月如矢，去若逝水，舞臺上風雲變幻，豪傑代興；舞臺下，燈光照不到的角落裡，不知不覺頭也白了。

梅葆玖

在洗淨鉛華、卸卻珠衫之後，他原來已經是一個胖嘟嘟的、摩登的小老頭兒了。然而，在舞臺上，他依然可以雍容華麗、百媚千嬌。

像他的父親、「四大名旦」之首，冠冕群倫，名滿中外的梅蘭芳。中山堂座上，年長輩的觀眾，多多少少是抱著「此乃故人之子也」的懷舊之情，追想夢魂中「梅郎」丰采。

沒有人能說梅葆玖可以代替梅蘭芳，甚至於連「相近」都不夠；這是所有「名人之子」命中注定的負擔。「他怎麼比得上他老子！」誰要不這麼說，似乎就顯得外行。

然而，他是所有梅蘭芳追隨者中最像最像的一個。最像的是他的明眸流眄，和微微向下彎的朱唇。你把手冊上他那幅虞姬的照片，和他父親同一張劇照相比，活脫脫就像是同一個人。舞臺上，他們都是百分之百「女性化」了。

甚至於他的一隻手，「蘭指微翹」，這是要花許多功夫的；白潤豐腴，柔若無骨，恐怕是半靠調護、半由天生了。維克多問我，「他指甲上塗的紅色蔻丹，下臺後不知要不要洗掉？」

「龍鳳呈祥」裡，他演前孫尚香，「昔日梁鴻配孟光」的慢板，平平穩穩。「四郎探母」裡前後段鐵鏡公主（中段是許嘉寶），也還可以，白口絕佳，要聽那京白甜美的脆勁兒。

最好的還是「霸王別姬」（這是我自己買票看的一場）。梅蘭芳當年與楊小樓這齣戲，成為千古絕唱。那唱片和錄音帶至今仍常聽到。有次從金山來臺北，華航機上，我翻來覆去聽了無數遍，好就是好。「好書不厭百回讀」。

買票時以為是全部（該從韓信點兵和李左車詐降演起），拿到票才知道前面有楊少春的「挑滑車」和梅葆玥的「沙橋餞別」。多嘗幾道菜也好。其實以前在北平聽戲，從開鑼到大軸，前面有四五齣戲是正常安排。

這回演的真正祇是「別姬」一折；主要就是聽梅葆玖「看大王，在帳中，和衣睡穩」那段南梆子，和舞劍之前「勸君王，飲酒聽虞歌」那段二六。這是梅腔的精華和代表作之一。

至於虞姬的舞劍，是和譚派鬚生在「翠屏山」石秀殺山的「六合刀」一樣出名，都有本門秘傳的味道。

論唱與唸，葆玖無法望其父之項背。功夫不饒人，年歲也不饒人，他畢竟已是花甲之年。「坐宮」的公主與四郎對口，論高亮流暢，也許較顧「師姐」正秋女士極盛時略有遜色；但總體來說，中規中矩，亦步亦趨，葆玖無愧乎梅派傳人。處處皆謹守矩範，沒有輕作更張，炫奇弄巧。

「別姬」有一處小小刪節，老本子項羽在慷慨悲歌之後，不得已講出來的：「那劉邦與孤有舊，妳不如跟隨他去吧。」楊梅當年有此一句，這次刪去了。從心理描寫的角度分析，這句話不講要比講出來好得多——楚霸王雖然剛強暴烈，畢竟不是張飛、牛皋一型的一勇之夫，說那樣的話未免淺俗，而且薄情，彷彿存心逼著虞姬走絕路，那她後來的自刎，便失去了自發性的悲劇感，與她的「大王意氣盡，賤妾何獨生」的貞烈性格不一致了。

李長春的霸王，實大聲洪，可與梅家班的劉連榮媲美，跟楊小樓的味道仍大有距離。楊宗師那一聲「如此啊酒來」，嗚咽酸楚之中仍不失其叱咤風雲的霸氣，無人能學得來，「此殆天授，非關人力也」。在太史公司馬遷的筆下，項羽不是正統的帝王，但有他的「本紀」，這樣的英雄，便到了窮途絕路之時，也與眾不同的。

梅葆玥

照臺灣演藝界的習慣，梅葆再這個名字「大概不會紅」；不是筆畫不對，而是因為很多人看到那個「玥」字拿不準該怎麼唸。若是索興叫「寶月」，那就很本地風光了。

葆玥比葆玖大四五歲，工老生，師承余叔岩。國劇的生行以譚派為主流，余叔岩之於譚派，可比孟軻之於孔學，聖保祿之於天主教。今日之譚派，無論是臺灣或大陸，都包含了太多的「余」味。余門弟子造詣最深的，是晚年息影在臺北病逝的孟小冬女士。葆玥尊之為「了不起的孟先生」。

葆玥在「龍鳳呈祥」裡演前劉備，「沙橋餞別」的唐太宗；都是王冠紅蟒，扮相幾乎一樣。最後的「探母」，那晚共有五個楊四郎，她演坐宮，從「自思自嘆」的慢板，「未開言、不由人，淚流滿面」的倒板，最為繁重。最後「叫小番」的一聲嘎調，居然也翻上去了，真所謂「卯上了」。

真正見功力的是「沙橋餞別」，這是余門獨有。余叔岩很珍惜他自己的唱腔。據戲史，余在舞臺上從來沒演過這齣戲，可是灌製唱片時曾一再研摩修訂。余派老生學「提龍筆，寫牒文」慢板，好像是寫畢業論文。學不好就不「余」了。

梅氏姊弟此來，臺下人緣最佳，與內外行的往還亦多，有兩位已下世的前輩，不知可曾瞻拜。

一位是有「中國莎士比亞」之稱的齊如山老先生，如老為梅蘭芳的知友兼顧問，他的設計和編劇提升了國劇的水平。梅蘭芳由最傑出的旦行演員，更成為集大成、開新境的藝術家，與齊如老的合作極有關係。

另一位便是前述的孟小冬。她不僅是值得尊重的前輩，而且，當年「冬皇」下嫁「梅郎」，被稱為「顛鸞倒鳳」的菊壇佳話（後來以仳離而結束）。人間恩怨而今該已「化作輕輕淡淡煙」了吧。

這是舞臺以外的戲劇，年輕一輩沒幾個人記省。然而，總是一種無可如何的深情。遙遠的、剪不斷理還亂的千絲萬縷，跨越時空，揮灑人間。

葉少蘭

國劇的各種角色之中，最難被外行觀眾「接受」的，大概就是尖著嗓音、不男不女的小生了。現代影劇裡，英俊小生注定是主角；國劇裡的小生卻十有九回是配角。

許多年前聽過的好小生，最資深的是程繼仙（他的父親程長庚，享名在譚鑫培之先），那時便已垂垂老態。第一流的是姜妙香、俞振飛、尚富霞、金仲仁、茹富蘭等；青春壯盛、文武全材的，則屬葉盛蘭風光最盛。

唱小生而組班、挑大樑的，葉盛蘭空前絕後。他的班子沒有支持多久，因為像「木蘭從軍」那樣的劇目畢竟太少；但他總算創下記錄，為小生行揚眉吐氣。

葉少蘭便是他的兒子，得其親授，傳其衣缽。你看他一出場，抖水袖，亮相，以及耍翎子的手法，完全照他父親的路數。開懷大笑，得意而笑，或者輕蔑地冷笑，都妙到毫端。嗓音之寬亮，工夫之確實，身段之優美，時下難求第二人。

這一輪看了他的周瑜（龍鳳呈祥）和楊宗保（探母），他與許嘉寶夫婦合演的「呂布與貂嬋」。三國群雄並起，所謂「人中呂布，馬中赤兔」，可見其勇武絕倫的丰姿。但此人不僅性好漁色（所以中了王允的連環計），而且沒有甚麼一貫的政治立場，一再反覆，到最後是白門樓兵敗，跪在曹操面前說，「當世豪傑，怎比丞相」，泥塗曳尾，終仍不免被殺。葉少蘭演出了呂布得意之時的驕狂，「那一日，在虎牢，大擺戰場。我與桃園弟兄，論短長」那一大段，句句有彩，餘音繞樑，聽得觀眾如癡如迷。唱小生唱到這一份兒，也真夠瞧的了。

張學津

葉少蘭完全像他父親。

張學津完全不像他父親。

張君秋是著名青衣，張學津則以馬派老生成名，父子不同行。

張君秋在北平嶄露頭角，正是我開始熱心看戲的時候。四小名旦的排名是：李世芳、毛世來、張君秋、宋德珠。祇有張君秋不是科班出身。李世芳在富連成坐科已名噪九城。後來拜在梅蘭芳門下，真學了玩藝兒，還為梅配過戲。各方一致認為他是梅派的掌門弟子。李世芳不幸英年早喪，死於空難。毛是花旦，宋偏於武旦，大路活兒皆不及張。後來幾年，四小已成張君秋獨領風騷的局面。他演「遊龍戲鳳」的李鳳姐，明眸皓齒，娉娉婷婷。先後和馬連良，譚富英配過，他的臺風之健不亞於正德皇帝，儼然與頭牌大賢們分庭抗禮。其時不過二十來歲。

中年以來的張君秋發福了，「碩人其頎」，有似程硯秋的腰圍，但戲還是好的。

張學津學了老生，不免令人稍感觖望。

但他的選擇是正確的，大陸上的生行，學馬者多於學譚，張學津功夫下得很深。這次「龍鳳呈祥」，全班出動，各顯奇能，張學津的喬玄，「勸千歲，殺字休出口」那一段，韻味醇厚，最令人擊節嘆賞。

抑揚頓挫，全依馬門規範，衹有「劉備本是，中山靖王之後」那一句，「中山」二字是加上來的，轉折之前小小停頓，十分俏皮。文理更完整，節拍亦好。

馬連良因天賦所限，不以唱腔高昂取勝，道白的功夫，最有斟酌，所謂「千斤道白四兩唱」，極言道白之重要而難工。張學津是「探母」裡最後一段的四郎，辭母時有段白口，「兒豈不知這天地為大，忠孝當先，衹是兒若不回去……」閉眼一聽，馬溫如復生也不過如此了。

譚元壽

凡藝術皆不免有宗派，國劇中最大最久的宗派，就屬譚派老生。「譚」這個姓氏，無疑是國劇王朝裡最悠久、最顯赫的「貴族」。

譚元壽在電視上說，從高祖到他的孫子，譚家前後七代都貢獻給國劇生涯。最出名的當然是他的曾祖譚鑫培，清末有「滿城合唱叫天兒」之說，他不僅是「同光十三絕」之一，也是把國劇帶進宮廷，憑藝術造詣贏得「供奉」之稱的先驅。皮簧由地方戲晉於大雅，譚鑫培是最大功臣之一。

鑫培之子小培，未能克紹箕裘，專心課子。他的兒子富英，重振家聲，成為譚派正宗傳人。

譚富英的戲我看過很多，他的好處是風神瀟灑，有才氣，朗朗然有高山流水的情致。有次演「汾河灣」，「適才打馬汾河灣，見一頑童打彈玩。」那「頑童」就是譚元壽。

譚元壽繼承曾祖的傳統，老生武生兼長。能演「連環套」天霸拜山，有模有樣；當然好的還是正工老生。可惜這次祇看到演劉備和楊延輝各一小段。一句「春城無處不飛花」略顯功力，此外不免草草。「定軍山」和「將相和」都沒趕上，所以我的印象極不完整。

不過，有一點不會錯：譚富英比較削瘦，所以顯得清神瀟灑，眼睛特別亮。譚元壽胖了一些。年逾花甲，此刻再談減肥，怕也為時晚矣。

花與葉

紅花雖好，還要綠葉相扶。國劇表演尤其如此，沒有團隊合作，光桿牡丹是唱不起來的。「京劇團」陣容整齊，生旦淨末丑，都有當行出色的人才。尤其那幾把胡琴，真是刮刮老叫，一把比一把強。前幾排觀眾看得清楚，凡有大段唱工的時候，為主唱者伴奏，一班換一班，各有專責。唱的人較勁兒，操琴的人也一樣要見個高下，於是觀眾大飽耳福。

馬小曼是馬連良的女兒，這回演了孫尚香（後段）和蕭太后。田寶岱大使說她是尚小雲派，鐵嗓鋼喉，響遏行雲，不過行腔稍嫌花俏了些。

老旦王樹芳是一支「強棒」，李多奎之後，還未聽到過這樣「衝」的好嗓子。「沙橋餞別」裡她串演玄奘，幾乎把梅葆玥壓下去了。她演吳國太、佘太君都為全劇生色；唯一「不好」處是她的扮相，太「青春年少」了，上粧時擦擦椰子油，不知管用不？

有家報上說，馬長禮是馬連良的兒子，大概是誤報吧。馬長禮的玩藝兒不賴，這回祇在「龍鳳呈祥」裡扮魯肅，略顯身手。杜鎮杰也一樣，他們兩位都是驚鴻一瞥，沒有多發揮。

中山堂作為演出場所，聲光設備不及國家劇院，那幾天天氣炎熱，冷氣也不大靈光。但會場秩序甚佳，儘管樓上樓下座無虛席，自始至終沒有半點雜音，席間聽到一句笑話，饒有趣味：「這個場面，沒有看網球賽的。」這是說大多數觀眾對於劇情和唱詞等等，都很熟悉，無需左顧右盼去看兩旁的字幕——像看網球比賽那樣了「忙碌」。

有這麼好的演出，就能吸引這樣認真的觀眾。誰說國劇一定沒落呢。

中華民國八十二年五月十六日

「雲雨暗更歌舞伴」讀後

張佛千

五月十八聯副載「雲雨暗更歌舞伴」，是為「看北京京劇團來臺演出」而作。臺北不乏京劇行家，但卻罕見這支大筆。評論極精，而又充滿感性。文情相生，由文又可窺見其人，必有慷慨蘊藉之致。署名「隱公」，顯然是筆名，一時竟想不出作者是誰？朋友都說我認識人多，實在我是個懶人，老而愈甚。少壯因工作關係必須多做公關；後來久置閒散，作陪客的機會多，故能新交不斷。實際上我很少主動交遊，以老中青三輩而言；老輩大都能識，祇是問候漸疏。中青兩輩甚多名家，無緣相識，心儀而已。驚讀此文，益責自己孤陋寡聞。

文中提到的四大名旦、四小名旦、及姜妙香、俞振飛、葉盛蘭、同是瀟灑從容風儀高雅的馬連良譚富英，他們的演出，我都看過多次，今讀此文，如墮入舊夢之中，看到燈光照耀的臺上，演出悲歡離合風雲變化，也看到燈光照不到的臺下白頭老客感舊傷懷微哦擊節。我雖因小病，錯過了這樣好戲，但能讀此文，也是一種享受，稍可彌補缺憾。

讀此文第一遍，就有作詩的衝動。吟哦竟夕，成七絕八首，遣詞造句懷舊抒情連同小題，皆本原文，唯小詩自難容納大文之美，心勞而手拙，固亦宜矣。八詩錄之如次：

●前言

如戲人間不自哀，風流天寶首重回，
繁絃急管傷情甚，誰惜周郎顧曲才！

●梅葆玖

蘭指微翹妙盼時，微從玉腕見凝脂，
風情萬種嬌無限，猶是梅郎絕世姿。

●又

死別虞兮舞劍哀，霸王虎帳進深杯，
蒼涼中有風雷氣，千古聞聲是酒來。

●梅葆玥

名旦難傳習老生，拜師泰斗世同傾，
沙橋餞別傳三昧，依約冬皇宛轉聲。

●葉少蘭

青史高文下酒看，紅氍毹上演來難，
風流雄傑都重現，善繼家聲葉少蘭。

●張學津

拜得宗師學藝精，抑揚頓挫創新聲，
卻將幾句尋常語，道出低徊宛轉情。

●譚元壽

都下人爭說叫天，新聲初獻至尊前，
發揚光大開宗派，喜有孫枝七世傳。

●花與葉

綠葉紅花妙互匡，整齊角色盡當行，
樂園濟濟名師集，只是琴聲已遶梁。

此稿寫好，總以不知作者為憾。老年腦筋遲鈍，竟未想起詢問聯副編者，電話彼端答以兩字，早該想到此公，除他沒有第二人能寫得出。因此拙詩是一本原文，在發表之前理應寄請指正，迅即得復：

佛老座右：蕪文承謬賞，慚愧慚愧。尊詩如梵音妙語，拈花一笑。弟得此讚賞，不免悠然自得。惟是比年隱居海外，避世逃禪，如來也莫奈我何。所以您的追查下落，還是讓它「甄士隱去吧」。改日容當面謝。

弟隱拜

晉代王康琚作反招隱詩：「小隱隱陵藪，大隱隱朝市。」蓋謂隱於山林易，隱於朝市難。「隱公」雖不在「朝」，但往來臺美皆居大「市」，且文章也有市場，其大作極具市場價值，謂曰大隱，固其宜也。能跳出五行（如來佛五指）外，「如來也莫奈我何！」欽佩之私，又在文章之外矣。

中華民國八十二年七月廿八日

【後記】雲雨一文發表時，原署「隱公」，蓋談戲乃大學問，臺北專家甚多，自揣不足以當大雅。不意發表後讀者甚感興趣。張佛老且吟哦竟夕，成七絕八首，令我感念無已。此處收入本集，也衹好不再「隱」了。

第二輯

第三層觀察

第三層觀察

太平洋兩岸有十來個鐘頭的時差。在金山灣，十二月三日早晨的電視新聞裡，已經約略知道了臺灣三日那天投票的結果。

票數已經揭曉，激情依然迴盪。在眾人的歡呼和嘆息聲中，自不免要思量一番這「四百年來第一仗」的影響。以後的棋怎樣走法？

我對近年來的臺灣政情，一直作這樣的觀察：由於執政黨的不爭氣，特別是內部紛爭迭起，遂使民進黨有坐大的機會。

這次臺北市長選舉的結果，正是「鷸蚌相爭、漁人得利」的最好說明。

現在討論誰是鷸、誰是蚌，沒有多大意義。不能團結的原因，不能歸咎於「謠言」。像李登輝總統對日本作家司馬遼太郎那篇談話，內容極欠考慮，以致群情惶惑，對於新黨的聲勢大有幫助。臺北的報紙論及十一月廿日街頭的盛大遊行說得好：「與其說是支持某個政黨或支持某個候選人，不如說是在這次選舉中找到了一個表達政治憂慮並宣洩政治積鬱的管道。」

在競選活動後期，選情白熱化之後，執政黨上上下下才口徑一致地高喊「反共黨、反臺獨」；令人有「既有今日，何必當初」之嘆。當初如果就這樣清楚明白，也不會逼得新黨揭竿而起，去讓漁翁得利了。

我的觀察還有第二層。那就是「在臺灣的國民黨和民進黨鬥爭不已，對岸的中共將有機可乘。」兩黨的對立如果不能調和，尤其在「國家認同」課題上沒有共識，鬥之愈激，爭之愈烈，共產黨要攫取臺灣也就愈容易，根本無需經過甚麼「閏八月」，不戰而屈人之兵，方是上上之策。自己的陣容先亂了，正是給對方製造機會。計算多少架飛機、多少枚飛彈、多少艘潛水艇等等，那是內行中的外行話。最危險的要看看臺灣內部有多少為中共打前站的人，見縫插針，因風點火，由滲透而顛覆，才是最可慮的事。

第一層觀察，民進黨坐大，現在已是大家都看到的事實。「基督教科學箴言報」上展望一九九六年的大選，認為陳水扁在市長任內若做得好，到那時他可能就是一個搶眼的總統候選人。

第二層觀察，現在看來似乎言之尚早，但民進黨如果進一步擴張勢力，臺獨的嗓門越來越高，「不放棄武力」的中共就會抓住有利時機「先下手為強」。

從對岸偷渡而來的人員，合法入境的陸勞，以至走私的槍械、彈藥、各式各樣的毒品，正一波一波湧進臺灣。幹這些殺頭生意的人單純為了賺錢嗎？當然不是。他們是某種意義的「樁腳」，正多方面侵蝕臺灣的基礎，創造「變天」的條件。

社會如果出現了重大的騷動，經濟如果出現了反常的變局，都會形成政治上的危機。當現存的政治體制、包括各政黨的人物在內，都應付不了危機的時候，那便是共產黨從地下鑽出來的良機。請勿再說這是危言聳聽，在文化、社會等許多層面上，共產黨的活動快要不必「猶抱琵琶半遮面」，而要公然以彌賽亞自居了。

第三層觀察，是比較悲觀的、宿命的看法。中國是這樣一個老大的國家，根基雖深，病象亦重。治中國之病必須大手術、大傷痛。過去四五十年，整個中國都遭大難，臺灣僥倖逃過了一劫。可是，觀乎近年來的發展，臺灣逐漸失去了光大傳統、奮發圖強的使命感；上下交征利之後，最熱心的事是如何保持和擴張既得利益。孟子所謂「民為貴，社稷次之，君為輕」的話，在海峽兩岸都是反其道而行的。

臺灣本應該憑著「臺灣經驗」，影響大陸民心，開創中華民族歷史新的篇章；現在卻萎縮到「悲哀」與「臺獨」的小格局之中。在電視上看到街頭出現過「中國豬滾回去」的布招時，每一個心智澄明的人——無論男女老幼，本省外省，都該體會到這是險惡的不祥之兆。

難道這一代中國人的苦難還沒有終結？一定要吵到共產黨來鬪、卡、殺？

中華民國八十三年十二月十日

新希望

一年容易，又見春光。過年的「有意思」之處，就在它週而復始，永遠讓人覺得前途無限，希望無窮。

大唐詩人白居易，中年謫居九江（也就是他那首「琵琶行」第一句「潯陽江頭夜送客」的地方），急景凋年之時，他悶極無聊，寫了一封長信給好友元微之。最後有幾句話說，「潯陽臘月，江風苦寒。歲暮鮮歡，夜長無睡。引筆鋪紙，悄然燈前，有念則書，言無次第，勿以繁雜為倦，且以代一夕之話也。微之知我心哉！」

這封洋洋近萬言的長信，就是流傳至今的「與元九書」。儘管白居易寫這封信時，祇是跟友人談談文學，發發牢騷，沒想到在一千一百多年之後的今天，讀起來還是這樣的親切真摯，入情入理，不僅令人嘆服，而且中心感動無已。人與人之間相知共信，可以到達這樣的地步，誠所謂莫逆於心了。

「交遊滿天下，相知有幾人？」這種缺憾自古有之，而於今為烈。可憐的現代人雖然拜科技發明之惠，可以享受種種通訊的便利，但卻絕少有元白唱和那樣的交情了。有幾個人能像白居易那樣「有念則書」，一瀉千里，把心中的積愫全都吐之為快呢？誰有那樣的耐心去寫那麼長的信呢？

現代，雖然很熱鬧；現代人卻是孤絕於世。人來人往的交際很多，都像電腦裡的線路一樣，通訊而並不通情。不論是哪一國的現代人，都離不開倦怠與孤獨。

古人論證君子人立身處世之道，「窮則獨善其身，達則兼濟天下。」白居易認為這兩句話極有道理。所以他說，「大丈夫所守者道，所待者時。時之來也，為雲龍，為風鵬，勃然突然，陳力以出。時之不來也，為霧豹，為冥鴻，寂兮寥兮，奉身而退。進退出處，何往而不自得哉。」志在兼濟，行在獨善，這就是他「奉而始終之」的人生觀，也就是他的「道」。根據這樣的人生觀、這樣的道，「言而發明之，則為詩。」換言之，詩離不開道，文學離不開他的人生觀、他的信仰。

白居易寫過不少具有社會批判性的諷喻詩，這是實踐他的「兼濟之志」。他也寫過不少發抒個人情懷的閒適詩。則是表達他的「獨善之義」。由此看來，兼濟與獨善是一體之兩面，並不是兩個互不相關的對立體。

現代人的「風格」之一，就是「各人自掃門前雪」，沒有心情更沒有時間去給朋友寫萬言書。今年有幸，接到老友們的問訊關懷，有好幾位提出有關文學寫作的看法。我們一致的看法是，文學儘管歉收（從全世界觀點來看，現代文學真所謂萬方有難，處處受人冷眼），卻絕不至於死亡。有些悲觀的人認為，所有的文字——還不光是文學，而是包括報紙、雜誌、宣傳海報在內的一切文字，都將敗在電視的手下，「無疾而終」。

我還是不信這個邪。電視同樣離不開文字。文學若真「千古」了，電視也就跟著心肌梗塞，一命嗚呼。

余英時先生日前批評臺灣的學術界泛政治化，引為大病。其實臺灣的文學界泛政治化幾乎已成痼疾。捧紅吃黑，鉤心鬥角，打著文學的旗號反文學。借重文學（以及不怎麼文學的手段），去推銷非常不得人心的歪理，使得有若干所謂文學作品，吞吞吐吐，不知道在說甚麼。

白居易坦率地說，「凡人為文，私於自是」；有了缺點自己看不出，所以「必待交友，有公鑒無姑息者，討論而削奪之，然後繁簡當否，得其中矣。」他講的仍祇在技術層次的多寡繁簡問題；其實，更值得討論的是思想和主題的深度與廣度。

當前臺灣的大環境，連一些善於歌功頌德的人們也感到無話可說。文學家的真誠與勇敢，才是人間的新希望。

中華民國八十三年元月一日

民意與證嚴

許多人說，政治新聞越來越沒有看頭了，反正變來變去不過是那一套。號稱百年老店的中國國民黨，最近舉行臨中全會，通過黨版的修憲原則，由八條而七條，七七八八一番之後，卻被報紙的社論一句話挑破了內情：修憲云云是為了「適應一人一時」的權宜之計，是「擴權」的手法。

憲法學者歷來都認為憲法不宜輕動。修憲常導致不安，往往是利未必見，害已及身。具有大智慧的政治家，特別是身當執政之重任者，更不輕言修憲。

像這次所修之憲，引起了許多無謂的紛爭，真正重要的祇有一條，那就是總統、副總統改為由選民直選，預料這一條會引發歷史性的大變化。

說不定大局的希望和轉機即由此而來。因為，「主權在民，不在主政者」。這是李總統講的。真正作到了主權在民，不要黑道，不要金牛，不要甚麼組織配票、搖旗吶喊，大家可以超脫物外，擢選賢能。

由於對政治新聞和政治人物的反感與絕望（還不僅是失望），我覺得應該有一種完全不同的考量。我衷心支持證嚴法師競選下一任中華民國的總統。主要的理由有二：

第一，她的確是誠心誠意為民服務，有具體可觀的成果，沒有時下政客的種種弊端。和大小官員相比，她稱得起是廉潔而大有為。

第二，她從來沒有想過要當總統；這種淡泊寧靜、清風明月的氣度，恰恰是我們這個風雲擾攘的社會最最需要的。因為無所求無所爭，所以是眾望所歸。

證嚴由一座小小的茅庵開始，創建了遍布全球的慈濟會，擁有二百八十萬會員。他們出力出錢，行善助人，都是在證嚴苦修力行的感召之下，自動自發以奉獻為樂；他們的人數和影響，超過了眼前的各政黨，民間對他們的評價和信服，更是那些政治團體望塵莫及。

有句話說，「以出世的精神，幹入世的事業」。正可為出世的宗教家從政作一個註解。

證嚴如果競選而獲勝，她不僅是第一位全民直選出來的總統，也是民國史上第一位女性、出家人掌握政權。她雖然沒有高級的學位，輝煌的經歷，背後沒有財團，沒有讓追隨者升官發財的權勢，然而，她的人望和義行確已深入人心。

她沒有政治班底；她不會搞「菁英一百」那一套撒豆成兵的手法，說不定這正是一項資產而不是負債。宗教界就有很多人才。星雲法師弘法談禪，遠比執政黨高幹對三民主義下的工夫更深。在極端重視國際關係的現況下，天主教、基督教、伊斯蘭教的領袖人物都可能大有展布。

至於副總統一席，如果真有大開大闔的氣魄，就請出西藏的達賴喇嘛如何？時下流行的字眼兒是「震撼」，這樣的名單，管教世人耳目一新，震撼一時。

朋友會說，偌大年紀，開甚麼玩笑？這絕非開玩笑。正因為我們的國事如兒戲，人不成體統，乃有此鄭重建議。佛說，「我不入地獄，誰入地獄？」當老百姓對政治普遍感到嫌惡，絕望的時候，宗教家應該有「入地獄」的覺識吧！

中華民國八十三年四月卅日

拍賣篇

「中庸」第二十章記載，魯哀公問為政之道。孔子對他說，「文、武之政，布在方策。其人存，則其政舉。其人亡，則其政息。」周文王和武王的治國大道，都記載在典冊上。有他們領導，這些方法就能施行，他們死了，良法善政也就熄滅了。至今留下成語：「人亡政息」。這也是中國人傳統觀念裡「為政在人」的人治精神。

我此刻最關心的文武，是政壇上的兩大案，與文王武王都不相干。文的是縣市議長賄選案，武的是上校之死牽連出來的行賄、洩密、謀殺……

這文武兩案久久未能了結，令海內外關心臺灣的朋友談起來憂心不已。這兩案的共同特色，無非一個「貪」字。數字搞到如此之龐大驚人，如此之明目張膽，神聖莊嚴的民主理想，至高無上的國家安全，統統不算數了。文貪武嬉，一至於此，如何得了？

議長案牽連甚廣，執筆草此文時，已收押的涉嫌者達十四人，包括新出爐的正副議長數名。民間反應是，惟恐雷聲大、雨點小，喧騰一陣，又走上了「事出有因，查無實據」的老路。更糟的是抓幾個主流人物本就不喜歡的「壞人」頂缸。「抓一兩個辦辦」的指標倒是敷衍過去了，其奈天下之公論何？

我對這個案子仍相當樂觀，縣市議員八百八十三人，選正副議長祇有他們有權投票，有人想花錢，當然祇有他們是對象。至於正副議長，連當選帶落選的，歸拉包堆不過是幾十個人，誰有行賄的事實，沒有查不出來的。這和別的選舉涉及幾十萬、幾百萬人的情形截然不同。這一案如果還不能查個水落石出，那真是「是不為也，非不能也」。

臺灣省二十一縣市和福建兩縣，二十三個正副議長，有兩個副議長屬於無黨籍，其餘全都是國民黨員。因為有這樣「輝煌」的成果，執政黨就有無可推卸的責任，把案情查明，給國人一個交代。

也有人說，議長賄選要查，立委、國代、縣市長等選舉，也未見得乾淨，應該通盤辦理，一體嚴查。

這是當然之理，但卻不可先把打擊面扯得太廣，反而中了「緩兵之計」。議長賄選案目標明確，證據已多，就應集中力量，先把這一案搞清楚，整肅政風，振奮人心，最要緊是拿事實出來。這一案辦得眼明手快，理直氣壯，過去的垃圾就掩蓋不住，未來的選舉也才有清明之望。

縣市議員原應是地方俊彥，不料惹出這麼大的醜聞。有官員透露，八百多議員裡有黑道背景的不下六十多人。不知當初推薦、審核、提名那一大堆繁文縟節究竟是怎麼搞的？難道都可攤開手來說「與我無關」嗎？

其實，徹底消除賄選，我倒有一個正本清源、一了百了的妙計。既然選舉非花大錢不可，而社會風氣太壞，把各級政治家們都帶壞了。那就乾脆改絃易轍，把這很麻煩、很骯髒的選舉，改為公開大拍賣，這長那長、委員代表，都可視其缺之肥瘠，定底價之厚薄。然後迎風上漲，多多益善，出最高價得標；公平簡便，過程透明，老百姓少聽許多無聊無恥的謊話，各政黨收手續費以自立，國家說不定反可坐享實惠，有何不好？

據聞今年一個議長的價碼已在一億元以上。澎湖縣政府全年收入也不過一億多。舉行一次議長級的拍賣，可淨收幾十億。往後還有更高層的拍賣，豈不是厚望無窮乎？

或曰，「黑金掛帥，正道淪亡。賣官售爵，成何體統」？我的答復是，「足下何迂之甚也。反正都是一個賣，寶斗里與中山北路七段有多少實質的區別？民主政治糜爛到如此普遍、如此醜惡的地步，我們臺灣還有甚麼體統可言？」

謹以無邊沉痛的心情草此蕪文。是日為中華民國八十三年三月十二日，　國父孫中山先生逝世六十九週年之日。人亡政息，孔子的話還是有道理的。

中華民國八十三年三月十九日

凱歌兮，歸來

紅塵萬丈的大臺北，變化極大。光復之初三十萬人的都市，如今將近三百萬人了。拆了舊屋建新屋，是天天都有的事。唯獨那座殷紅色的老廈，一拆一建，都引起抗爭之聲。有人說，「此古蹟也，不應拆」。若干年前，日據時代曾有「赤十字會」和「軍官俱樂部」先後設置。光復之後，一度用作讌遊之所，有個很雄壯的名字，曰「凱歌歸」。

由於地居衝要，又有個響亮的名字，後來中樞遷臺，便成了執政黨的中央黨部，自卅八年改造到八十三年春天，三八而八三，大樓一夕之間迅速拆除。據說要在原址建一座智慧型的十幾層新廈，亦有使百年老店重新開張之意。

有人發「懷古」之幽情，有人擔心再增加新廈會破壞臺北市的景觀（其實鄰近的臺大醫院的巨廈成群，應無所謂景觀不景觀了）。最荒唐的一種說法是，將來智慧型大樓上有一座四五層樓高的電視幕，會把對面介壽館的光芒吸住，總統就「權威」不起來了。有此種種原由，所以要反對，要抗爭，真是不可思議。

如果說歷史意義，那座樓與臺灣建設發展的軌跡確有不可分的關係，耕者有其田，實施地方自治，九年國民教育，經建現代化，許多重大的決策，都在那座並不怎麼起眼的老屋中醞釀、討論、裁決而定型。會議桌上鋪著藍桌布，玻璃杯裡有白開水，一切都很簡陋、很呆板，但那裡面含蘊著當時很受大家珍視、眼前卻已成為嘲笑對象的一樣東西：「革命精神」。

出入在那兒的人們，未必個個都當得起志士仁人的雅號，但起碼都還有一點「以國家為己任」的豪氣。邁進那小小天地裡的，至少沒有小丑、金牛和黑道之流。即使並不是每個人都具有經天緯地、救國救民的長才，總還不敢以國事為兒戲；總希望把事情辦好。

一黨獨大，包攬一切，非民主憲政之常軌，也往往是很不好的政治。臺海兩岸近數十年的種種演變，大概都在印證這番道理。攬權專斷，自以為是，免不了會流弊叢生。更要不得的是完全放棄理想，以務實為藉口，走上急功近利的路子，向惡勢力低頭，甚至自己也變成了惡勢力，那就無可救藥了。

日前聽到「孫中山，打天下」之說，內心為之一喜，以為領導階層居然想通，要回歸到主義與思想的層面；後來才明白原來是指新臺幣上印的國父肖像。這不是典型的「鈔票掛帥論」嗎？

老房子拆掉了不足惜，再蓋新大樓亦不足喜。三民主義、國父思想都已束諸高閣，形神俱渺、軀殼無存，當然也就很難再唱「凱歌歸」了。

大唐詩人岑參，站在漢代梁孝王所建的梁園廢墟上，面對人去園空的景象，寫下了「山房春事」的名句：

梁園日暮亂飛鴉，極目蕭條三兩家。
庭樹不知人去盡，春來還發舊時花。

可憐凱歌歸舊址上，旌旗零落，氣象蕭索，連庭樹也看不到，靠了國民黨老招牌獵取功名利祿的人們，可曾想到這百年老店的生命與精神，今後該如何發揚？大廈有沒有，不關緊要。精神有沒有，才是關鍵。凱歌兮，歸來。

中華民國八十三年五月廿一日

悲哀

十來年前，李登輝先生在臺北市長、臺灣省主席任內，和我們新聞界常有往還。當時朋友們的印象是，他說話行事都很有分寸，沒有甚麼僚氣。我在中央日報承乏社務時，同仁建議應該請請李先生，表示一番敬意，也兼有還席之意。

我平日極少請客，許多排場上的事，我懶得去學，而且從心眼裡厭煩那一套花樣，那天的晚餐簡便之至，但氣氛輕鬆，主客李先生的談興甚濃，大致不出臺灣省政範圍，也涉及一些時人時事。

後來，有人請李主席談談經國先生——當時已是蔣總統了。「他在行政院長任內，你是政務委員，你對他的觀感怎樣？」

他先不表示自己的意見，祇講了一個外間不知道的小故事。

臺灣省西部濱海地區，有一個鄉由於土地貧瘠，風沙又大，農民收益偏低。青壯人口大量外流，祇有一些年邁力衰的老農留下來，這種情形跟日本某些農村很相近。

那個鄉的老農苦守著土地，生活並沒有改善的希望；後來有外面的財團，要把全鄉的土地承購下來，農民們可以拿了錢走路，到城市裡去討生活。財團樂意出錢，價錢出得相當好；農民們都樂意賣，因為他們看不出種田的希望在哪裡，拿錢走路很有吸引力，眼看就要「一拍即合」。

全鄉土地出售，這是沒有先例的事。地方政府不敢作主，層層上報，報到行政院長的辦公桌上。

「經國先生雖不是農業專家，但他一看到公文，就斷然表示，『這樣辦不行』。」李登輝滿口讚嘆，「行政院駁回了那個報告，同時立即指示研商具體的措施，解決問題。」

他的結論是，「經國先生真是一位睿智的政治家。他誠心愛護老百姓，而且說到做到，很了不起。」這是李先生的觀感。

在政府大力改善生產條件和生活環境之後，當地農民漸漸恢復了信心，沒有人要賣地出走了。後來那個鄉的地價和鄰近地區一樣俏，農民歡天喜地，「這都是出自經國先生的裁決。」

「有人斯有土，有土斯有財」。這是以農業立國的中國幾千年相傳的箴言。國父孫中山先生「平均地權」的主張，乃是針對國家治亂最切要的方案。經國先生的決定，其實都由此而來。農民不可沒有土地，財團不可乘機攘奪。政府的責任要維護公道和法紀，更須積極解決老百姓生活上的疾苦。不單單是輕傜薄賦，給予補貼，還要在教育、醫療、交通等許許多多方面努力改善，才真正是「與民共休戚」的生命共同體。

當然，經國先生關注的，不限於臺西那一鄉，也不限於農民。他對國家的貢獻，老百姓心中是有數的。李主席對經國先生的讚佩景仰和感激知遇，都是出自肺腑，十分誠摯，令人印象深刻。後來李先生由省主席而副總統、而總統，大家都覺得是順理成章的事。

然而，近年政情讓人看得眼花撩亂。修改憲法的結果，各方都認為是治絲益棼。各種奇談怪論和暴戾行動，層出不窮。最令人擔心的是，貧富差距越拉越遠，金權勢力越來越大，社會治安越搞越糟，政府信望越來越低，黨政圈子裡明顯有「小人道長，君子道消」的現象。經國先生憂國憂民投注下的心血，似乎白費了。

目前的省市長選舉活動，熱鬧火熾。執政黨的候選人聲勢浩大，但都奔走得十分吃力，甚至還要穿上防彈背心，報上說這是「政權保衛戰」，真是從何說起。

如果沒有國家，還有甚麼政權？如果沒有國家目標，還有甚麼保衛戰？

有人說，忘掉悲哀。真正的悲哀，和真正的恩情一樣，並不是那樣容易忘掉的。這才是我們這一代中國人的悲哀。

中華民國八十三年十一月廿六日

小說家破案

記得千島湖悲劇發生不久，臺北一位官員自謂已充分掌握案情經過。引起立委的詰責：「對岸的事既然搞得清楚，為甚麼近在眼前的上校命案到現在還抓不著真兇？」這上校即是海軍總部武器獲得管理室執行長尹清楓上校。他於一九九三年十二月九日死亡，次日上午屍體浮出海面。約一年後「破案」，被一位年輕的小說家。

張大春的「沒人寫信給上校」，聯合文學社出版，三八三頁。有些奇幻，有些寫實，不能歸類為報導文學；在報導不出來的地方才有這樣的文學，補足了人們「知之權利」的某種缺憾。說它是「想當然耳」固無不可，但其中顯然有一股不平之氣，小說家有明冤白謗的抱負。

作者對自己的書偶爾流露出譏嘲的態度，他的自我嘲諷其實是意在言外。他問尹清楓（當然是鬼魂)，「你覺得小說怎麼樣?」鬼魂說，「看不太懂——坦白講，寫得有點囉哩巴嗦；我本來就不大看這種費勁的小說。」說到書名，作者說，「有個哥倫比亞的小說家，叫賈西亞·馬奎茲的，他寫過一個短篇就叫『沒人寫信給上校』，我借了那個名字。」(三二〇頁)

書名是借來的，情節囉哩巴嗦——因為這是一樁蹊蹺尷尬的謀殺案，誰也無法把它寫得乾淨俐落。

大致情節報紙上寫過很多，但為了公正超然，大都吞吞吐吐，「話到唇邊留半句」；張大春就來得爽快，充分運用了小說家「想像」的特權。這是臺灣近年來「新聞小說」的新嘗試。比較用心處在於他不僅是鋪敘情節，而更試探著走入每一個人物的內心。殺人與被殺者，究竟是怎麼想的。

以新聞事件為經緯的小說，最大難處在於既不能完全脫離事實，又不容完全為事實所拘泥——況且有很多事實，至今真相未明，誰也不知道。作者的想像不祇是砌磚頭縫兒之間的泥漿，而是海綿體裡的肥皂泡沫，捉摸不定，但確實有清洗的作用。

全書分為一八八節，各節長短不一，最短的不過一兩句話，每節有個標題，往往是上承前一節的語尾。於是全書便像是「聯字遊戲」，有一氣呵成的吸引力。這個形式跟帶著嘲諷的風格很相合。

書中人物十之八九都已見過報，有若干位好像已關在牢裡。作者為那些涉案者起了名字，化實為虛，但寫著寫著又覺得太悶氣，自己洩密排出了姓名對照表：「把劉樞寫成劉楠、把郭力恆寫成盧正直……」，一口氣就寫了十三個人。有一位是退職的總司令「佟老」，這個人物面目比較模糊，讓讀者去猜。作者後來透露的線索是，「佟老在上校死後七個月零五天，活活淹死在陽明山中國大飯店的男子浴池裡。」死在浴池裡的上將不多，讀者很容易就猜得出這是誰了。

主要情節就是各路軍火商勾心鬥角，要為「臺灣錢，淹腳目」的中華民國政府採購各種新銳武器而效勞。他們各有一套高招，都有「氣吞山河」的段數。照張大春的解析，尹清楓的硬漢作風，把上上下下、內內外外的人都得罪光了，最後更賠上寶貴的生命。作者的裁決，「說黑道殺了上校是一點也不錯的；我們已經證實且承認：軍隊是黑道。」（二二四頁）如說上校之死搖撼軍心，這句話最狠。

我認為全案的結尾（或開始），有一點應特加強調。那就是尹上校遇害之後，遺體沒有飄到太平洋，沒有被沙魚吃掉，而能在臺灣近海浮現，魂兮歸來。這豈不是冥冥之中自有天意？鯁直之士，含辱帶垢，鬼神也為之不平。張大春該在與尹的靈魂對談時，仔細談談這一段經過。全書最後一節說，自屍體浮出「這一天起，真理、正義、公理沉入最深最深的海底——」。

尹清楓之後又有烏坵守將李鎧之死，也同樣是真相未明。這都是極不尋常的案件，高級將校的生命都沒甚麼保障，叫軍人如何甘心情願「置個人死生於度外?」

中華民國八十三年十二月廿一日

能者不必多勞

一九八六年，李遠哲以學術上的卓越成就，獲得諾貝爾化學獎。海內外中國人同聲慶賀，引為殊榮。

李先生年前獲學術界的推許，受政府禮聘，接任中央研究院院長。各方深慶得人，寄予厚望。相信以他學有專長、年富力強的優越條件，必能帶動學術工作更上層樓。

由於各方對他期許殷切，或為了借重他的聲望，有些學術以外的事也加在他的頭上，對他甚不公平。

從報紙上讀到，李遠哲是今年高等文官考試典試委員會的委員長，掄才大典之後，他對考試結果曾有評論。高等考試自然是重要的事，但是否需要中研院院長參與其事，似人可商榷。照新聞界的說法，中研院院長是「學術界的總統」，清望所繫，任重道遠，實不宜再兼此一職。中研院主導高深學術的發展，高考則是為國家選拔公務員，性質有別，功能不一。

自蔡元培、胡適以至吳大猷等各位院長，沒有被請去主持高考典試的先例。這可能是考試院方面的新猷，但不免令人誤會李先生「捨己耘人」，殊非愛護賢者之道。

政府決定全面改革教育，並成立委員會，亦敦請李遠哲主持。當前教育有待興革之處甚多，而教育與學術關係密切，李先生主持這件大事，自可勝任愉快。不過，談到教育改革，中小學的問題比大學和研究所更多，很多實際狀況，必須有基層經驗才好。

教育改革委員會的一二十位委員，網羅學者和好幾位大學校長，卻沒有師範大學的教授和校友在內，報上說這是與以往不同的一大「特色」。這段報導令人納悶。師範大學辦得好不好，有沒有好的專家和人才，社會自有公評。討論教育而將師大摒諸門外，正如同商量學術方針卻不問問中研院有關學門院士的意見一樣，背理違情，至為顯然。或者這是幕僚作業設想未週，但李遠哲既然是主持推動，少不得也要分擔一些責任。

教育為樹人之本，立國大計。許多人認為過去政府管得太多，所以目前流行的口號是「鬆綁」；若干事例都以美國作為取法的藍本。其實，美國近年來的中小學教育乏善可陳。校園裡毒品與槍械氾濫、暴力和性犯罪層出不窮，「鬆綁」過度的後果，頗值警惕。學生程度相對低落，各級學校裡頭角崢嶸者有不少是外裔青少年。我們要改革教育，必須擇長補短，有所取捨，如果囫圇吞棗，一體全收，衹怕鬆了收不回來，那就不是求新求變之初意了。

大學聯招不再考三民主義，「成事不諫」，本無庸多說。不過，李先生對此也曾表示高見，他認為三民主義是薄薄的一本書，值不得念一年。其實論語、孟子也都是薄薄的一本書，老子的「道德經」和愛因斯坦的相對論都不到一本書的分量，卻都值得精心研讀。豁然貫通之後，其績效絕不止一本書而已。三民主義豈是那樣無用的？

李先生舉他自己的經驗說，他沒有怎麼去上課，三民主義倒考了九十八分。但這也不能成為「取消」三民主義的正當理由。如有一個天資聰穎的學生，憑自修工夫，不上課而化學考了九十八分，難道因此就說大學裡可以不教、不考化學了嗎？別人可以講講笑話，以李先生的身分地位則不宜如此。「知之為知之，不知為不知，是知也。」得了諾貝爾獎的人並不見得一定懂三民主義，承認「不知」無損學術地位。

沒有人是全知全能的，我們敬重李遠哲的成就，更珍惜他的才華，希望他集中精力，把中研院提升到世界第一流水準，或至少能有某幾個所的工作成績能領先全球，那才是李遠哲的重責大任，也才是國人對他的矚望。

中華民國八十三年十二月廿四日

文化與靈化

第二次大戰結束未久，梵蒂岡教廷將冊封一批新的樞機主教。樞機主教有權選舉教宗，且為教宗之候選人，位尊權重，所以被尊為教廷的「親王」。樞機的禮服是紅色，也被稱為紅衣主教。當時中華民國贏得抗日戰爭，國際聲望甚隆；教宗提名的候選人裡，有中國籍的主教在內。在一般人心目中，南京教區總主教于斌似為最適當人選。可是，後來經提名而膺選的，是山東籍的田耕莘主教，第一位中國籍的樞機主教。

後來教廷方面透露，田耕莘脫穎而出，因為他漢學根基深厚，對中國文化有更深切的理解和領悟，用目前流行的說法，他是以「文化的本土性」取勝。儘管天主教是由西方傳來的洋教，它要在中國生根，就不能不重視中國文化孕育的人才。

田樞機在臺逝世。臺北的耕莘文教院和耕莘醫院都是為紀念他而命名。于總主教隨後也膺選為樞機，並為輔仁大學在臺復校的第一任校長，對國家與教會都有很大的貢獻。

我提起這段往事。當然不是在品評田、于兩位宗教領袖的高下，而是在強調民族文化精神的可貴與重點。外人尚且如此尊重，自己人數典忘祖，豈不貽笑天下？

臺灣政壇上紛爭不已，所謂統獨之爭也，所謂流派之別也，歸根結柢，都是文化程度之不足。尤其是領導階層的人物，平日雖望之儼然，但越是到了大關大節之處，越是會出人意外地把不住舵。每讀國內報紙的要聞版，記述大人物們的言論丰采，竟令人止不住有「滿紙荒唐言，一把辛酸淚」之憾。文化上迷惘而無所信守，所謂使命感云云，便都是「徒託空言」了。

老友劉岱兄主編「中國文化新論」，在序論「不廢江河萬古流」中指出，「我們的文化建設工作，似應該以培養國民的正確歷史文化意識為基礎。」誠為一針見血之論。大前提如果搞擰了，那就會越「建設」越糟糕。捨本而逐末，到頭來終將是本利兩虧，一場空空。

英國史學家湯恩比解釋文化的誕生，是來自人類對外在自然環境挑戰的反應。此一「反應論」常為人們引述。不過，劉岱則推許湯恩比的歷史慧識，「蘊藏在他對文化創造、發展、興衰流變脈絡的剖析裡。」高度的文化創造，無論在科學方面或文學方面，都不再是對外來環境挑戰的反應，「而有賴於人類對自我內在心靈世界的克服。」此即湯氏所稱的「靈化的過程」(Etheralization)。

挑戰與反應，是一時的有來有往，高度文化的形成，則不能不有待於靈化的過程，「與其說是首先來自精緻器物工藝的製作，無寧說是先淵源於圓融智識和美潔情操的凝煉，而終於無形的精神統馭著有形的事物，生命主宰著物質。」結合當前的政治現實來觀察，這番議論殊非玄秘之談，正因為當世所重者就是培根所謂的「市場偶像」和「劇場偶像」，如何回歸到整體文化的正途，實為挽救國運的要務。

以目前的問題為例，共產主義是歷史的逆流，與中華文化更是格格不入。臺獨是民族的浪子，挖了祖墳又怎能自求平安？一個人要判斷此中的是非曲直，並不需要甚麼高深的學問或專門的知識。共產主義幾十年來的「實踐」，給中國人民帶來了多大的災難，已經有目共睹，舉世皆知。臺獨則祇想藉著一句「臺灣人不是中國人」就關起門來作皇帝，天下焉有這樣便宜的事？

臺北某些政客們一度頗熱中於德川家康的縱橫權謀，其實，德川開始掌權之初（日本的慶長四年，即明神宗萬曆廿七年），日本印行了官版的「大學・中庸」和「孔子家語」，次年又出版了「貞觀政要」；降至近世，有「陽明學」的實踐力行，才有「明治維新」的出現。誰能說中華文化一無是處呢？

中華民國八十三年十二月卅一日

安定牌

平靜的新年，一九九五，冷而晴，窗外是一望無際的青空。

陸陸續續，許多信，許多卡片，許多友情，許多祝福與叮嚀，自大海彼岸而來。

因為臺灣剛剛經歷過一場熱鬧的選舉，話題遂亦免不了涉及選後感言，有的朋友還坦坦白白說明他投了甚麼人的票，以及事前事後千般思量的心路歷程，有位老先生說，「投過這次票以後，我才懂得了青年人常常掛在嘴邊的那個詞兒：『真真無奈』。」

為甚麼無奈？他說他投了某某人一票，那是他平日很「有看沒有起」的角色。他說，「那位老弟雖然長才自負，唱作俱佳，充其量祇能算是法門寺裡的劉瑾，『義兒乾殿下，外加九千歲之職』，當不起廊廟大器，可是，別的幾個比他還要滑頭，我這是眾害之中取其輕。你若處於我的境地，大概也會因此無奈吧。」

一位富於研究精神的教授，寄了一大包選舉文宣資料來，各黨各派都有，「這些東西你在海外看不到。寄給你開開眼界。」其中有告急文書，有抹黑密件，看了我整整一個下午。

這才發現有這麼多認識和不認識的人，都熱心為新黨助選。知識分子、中產階級，這回也放下身段，走上街頭。青年的、中年的教授學人、小說家、散文家，往年都是「瀟灑走一回」、不食人間煙火的人物，今年竟也都大聲疾呼，希望趙少康來幹臺北市長。我認識的幾位，平日都絕口不談政治，可能心裡也從不想政治，所以使我大大感到意外，同時也為新黨高興。新黨有這樣的號召力和社會基礎，前途應有可為。在選情已定之後，這兩句話並不是雪中送炭，請為國珍重吧。

陳水扁當選臺北市長，自非偶然，市府人事布局，至少顯示他是有備而來，胸有成竹，國民黨大員們還在討論政務官、事務官可乎不可，那邊廂別人早已拍板定案。更厲害的一著是，新市長面對國旗宣誓就職，突破了民進黨的「傳統」。所以有一封信上說，「看來此子非池中物。」民進黨要想走上執政之途，必須明明白白放棄「獨」字訣，阿扁已經著先鞭了。

一位生意越作越旺的出版家則說，儘管選前鬧得雞飛狗跳，十分火爆，選後倒是保持了安定局面，「安定就好，夫復何求？」

這是老成之言。雖然選後還發生了血染香檳樓，火燒德惠街之類的不幸，又有屏東縣議長涉嫌命案被扣，省市副議長選舉牽連出來的賄選醜聞等等，大體說來，老百姓的生活倒沒再受更多的干擾和汙染。這就是眾人焚香默禱的「安定」吧。

「安定牌」是爭取選票重要而有效的一招。真正的安定怎麼來？請容我引述「大學」裡那幾句名言：

「知止而後有定，定而後能靜，靜而後能安，安而後能慮，慮而後能得。」

話雖簡單，層次卻甚為明白。一切思維動作之先，必求其定，再求其靜，然後能安。而「定」的前提是「知止」。什麼事都不要搞得太過分。蘇東坡論文章之道，「行其所當行，止乎其不得不止」，亦有相通之意。作人處世，要有個分寸。

個人如是，國家大事亦然。大家都希望安定，就要人人皆存一個「知止」的心，自我覺識，自我省察，然後才能面對問題，深思熟慮，不致囿於偏陋之見或佞倖之言。這樣思之慮之，自然能得到真正圓滿的方案。大局之安定，實利賴之。

所以，主導政權的袞袞諸公，不妨時時以「知止」的規矩來考核自己，不要輕言更張，急功近利，尤不可為了一時權宜，犧牲原則。如前者之修憲，已造成許多不良後果，應引為烱戒。未來當政者都以安定為要圖，今後更要加意維護，各政黨不可以飛揚浮躁的態度從政問政，「定」才能「安」。

中華民國八十四年元月七日

一任便好

美國在十一月初的期中選舉之後，形勢大變，共和黨控制參眾兩院，柯林頓成了「孤家寡人」。政壇與民間都有這樣的呼聲，勸告他急流勇退，善保令名。華府的美利堅大學歷史系教授狄巴谷（Thomas V. DiBacco）有篇文章，題目就是「幹一任的總統可能是最好的」。

美國立憲之初，各方心目中公認的元首人選，是領導獨立革命戰爭，開國奠基的華盛頓將軍。總統的權柄甚大，任期亦未加限制，有人說這是比著華盛頓的身材縫出來的大禮服。功高社稷的華盛頓，連任兩屆之後，毅然求去，他認為再幹下去，越來越像當皇帝，殊不利共和國的前途。一七九六年在任滿臨別贈言的演說中自謙「年事已高，即日退休不僅為他人所歡迎，且為自己所必須」。由華盛頓留下典型，後來的總統最多是兩任為止，無人敢於僭越前賢。這不成文法直到一九四〇年代，由於第二次大戰激烈進行，軍事外交上皆需堅強的領導中心，所以羅斯福乃能破格四度連任，在任期中病逝。戰後檢討，僉認不妥，一九五一年通過憲法修正案第二十二條，明定「任何人皆不得當選總統兩任以上」。

凡現任者競選連任，往往可占若干便宜。但現任者也有包袱和恩怨，反而成為負擔。狄巴谷指出，二十世紀競選連任，而又幹完兩個任期的總統，祇有四位，即威爾遜、羅斯福、艾森豪和雷根。

一般說來，能夠連任必是由於第一任期內幹得很好。至於政績不怎麼樣的，經不起民意考驗，便祇得飲恨而退了。目前在世的這一型過氣總統只有三個，福特、卡特，和兩年前選舉中失敗的布希。照最近的政治風向看來，柯林頓到一九九六年很可能加入這個俱樂部。

柯林頓上臺以後，沒有能全力去實現競選諾言，卻在一些次要問題上引發爭端，像軍中禁止同性戀，本不值得那樣大張旗鼓吵翻天，結果是大失民望。他承諾要改革社會福利政策、要削減預算赤字，又大力推動全民健保案的翻新，都因無法拿出簡明而有效的辦法來，半途而廢。

以前的說法是，當上了總統的人，第一個任期的四年內，主要工作都是為了布置競選連任，勝選後的第二個任期內，才是真正大展雄圖的時候。許多評論家都認為，總統為全國大政之所出，任重責繁，應該一上臺就集中心力，全力以赴，不應該有苟且戀棧的心理，誤了國家大事。

狄巴谷因此就提出他的看法，他建議索性修改憲法，把第廿二條修正案的限制再加嚴格，乾脆規定總統祇能幹四年一任，不得連選連任。如此可以使作總統的人一上臺就要作「計日程功」的打算，四年一結賬，沒有「拖」下去的機會。另一個好處則是因為不必守求連任，竟可免去了政敵的各種明槍暗箭式的攻訐。個人的清譽和總統這個至高無上的職位的尊嚴，也可以保持；至少不必像現在這樣到了競選季節，甚麼醜事都扯出來，不管真的假的，徒然給老百姓留下了「天下烏鴉一般黑」的惡劣印象。

美國的開國元勳富蘭克林曾有名言，「在自由政府體制之下，統治者都是公僕，人民才是上級或主人。因此，當統治者任滿回到民間時，這並非貶抑而是升職。」這本來是天公地道、沒人能說不是的大道理，不過，當你結合實際、仔細觀察之時，就會發現並不那麼單純。誰是主人？誰是奴僕？無待辯論而自明。哪一個作官的肯自動放棄握在手中的權力和功名利祿呢？

狄巴谷認為，由修憲而嚴限總統祇能幹一任，是使政治更民主、也更積極的作法。「一任便好」，見好就收，不好當然也就不必再幹了。這話其實當然不僅適用於美國，很多國家都該鼓勵大人物們「一任便好」。

中華民國八十四年元月十四日

修憲篇

國內政壇近年來的「修憲熱」，幾乎成了一種流行病。以憲法之治為標榜，卻又不時把憲法拿來修修剪剪，充分暴露出領導階層的不成熟，輕舉妄動的結果，是整個體制的混亂，領導已經沒有中心。

大凡成文憲法的國家，對修憲一事都極為慎重，修憲的程序極為繁難，以美國為例，當初制憲諸賢把條件定得嚴嚴的，意思就是要後世不可輕率去修改它。憲法是綱維大法，千秋不易，憲法的尊嚴從其一貫性上也可顯示出來。

美國修憲案的程序是，先要經由國會參眾兩院表決，都要經過三分之二的多數通過，而不是過半數的簡單多數。兩院都通過後，還要提交各州表決，要有全國四分之三的州通過，修憲案才算正式成立。整個過程不僅牽涉到全國，而且時間拖得很長，許多學者認為，要想透過修憲案的方式，對憲法作重大修正，幾乎是不可能的。

共和黨今年控制了第一〇四屆國會的參眾兩院，但提出修憲案要規定政府實現預算平衡，眾院順利過關，參院卻因一票之差而受阻。全美現有五十個州，四分之三要三十八個州，就算參院將來能翻案，要在各州「斬關奪旗」，亦殊不樂觀。由這一近例可見修憲之難。

美國憲法於一七八七年制定，一七八九年第一屆國會成立，有修憲之舉。修正案第一至第十案，事實上是調和制憲者不同意見而來，皆與積極保障人權有關，所以這十條統稱為「人權法案」；嚴格說來，是補充憲法的未盡之意，不是修正。

至今二百多年來，修憲案成立者雖有二十七條，前十條是「人權法案」；第十八條「禁酒」（西元一九一九年），第二十一條則是廢止第十八條，不再禁酒了（西元一九三三年）。算起來，二百餘年間真正修憲案不過十五件而已。

歷年來修憲的意見，林林總總，不止數千件，有的跡近荒唐，但多數都有相當好的理由。美國是三權分立的國家，立法、行政、司法互為制衡。修憲之議，往往是在最高法院作出不能令眾心悅服的裁決時出現。司法界曾判決，禁止政府徵收全國性所得稅；如此一來，政府為民服務的財源大受影響，乃有第十六條修憲案的成立，明定「國會有權制定並徵收任何一種收入的所得稅，不必以稅款分配於各州，亦不必注意任何人口調查或統計。」（西元一九一三年）。

有些修憲的構想，即使動機純正，理由充分，也未必就能通行無阻。我懷疑，是否當年禁酒令的失敗讓美國人體認到修憲的效力是有限的。禁酒是好事，但載諸憲法，窒礙難行，反而引出許多問題來。最後仍不得不勞師動眾「再修憲」一番。

像平衡預算本屬天經地義的事。美國的國債高達四兆六千多億元，每年負擔的利息就要兩千億，再不大事削減赤字，平衡預算，往後的日子怎麼過？雷根總統在任時，就曾提出類似的修憲案，也沒有通過。至於他倡議的反對墮胎案，建議在公立學校恢復晨間祈禱案，都是「用心良佳」而爭議尚多，想在憲法中明文規定，都沒有辦到。

拋開黨派之見不談，美國必須早日達成平衡預算，兩黨有識之士都有此瞭解，但如何促其實現，見仁見智之見甚多，並不是規定在憲法裡就算大功告成。

憲法學者大多認為，國會應更細密嚴格地控制預算，從實際著手，一項一項精打細算，計日程功，平衡預算的目標到二〇〇七年有實現的希望。修憲並不是適當的途徑，也不見得有效。

因寫「修憲篇」，供讀者參酌。至於某些以修憲為樂的人，就像庸醫殺人一樣，越不懂就越要胡搞，國運如此，夫復何言？

中華民國八十四年四月一日

謎底

朝野各方有這樣的猜謎遊戲，很大的一個謎：「連乎不連」？現在，謎底差不多要翻開了；許多人都說，「我早就看準了他們的心事。」這樣那樣的護主、造勢、勸進，無非是要營造一種「斯人不出，奈天下蒼生何」的印象。何況那「斯人」本來就在臺上。有的人身在局中，情非得已，不能不順水推舟；有的人期待著「關愛的眼神」，顧不得甚麼大臣之體。還有些「聰明才智之士」，深諳「識時務者為俊傑」的道理，紛紛表態，趕搭連任列車。

不過，這任務實在艱鉅，不僅是難，而且常常令人難為情。那些話怎麼說得出口？好在某些人是無所謂難為情的，天下蒼生實在不必替他們擔心。

據專家研究，眾人往往健忘，而且「君子可欺之以方。」但近來的事實卻證明專家的話不盡可靠，眾人不僅並非健忘，而且記憶力甚佳，連民國七十九年、八十年「斯人而有斯言也」都記得很清楚。當年公開而坦誠地表示：不管是直選也罷、委選也罷，他都不再尋求連任——當時各新聞媒體詳加報導，評論家且曾讚揚過這樣「光風霽月」、不戀權位的情懷。

現在看來，光風霽月變成風月無邊了。

如世人所知，斯人的口才不是很高明，更由於思路無主，無法作到「意誠則辭修」，常常出現「言多語失」的毛病。不連任的意向表達得這樣明確，現在要說不算數，要說得令天下蒼生心服口服，恐怕比摩西渡紅海更難吧。

人言為信，不信不成人言，匹夫匹婦都明白這道理，何況是元首之尊？這一步千萬錯不得了。勸進諸君言者盈庭，但他們都祇是湊熱鬧。站大邊，至於歷史上的功過是非，卻祇落在一個人的頭上，別人頂不了的。

與誠信同樣重要的是，當前的政治實況，蒼生們是否滿意？還是很不耐煩？就算把「極端分子」的噪音都隔離開來，把各種鬧意氣的話都壓下去，仍然打不開人們心頭的悶結：人人有一段失落感，不僅問「中華民國要走向何處去？」而且越來越迷惑的是：「中華民國在哪裡？」

電影院裡放國歌，畫面上「溫馨感人」，但與歌詞內容的莊嚴宏偉全不相干，當唱到「一心一德，貫徹始終」時，銀幕上一位白髮蒼蒼的老公公抱著孫子睡著了。這樣的生命共同體，是否即是今日臺灣政情的寫照？

政風隳敗，苞苴公行，金權跋扈，黑道囂張，這些事當然不能全怪元首一人，但這些病象越來越嚴重，總持國家大計的人又何能置身事外，怡然自得？

顧亭林有言，有亡國者，有亡天下者。士大夫無恥是為亡天下。士大夫無恥遂使是非莫明，曲直難斷。今之知識分子，更當知恥知病，仗義執言，呼籲當事者急流勇退，浩然賦歸，解開中華民國的方向之謎。

中華民國八十四年五月六日

和諧的結晶

我以偶然機緣，結識了這一對中年夫婦。他們都是從事學術研究的高級知識分子，但卻和近年流行的、某些吵吵鬧鬧的所謂學人大為不同。

翁仲男總是笑吟吟地不多說話，像一個質樸的農人。他在劍橋大學得到獸醫學博士，就回到臺灣來工作，對於改良豬隻飼養有獨到的貢獻，為此而得到過好幾項「傑出研究獎」，有的朋友戲稱他是「豬博士」。

我請教他，「為甚麼在別的國家吃到的豬肉，往往有腥氣，趕不上我們臺灣的豬好吃？」

他微笑著說，「大概是他們飼養不得法。」

他的研究所在苗栗，惟有週末才回臺北。週日我看到他們夫婦，戴著草帽和手套，在烈日之下社區的人行道邊拔草剪葉，修整花木。這雖不是甚麼大事，但這年頭像這樣的人已經很少很少了。

宋淑萍是臺灣大學中文系的教授，研究先秦諸子，又教「楚辭」吧，好像是；所以有一種古典的書卷氣。

跟他們一起吃飯，在一家有卡拉ＯＫ設備的土雞城。翁仲男拉著我放懷高歌，他唱的是「瀟灑走一回」，他唱得很響亮，頗有味道。朋友說他很有音樂「細胞」。我才知道，他們的獨生女兒翁均和，幼年以資賦優異赴美，經過多年的苦練，已卓然有成，有大家之風。

翁均和四歲半學琴，小學畢業就到美國，後來在有名的茱麗亞音樂學院專攻鋼琴，再進哥倫比亞大學。他們母女通信甚勤，過去有一百九十五封通信，選輯為「媽咪與貓咪」一書（正中書局出版）。這本書裡不免談到學琴的甘苦，連我這沒有音樂細胞的人也為之感動不已。

均和寫到她唸中學時的煩惱，「魚與熊掌不能兼得」。又想上好大學，又想多練點琴（就必須少修點課）。她通常每天至少練六個小時的琴，有時更長到十一個鐘頭。專心一志到了廢寢忘食的地步。一個人要想在任何一件事上頭出類拔萃，都不簡單。

她講的那些學琴要領，我都不懂；但其中提到舒曼協奏曲第三樂章，一開始的左手很容易碰錯，「練得要死好像也沒用」，後來是接受了腦力激盪的一招，注意右手，讓左手「自生自滅」，沒想到左手竟然自己輕鬆地跟上了。這大概就是所謂心領神會，妙造自然吧。

均和曾回國來演奏，在國家音樂廳和社教館的演出，受到許多行家與前輩的稱譖。藝術上有特殊成就的人，天才固然是必要的條件，自身的努力與環境的陶冶也同樣重要。均和有優異的才華和堅定的意志，未來必能有過人的成就，當可預期。

我對這個年輕人特別覺得可喜可佩的是，她在小學畢業後就出國，又在一個相當「封閉」的音樂學校裡就學，可是她對中國語文和文化，仍能勤加學習，進益無已。她的書法和筆意，比起和她同年齡而在國內長大的人來，有過之無不及。她在鋼琴之外，更有志於文學創作。我曾讀過她的短篇小說「雨雪霏霏」和散文「舞臺、人生和我」，都寫得別有情致，駕馭文字與駕馭音符，異曲而同工。

翁仲男是臺灣人，宋淑萍是山東人，在今天這個大講「族群和諧」的年代，翁均和是不是可稱為和諧的結晶？

中華民國八十四年五月廿日

大臣之風

從報上看到的日程，李登輝總統日內就要到美國了。姑不論是「私人訪問」，是「過境」，或是「返回母校演講」，總之是要踏上美國的土地，這是中美邦交發生變化十六年來的一項突破。有些官場中人彈冠相慶，似乎這樣就真的「走出去」了。也有人深懷杞憂，擔心下面的文章不好作。其實，眼前是「走一步，說一步」之局，先把連選連任的氣氛炒熱，「走出去」以後又當如何，不必操心。

就在快要起駕的前夕，總統府副秘書長戴瑞明突然提出辭呈。新聞界對此事背景已有不少的報導，一說是由於「總統府的特殊文化」，人事傾軋，「禍起蕭牆」。

五月廿五日同一天，外交部長錢復會見新聞界，強調「國家認同很重要」，他雖然願意在艱困環境中努力工作，但在國家認同的問題上，無法妥協。然後說，「這就是為甚麼我希望早點離開公職。」斯人而有斯言，且在這樣一個敏感時刻，不能不引發關心國事者的聯想和喟嘆。

春秋時代，魯國由季氏當權，用仲由和冉求為家臣。季子然請教孔子，這兩個人可算是大臣之選嗎？孔子說，「所謂大臣者，以道事君，不可則止。」老先生也許是為自己的學生謙讓，「他們兩人祇能算是備數之臣罷了。」不過，「弒父與君，亦不從也。」聖人的弟子，進退出處之際，總還要守住原則。「國家認同」上發生問題，其嚴重性正不下於「弒父與君」也。

近世學者往往認為，孔子的學術有助於統治階級建立權威體制，這是有欠公平之論。試看論語泰伯章講到「守道」的那一段話，是如何嚴肅深切：

「篤信好學，守死善道。危邦不入，亂邦不居。天下有道則見，無道則隱。邦有道，貧且賤焉，恥也。邦無道，富且貴焉，恥也。」

如果用「篤信好學，守死善道」的標準去衡量，今日浮沉宦海之中的人物，能及格者恐怕不多。最後那兩句話更有深義，身處清明公道的大環境裡，如果仍然貧賤，是可恥的，因為錯在你自己不爭氣，不上進。然而，若是當黑道猖獗，金權橫行，貪汙腐化，犯罪氾濫之時，而你竟然能夠「富且貴焉」，就更可恥了。

論語季氏章又有記載，季氏要討伐鄰境的小邦顓臾，冉有和仲由來向孔子報告，孔子把這兩個徒弟教訓了一頓；其中有幾句千載流傳的名言：「丘也，聞有國有家者，不患寡而患不均，不患貧而患不安，蓋均無貧，和無寡，安無傾。」有這樣的基礎，進一步修文德使遠人悅服，國家自然大治。如果內部分崩離析，還要妄動干戈，「吾恐季孫之憂，不在顓臾，而在蕭牆之內也。」禍起蕭牆，出典即在此。臺灣的近情，是越來越開放了，「你愛說甚麼就說甚麼，你想罵誰就可以罵誰。」這能說就是眾心嚮往的民主嗎？

更何況貧富差距越來越大，「不均」之患，已不是少數人的抱怨。社會上好的規範已蕩然無存，暴戾兇殘之事，無日無之，「不安」之象已難予掩飾。連那些本來忠心耿耿的追隨者也覺得無能為力，在上者豈可再無所動心，漠然視之？

錢君復是否會離開公職？戴瑞明請辭是否會如擬照准，寫此文時尚未可知。二君皆才智優長之士，半生効力公職，雖無赫赫之功，總有一片忠勤堪念的苦勞。可是，不論怎樣的「服從為負責之本」，到了連國家認同都發生問題的地步，這官位坐下去確實令人「坐蠟」了。當所謂國家的定位朦朧不清的時候，外交無法辦，總統府發言人也一定「開口便錯」。「以道事君，不可則止」，沒什麼可以留戀，此亦不失為大臣之風了。

中華民國八十四年六月三日

面對人生

林語堂先生出生於民國前十七年（清光緒二十一年，西元一八九五年）。今年十月十日臺北為林先生百年誕辰舉行紀念會。這是意義重大的文化界盛事。「聯合文學」社承行政院文化建設委員會之囑，負責籌辦。事前我曾接到朋友們來信，約我回國參加。我因上半年在外頭跑了很多天，不便再找題目放自己的假，便婉謝了邀約。花了幾天功夫，勉成「林語堂：筆會與東西文化交流」長文，略表我對林先生的敬意與懷念於萬一。我想說的話，都已寫在那篇文章裡；現在補充的該算是題外的話。

許多外國人認為，林語堂是思想家兼文學家，中國人則比較更看重他的文學上的成就。他的思想裡有濃厚的老莊味道，連帶著他喜歡並力加倡導的性靈小品，似乎都在正統主流之外。

然而，在閒適自在之外，林先生自有他執著的一面。他那本「蘇東坡傳」寫得特別精采，我覺得他在性格上有若干地方跟東坡頗相近。雖然他們生活在兩個截然不同的時代裡。豁達、寬容、風趣；當然，在某些事情上很認真。問他中國有那麼多偉大的文學家，為甚麼單單挑中了蘇東坡來立傳？林先生說，「蘇東坡這個人實在很可愛。」

對於林先生，我們也可以這樣說，「林語堂這個人實在很可愛」。可愛兩個字，包含著一切無法加諸言詞的讚美在內。有些人物可以是很偉大、很傑出，但未必很可愛。

剛剛接到臺北年輕友人的電傳，問我「文○為抗戰而作」那句話裡第二個字是甚麼字？我的原稿寫得潦草，但那句話我還依稀記得。我們在抗戰期間成長的一輩人，從文學觀到人生觀，都不免有些「抗戰先行」、「主題掛帥」的偏見。我寫的那句話是：「文合為抗戰而作」。這是套用白居易「與元九書」裡的兩句話：「文章合為時而著，歌詩合為事而作」。用現代語來說，就是要反應時代、針對問題。抗戰是國族存亡的大事，當然值得作為中心課題——現在看起來，我這種想法畢竟幼稚膚淺了一些。林語堂作品之中，像「吾國與吾民」，在國內外發生的影響和貢獻，當不下於任何抗戰文學。

林先生曾多次強調，「我以為文學的功能，是使得我們能更清楚、更正確、以更真實的瞭解、更豐富的同情來面對人生。」也可以說，這應是文學作品的普遍的或最高的宗旨。世間有億萬生民，每個人都會有種種不同的悲歡離合、喜怒哀樂的人生。文學，就是要面對這複雜多變的人生時，發出一聲驚奇、吶喊、或讚美之聲。

以一位作家而論，林語堂先生度過了相當幸運的一生。早歲苦學，未及盛年而已名滿天下。雖然他也曾從事過寫作以外的工作，如大學校長和聯合國的高級主管，但那些似乎祇是他人生裡的插曲，最重要的成就還是他的書——幾乎每一本都風行海內外，是極有分量、有內涵的暢銷作家。他沒有像蘇東坡那樣貶官、下獄、遠謫的經驗；也沒有許多亂世文人流離失所、貧病交集的遭遇。和他同時代的作家相比（不必一一列舉姓名，大家都會想得到的），林先生真是有福氣的人。

最值得羨慕的一點，是林太乙女士得到了父親的傳承，她寫的「林語堂傳」，不僅是翔實而生動地刻劃了林先生的性格與生平，也為當代文學家的傳記留下一個好的範例，後世研究林語堂其人其文，都將以這本傳記作為最好的索引。

臺北這次紀念會中，將有許多篇論文提出，相信必能從不同的角度，去探討闡發林語堂作品中精妙的神髓。古人所謂「立言」為三不朽之一。這次隆重的紀念會應是林先生立言淑世的回報吧。

中華民國八十三年十月八日

醉墨

宋代有位書家石蒼舒，功夫下得很深。蘇東坡稱許他，「君於此藝亦云至，堆牆敗筆如山丘。興來一揮百紙盡，駿馬倏忽踏九州。」因為寫得勤，用壞了的毛筆堆得像小山，比起王右軍臨池盡墨，也相去不遠了。石蒼舒浸淫書道，蓋了一座「醉墨堂」，揮毫之樂，猶如暢飲醇醪，不可自休。

東坡題「石蒼舒醉墨堂」古風，開篇即有警句。那首詩前面幾句是：

人生識字憂患始，姓名粗記可以休。何用草書誇神速，開卷懵恍令人愁。我嘗好之每自笑，君有此病何年瘳；自言其中有至樂，適意無異逍遙遊。近者作堂名醉墨，如飲美酒銷百憂……

「人生識字憂患始」這名句常被引用，卻沒想到典故出在這兒。識字已是憂患，寫字而且寫得極好，當然是更加一層的憂患。入了迷之後，反而可以解百憂，可見天下事利害恆相半，愛到極處，樂之不疲，苦中也自有快樂。

傳統文人以詩文書畫為看家的本領，雖然不是人人都能達到精妙之境界，但學總是學過一些。大多數讀書人寫文章，是為了應付科舉，「一舉成名天下揚」，從此而踏入仕途，如果運氣好的話，黃金屋、千鍾粟、顏如玉，都可以唾手而得。考試要考得好，文才學識固然重要，更需寫得一手好字。所以書法也是基本功。

時至今日，科舉蛻變為聯考，策論變成電腦選擇，書法差不多無用武之地了。在同輩的朋友中，文章之士甚多，但工於舊詩文，兼擅書法的人，可就越來越少了。政治大學的學長熊琛，在退休之後，印行了他生平詩作凡五卷二百數十首，從頭至尾，每一個字都是他親筆小楷。題簽序文也都出於名家手澤。印本採線裝形式，淡雅樸拙，別有古色古香的味道。詩集就取名為「醉墨軒詩鈔」，作者自序，「平素潛心八法，好之有甚於詩，乃自榜其軒曰醉墨。人亦但知其能書……」醉墨，乃是醉心於筆墨，不是真「飲墨而醉」，此意與石蒼舒後先輝映。

熊琛的字好，詩的工力更深。他相當崇拜白樂天「詩合為事而作」的主張，「倘不能言之有物，則何異於無病呻吟。視其所作，殊少虛摹煙雲、徒詠葩卉之作，頗能自踐其言」。晚歲更強調，「詩貴有言外之意，然不可失溫柔敦厚之旨」。又引黃山谷之言，「詩者人之性情也，非強諫諍於庭，怨詈於道，怒鄰罵坐之所為也」。熊琛是江西人，山谷為宋代江西詩派的領袖；有意無意間似有某種縱的繼承之意，亦未可知。

作者是國學大家熊公哲先生長公子，幼承庭訓，家學淵源，在政大畢業後，曾派駐日、菲、泰、南非等國服務，屆齡榮退後，到美西靜居，日唯讀書吟詠自遣。論者認為「其所接闊大，而所感深切，發而為詩，確有異乎一時之作者」。

晚年有兩首絕句，皆諷時佳作，頗具現代感。

紙鳶

質弱身輕不自持，任人牽掣命如絲。
因風得遂凌雲志，快意還防線斷時。

讀報有感

常因纖介起爭端，短視何殊坐井觀。
閒談人生如戲劇，等閒俱是沐猴冠。

詩中有人，呼之欲出，無須再加詮釋，皆是官場議壇中景色。「讀史雜詠」多首言淺意深。又以感懷、感事等為題者多篇，都契合「言之有物」的初衷。我最欣賞的是一首「無題」：

宦遊倦後已成翁，依舊棲遲海嶠東。
談夢漫尋蕉下鹿，賞音誰識爨餘桐。
丹經九轉功難就，詩到無題句自工。
為問當年簦笠友，祇今懷抱幾人同。

詩人的感嘆，反映著大時代裡「烈士暮年，壯懷未已」的心情。世事劇變如斯，「萬事早知皆有命，十年浪走寧非癡」，東坡有此感慨；醉墨之吟更別有寄懷，「憶昔驕蹄半天下，出門一笑白雲飛」，豪放胸襟，差近古人。

中華民國八十三年四月二日

學報

這次回臺北之前，受人之託，「找幾本臺灣各大學有關文史方面近期的學報」，以供參考。我原以為這是輕而易舉的事，一口承諾下來。回來後跑了幾天，茫無頭緒，這才是所謂「事非經過不知難」。

臺北的書店業集中在重慶南路，西書業則在中山北路一帶，各大學附近也出現小型的圖書市場。有的我曾登門請教，有的用電話探詢，答案則是一律的「沒有」。有的服務人員反問，「要甚麼學報」？似乎從未聽說過有此名目。

以前在市中心區有一家老牌子書店，賣過各政府機關的公報；國立大學也是「公家」的，他們並不代售。我確知以前擺過大學學報的，是老字號「學生書局」，那家書店出過不少學術性工具書，編印的「書目季刊」很有水準。我跑到臺大附近找了一陣（後來才知他們搬了家）。那天大雨淋漓，泥濘載途，大路上在進行「捷運」施工，走起來頗有「路上行人欲斷魂」

的苦惱，祇得廢然而返。

如此便祇得作一些自己向來「不喜」的事：拜託朋友幫忙。臺大、政大、清華……

大學是研究高深學術之所，這是老生常談。好大學要有傑出的師資，勤奮的學生，充足的經費，優良的設備，諸如圖書館、試驗室、出版社等。大學的出版社雖也可以採取企業經營方式，但其基本方針應在探索真理、發表研究心得與成果。學術水準之高下，遠重於利潤的得失。大學出版社應以出版學術著述為主，而各種學報的印行乃必不可少的工作。

大學的學報有的是以全校之力完成的綜合體，有的以一院一系為主自成單元。共同的特色是保持嚴謹的做學問的精神和程式，能含有「原創性」（Originality）者最為珍貴，至少也要言之有物，各有來歷。剛剛瀏覽了臺大的「文史哲學報」，一臠之嘗，不敢說已知全鼎之味；也稍可體會到近時文史研究的方向和層次。在此紛紛擾擾的大環境中，依然有一些人伏首鑽研，潛心學術，總是令人欣慰的事。

臺大的「文史哲」原則上每年兩期，事實上是年刊，每期近四百頁，刊出論文約十篇。未刊定價，想是非賣品。

中央研究院新任院長李遠哲日前在公聽會上談話，說明「臺灣科技水準，不如想像的好」。另有人指出，我國科學論文發表篇數每年雖有成長，但被國際學者引用次數的比例卻一年比一年低。如所周知，政府與民間對科技倡導所花的力氣，遠超過人文學科，被冷落的文史哲研究，在國際間是否還有些影響與貢獻，更難查考了。

離開臺灣一陣，看到一些變化；像圖書出版界，表面上宛如昔人形容的三月江南，「雜花生樹，群鶯亂飛」；但是真正有份量的嚴肅著作，相對卻越來越少見。堂堂臺北市找不到一家書店可以買到各大學學報；我不敢輕率斷言這就是「輕視」學術；無論如何，總算是不甚正常的現象。我所理解的「文化大國」，不該是這個樣子。

中華民國八十三年五月廿八日

東洋風

旅途中常會發現忘記了某些小東西，不得不臨時補充。某日走進一家百貨公司，一雙襪子二百多元，一條手帕要百多元，我不免有些猶豫。店員小姐忙說，「這是日本進口的」。我一時為之愕然，想不到臺北的所謂「東洋風」，已經如此難以救藥了。

過了不久，便發生了新任法務大臣永野茂門的胡說八道事件，他說，「南京大屠殺是中國人自己杜撰的」，「日本人發動的太平洋戰爭不是侵略戰爭」。顛倒黑白，竄改史實，世論為之譁然。永野在內外斥責之下，道歉辭職，「十日大臣」，成了舊軍國主義亡魂的陪葬品，為多事的日本政壇添上一個小小泡沫。

然而，值得大家深思的是，永野這樣的發言，究竟祇是一二人的偏執愚昧，還是反映著某些日本人潛在的侵略意識陰魂不散？為何每隔一陣子就會有這種謬論狂言浮現出來？

尤其令人痛心的是，說這種話的竟都是所謂「友我人士」。一九八六年，文部大臣藤尾正行有謂，「南京大屠殺屬戰爭行為，不算殺人」。一九八八年，國土廳長官奧野誠亮說，「中日八年戰爭，是偶發的不幸事件，並非侵略」。到這回的永野，其說詞雖稍有出入，卑劣的用心彷彿如一，都是要推卸侵略的責任，掩飾屠殺的罪行。睜眼說瞎話，妄圖推翻歷史，扭曲事實，當然辦不到。這三人都因信口雌黃而遭罷黜，大快人心。但我們也應自省，為甚麼我們刻意結交的朋友之中，竟一而再、再而三出現這種心懷叵測、頭腦糊塗的人呢？「未知其人，先識其友」，我們自己的立場又在哪裡呢？

事發之後，有人建議政府公布史實文獻，有效澄清真相。也有人建議興建抗戰紀念碑、紀念館，將抗戰那一段慘痛壯烈的歷史，永留後人心版。這些意見都很不錯，祇怕又會「五分鐘」熱度之後，再等下回另一個永野出現！

中國人以及亞洲各國人民應該作的，是要日本人能誠誠懇懇承認侵略的事實，從而徹底反省悔悟，勿蹈覆轍。如再有少數人存心賴歷史的賬，那就是「怙惡不悛」，過而不能改，將來必會闖更大的禍。

至於我們自身，應該接受這一類及時的刺激而發憤自強。「抵制日貨」是不切實際的高調，但某些人盲目地崇日媚日的「東洋風」，應該收一收了吧。當若干大金牛和所謂政治人物，背後跟日本勢力掛鉤時，當日本貨無孔不入，我們對日貿易逆差逐年激增之時，談甚麼抵制，徒然令東洋人「見笑」而已。

經濟上依附如此之深，難怪永野之流把我們「視同無物」了。面對莊嚴的歷史和來日潛存著的危機，我們必須團結自強。永野茂門的話固然令人可氣可恨，但我們中國人不能知恥知病，甚至比經濟動物更經濟動物，又怎能真正「挺」得起來呢？

東洋風顛倒眾生，「吹得遊人醉」之時，連我們自己也快忘記南京大屠殺的慘劇吧？容許永野之流「杜撰」歷史，受害者豈是毫無責任？這應是我們的痛苦省思吧！

中華民國八十三年五月十八日

血淚的教訓

在千島湖悲劇哭聲未已之際，緊接著又發生了名古屋的空難事件，一架飛機墜毀，罹難者多達二百六十四人，一貫強調「以客為尊」的中華航空公司，如今在眾人心目中幾乎淪落到了「一無是處」的地步。撫今思昔，曷勝浩嘆。

華航當初創業起家，「揹著國旗，飛遍天下」這句話相當重要，還記得政府早些年曾有規定，公務人員出國，要儘量乘華航班機，凡是華航飛得到的地方，如果搭了別家的飛機，機票不准報銷。此中自有扶持之深意。

我輩雖非公務人員，亦皆以自己國旗為榮。過去三十多年之間，出國搭飛機，總是「以華航為尊」；華航飛不到、或時間無法配合的時候，才會考慮別一家，我和朋友們都有這種想法，「華航是我們中國人的事業，中國人若不照顧、愛護自己的事業，華航怎麼能站得起來？」我相信，像我這樣抱著「愚忠」觀念的旅客，很多很多。

國際民航近年來進步很快，競爭也至為激烈。由於直接間接的體驗比較，華航票價不是最低的；空中小姐會用國語和閩南語交談的，也不止華航一家；包括餐飲在內的各種服務，華航大概很難說考第一。大家愛華航，絕不是因為在三萬呎高空上可以吃到牛肉麵、喝到龍井茶，聽到梅蘭芳的「霸王別姬」——雖然這些我都很喜歡。最重要的也許還是出於一種爭強好勝的榮譽心。「中國一定強」裡頭包括很多東西，優良的民航事業也該是必不可少的一環。在亞洲，日航、國泰起步較早，華航至少不要被新航、韓航比下去才對。我們愛華航的心情，真是到了「護犢子」的地步。

別的委屈可以容忍，唯獨「安全」不能馬虎，偏偏華航在飛行安全上的紀錄，太讓旅客失望了。名古屋空難之後，有立委建議，以後總統出國「不要坐華航」。這跟頭些年的差別有多大？華航如果再不痛下決心，徹底整頓，真要面臨「淘汰出局」的命運了。

空難的原因錯綜複雜，非片言可盡。究竟是人為疏失或機械故障，或二者兼有，皆待最後的鑑定。但深一層看，絕不是這樣「偶然」。新聞報導中反映，華航內部有不少人私下抱怨——

有關係的平步青雲，沒背景的黯然而退，公司倫理、紀律被嚴重破壞。前不久發生飛行機械員打駕駛員，還有駕駛罵旅客的案例，這在任何一家紀律嚴明的航空公司都是絕不容許發生的事件，凸顯華航人事管理的缺失。

另據報導，華航曾在短期內撤換了五六位空勤及航務的資深人員，破例晉升了一位資淺的航務主管，「令許多飛行員心生不滿，影響工作士氣至鉅。」（均見四月廿八日聯合報記者沈蓉華、郭錦萍特稿）

嚴明的紀律與公正的人事管理，是任何事業——從政府、軍隊、政黨、乃至公私企業，不斷精進革新的保證。在上者一旦有了「大權在握，高下隨心」的驕態，「祇要我看對了眼，你們誰說也沒用」，進退獎懲，失去了眾所心服的公平準繩，漸漸出現了紀綱廢弛、人心瓦解的現象，下一步就是災難了。

上述的病象，今日在臺灣已相當普遍。如再不及時戒惕，痛加矯正，以後摔的將不限於飛機，受難者亦不限於二百多位旅客，希望在上位者能接受這一血淚的教訓。

中華民國八十三年五月十四日

高學費

從報導得知，國內公私立大學的學雜費用，大幅調升，往日「低學費」的好景不可復睹。在臺灣所得差距逐年擴大聲中，高等學府的學費由低攀高，這作法是否明智，大可商榷。

記得某年在臺北，有一場討論會，主題就是大學學費該不該調整。一位經濟學者主張調升，如此不僅可以充裕大學的經費，而且從成本效益的觀點來看，也比較合理。

不過，那位朋友表示，他自己是清寒家庭出身，深明「一文錢難倒英雄漢」的痛苦；可是，他認為當局大可以一面提高學費，一面增設高額的獎學金，以獎助資質優秀、家境清貧的好學生。

我同意學費應該「合理調整」的意見，但對於如何能使作育人才和學費上漲「並行而不悖」，很是擔心，因而我成了反對學費大幅上漲的主要發言者。

事後我把我的意見寫入「大學師生」長文裡。我是抗戰期間成長的青年，念大學不但沒繳過學費，而且衣食住行無不仰賴大學供給——實際上也就是國家供養。我們那一代不僅個個是清寒子弟，而且大多數都是無家可歸，不靠國家我靠誰？

天下事往往有許多矛盾，越是寒門兒女，越是發憤忘食苦用功；越是富厚之家，雖有很好的機緣，其子女反而不喜歡讀書。高學費政策可能的後果是，清寒而優秀的青年人，因為繳不起學費而被拒於學府宮牆之外；這樣的人即使祇是極少數，國家也承擔不起這樣的損失。至於說廣設獎學金等等，我的看法相當「悲觀」。提高學費是立即生效，繳不出學費就不能註冊，現實得很。獎學金則是「未來學」的事，誰也說不準。一個窮學生，如果為了籌畫高額的費用，去作家教、擺地攤，然後又要求他比別的同學成績更好，才可有取得獎學金的資格，能算合理嗎？而且，獎學金從申請、重重審核，到真正拿到錢，中間又有許多曲折；而這些曲折無一不是窮學生的痛苦，能算公平嗎？

「大學師生」在報端發表後，時任教育部長的李錫俊先生看到，認為不無見地，寫信來表示嘉許。過了一陣。阮大年先生（當時的教育部政次）告訴我，「你的文章已印成專冊，部長分寄給全國各大學校長參閱」。

其實，拙文真是卑之無甚高論。我反映我們那一代大學生的心願，希望有統一的入學考試（為公平也為少受幾次折磨）；支持公費制度，那是比低學費更低的制度。

如今，學費大漲已成事實，聯考大概也會取消；我仍要苦口勸誡，這樣的改變，結果是得不償失。提高學費未必即能提高大學水準，但卻必然會提高社會上某些摩擦與緊張。不說埋沒人才的大損失，且會使得家境清寒的優秀（以及未必優秀的）青年人，「天然地」與政府站在對立的地位，此中得失，又豈是金錢所能計算得出來的嗎？

中華民國八十三年五月七日

文學與政治可以毫不相干，但也可能有些糾葛，要先探索當時的政治環境，才可完全掌握作者的真意。

玄都觀

唐代詩人劉禹錫，有一首題為「自朗州至京，戲贈看花諸君子」的七絕，詩云：

紫陌紅塵拂面來，無人不道看花回。
玄都觀裡桃千樹，盡是劉郎去後栽。

表面上是形容長安玄都觀裡桃花盛開的美景，實際卻有諷喻時政之意。

唐德宗於貞元二十一年逝世，太子李誦嗣立，是為順宗，改元永貞。順宗在東宮時的舊臣王叔文、王伾等結黨用事，把持大政。順宗早患風疾，即位後不能臨朝視事，勉強作了八個月的皇帝，就禪位給太子李純，即憲宗。憲宗英年即位，頗思有所作為，用老臣杜黃裳為相，整飭方鎮。王叔文一黨盡罷，當時稱為「永貞之獄」。其門下柳宗元、韓泰、韓曄、劉禹錫、陳謙、凌準、魏異、韋執誼等同被斥逐，時人稱為「八司馬之貶」。柳宗元、劉禹錫文名久著，情誼尤深。劉禹錫貶為朗州司馬（唐時屬江南道，即今湖南常德）。十年之後，朝中有惜才者，召還長安。禹錫遊玄都觀後，作了前引的那首詩。題為「戲贈」，諷嘲煊赫一時的新貴們的洋洋自得，驕態可掬。禹錫此處所用「劉郎」，意帶雙關。後漢有劉晨、阮肇同入天台山採藥失道，遇到兩位仙女，成就一夕姻緣。回到家鄉時，子孫竟傳到第七代了。「劉阮入天台」遂成一段掌故。禹錫又恰好姓劉，這「劉郎」便有自況之意。「盡是劉郎去後栽」，很容易被解釋為自居前輩之意。有嫉妒他的人乘間散布讕言，於是再遭罷黜，遠謫播州。柳宗元同時被貶柳州。

播州乃蠻荒之地（在今貴州省遵義縣西），劉禹錫老母年逾八旬，其情可憫。柳宗元說，「播非人所居。禹錫親在堂，吾不忍其無辭以白於大人。若母不同往，便成母子永訣」。於是上奏朝廷，請求和禹錫對調，他自己願意到播州去。頗受憲宗倚重的御史中丞裴度也從旁說情，「劉貶於播，地方極遠，猿狖所居。禹錫母八十餘，不能往，當與其子作死訣，恐傷天子之孝治，請稍稍內遷」。這話講得很重，皇帝有些受不了，就說，「為人子者，宜慎事而勿貽親憂。禹錫又異於他人，尤不可赦」。裴度不敢再辯。幸好皇帝覺得「以孝治天下」的大道理不可不遵，才又說，「朕所言者，責人子之事，終不欲傷其親」，於是把劉禹錫改貶連州。柳宗元的高義，極受群流的讚仰。

劉禹錫因詩得罪，後人解注那首詩說，「奔走富貴者，汨沒塵埃，而自謂得志。春日看花，其實紅塵滿面。玄都觀喻朝廷。桃千樹，喻富貴新進之無能者」。即令作者果存此意，亦不過詩人的諷諫，算不得甚麼罪名。

柳宗元被貶柳州，「材不為世用，道不行於時」，而其文學辭章，功力大進，終於震鑠千古，誠如韓愈在「柳子厚墓誌銘」所說，「雖使子厚得所願，為將相於一時，以彼易此，孰得孰失，必有能辨之者」。此乃高才有道之言，非韓文公不能說得這樣透徹。

柳宗元後來就死在柳州任所，年僅四十七歲。他的遺集四十五卷，由劉禹錫編訂。柳文為唐宋八大家之一，詩留傳至今的祇有一百餘首。有一首「登柳州城樓，寄漳汀封連四州刺史」，詩云：

城上高樓接大荒，海天愁思正茫茫。
驚風亂颭芙蓉水，密雨斜侵薜荔牆。

嶺樹重遮千里目，江流曲似九回腸。
共來百粵文身地，猶自音書滯一鄉。

遠適邊城，樓接大荒，觸目傷懷，愁思茫茫，此詩意境高古，上承屈原的風神，所以被稱為「楚騷遺響」。這首詩致贈的四位好友，都是和他同經患難的知交，當時的連州刺史正是劉禹錫。

劉禹錫再貶之後十四年，經過多次遷徙，又回到長安，重游玄都觀，千樹桃花已蕩然無存，但見蒼苔菜花而已。他又賦絕句：

百畝園中半是苔，桃花淨盡菜花開。
種桃道士今何在，前度劉郎今又來。

此時乃文宗之朝，人事又有大變。當軸者專用佞倖，貽誤國事，經過幾番風雨，種桃的道士湮沒無聞，桃木也都砍去，久別的劉郎卻又重到天台。感慨政局變幻之速，寄此無窮的滄桑之感，此所以為好詩。

劉禹錫文采冠絕當時，被白居易推為詩豪，「山圍故國周遭在，潮打空城寂寞回」，確乎千古絕唱。玄都觀的小詩，詩情中兼具道心，可以發展為很好的戲劇和小說——讓人體味到，世俗的繁華滿眼，不過如南柯一夢。

中華民國八十三年七月二日

美食妙札

有一年，二殘劉紹銘兄自陌地桑寫信到臺北來，問我一樁小事情；我很快就覆了信。他再來信把我「讚佩」了一番。他說，他每次回到臺北，各方友好約會連連，大宴小酌，往往是早、午、晚餐之外，還得排上消夜，十分辛苦。可是，「給朋友們寫信，卻常常石沈大海，渺無回音」。喜歡請客而懶於寫信，似乎是臺北人共同的癖好。

近年來棲遲海外，我自己漸漸也有這樣的體會。與遠道親朋通信，寫著寫著，就寫不下去了。「林冲夜奔」裡有這樣兩句話，「魚書不至雁無憑，幾番空作悲秋賦」，寥落之感，古今皆同。可是，回到了臺北，友情如熱浪，一波一波而來。盛饌佳餚，美不勝收。講到烹調一道，臺北誠可謂出類拔萃，傲視全球。惟一不好處是樣樣皆貴。除了東京之外，臺北的物價——尤其吃食方面，要算獨步天下了。因此便覺得很不安。加之醫學界都頗重視膽固醇之類的名堂，鼓勵大家節制飲食，多多運動。從「鼎泰豐」的小籠包，到「新同樂」的排翅，美則美矣，都不宜放懷大嚼。我的老友與先進們，和我一樣需要多方節制，一想到這樣那樣的「後患」，更不免興致索然。

說到鼎泰豐，真是很妙的（應該說「很臺北」的）一個地方；原先本是賣麻油，後來以麵點應市而出名。經過不斷研究發展，各種點心種類增加，自晨至夕，座無虛席。美國報上一位專欄作家把鼎泰豐選為世界最佳的十家餐館之一，自此更是名揚四海，生涯鼎盛，門前經常有顧客排隊，等候輪班入座。小吃店有這樣的「聲勢」，頗堪自豪了。

鼎泰豐三四層樓面，相當狹窄，出入皆須側身而過，客人們似乎喜歡這樣擠來擠去的味道。生意這樣好，每週一還要「公休」，真是吊胃口。若是照美式經營方式，光是大臺北地區就至少可以再開五十家連鎖店。

當前出版界流行的，據說是輕、薄、短、小。小吃之流行與這種文風相當，也許這樣才適合現代人的快速節奏。精神食糧和口腹之欲都反應某種一致性：來也匆匆，去也匆匆。

其實，遠方的書信正是極好的精神食糧，一封親切而富情致的信札，讓人環誦再三。古人文集裡往往收錄大量通信，比許多義正辭嚴的長篇大論更有味道。與知心的朋友筆談，信手拈來，皆成妙趣，甚至發發牢騷，吐吐不平之氣，也不會顯得過分劍拔弩張。

蟹粉小包和蝦仁燒賣的味道遠勝過漢堡，但經營管理的方式則落後多多。憑此孤軍與舶來品競爭，是很吃力的事。我以前寫過「餡餅，自救吧」一文，現在看來更有危機迫近之感。

寫信的藝術，和那些需要精工巧手的小吃一樣，也要漸漸式微了。人們不喜歡寫信，不祇是由於忙和懶，似乎還有心理上有意要逃避甚麼的因素在內。

美食與妙札日益難得，現代生活之蒼白孤寂，豈真是一種世紀末的宿命嗎？

中華民國八十三年六月廿八日

虛無

經濟繁榮，政治民主，這是形容臺灣這個「生命共同體」常聽到的說法。可是，近年來由於生命中有許多不太共同的現象出現，便有許多人精神狀態迷離恍惚，以至於虛無。

虛無主義（Nihilism）算不上「一家之言」的哲學，它祇是採取一種消極否定的態度：認定人生毫無意義可言，宗教、法律、道德規範、政治制度等等，全都是空洞虛無，一無是處。虛無這個名詞脫胎於拉丁文nihil，意義就是「無」。

一八四〇年，沙皇統治之下的俄羅斯，由於政治腐敗，民怨沸騰，年輕的激烈分子眼見改革無望，憤而走上極端的道路，其口號是打倒一切既有的典章制度和清規教條，要徹底破壞才能為「未來」鋪路。青年群中湧現出兩個發言人，名字都叫尼克拉斯（Nicholas），一個姓柴爾尼辛謝夫斯基（Chernyshevsky），另一個姓杜布洛留包夫（Dobrolyubov），都是教士之子，受過良好教育，信奉社會主義為教國之道。一八六一年，俄皇頒布了釋奴法，仍在保護地主貴族，令激進分子大失所望，於是在聖彼得堡等地成立秘密組織，準備顛覆活動。不久，年僅二十五歲的杜布洛留包夫猝然死亡，次年，柴爾尼辛謝夫斯基被捕入獄，二十多年後才被釋放。他在獄中寫了一部小說，傾訴他對未來的憧憬，輾轉傳出獄外出版，暢銷一時。

這批青年激進分子信仰的社會主義，具有濃厚的烏托邦色彩，祇有熱烈而空洞的諾言，沒有具體可行的作法。比較認真推揚的，祇是拒絕一切權威的這種態度引起成熟人物的憂慮。小說家屠格涅夫在名著「父與子」裡，語重心長地把這批人定性為「虛無主義者」。微言大義，貶責其徒為空言、無補時艱。

從一八六一年到六六年，崛起的新領袖是皮薩瑞夫（Dmitri Pisarev），他把「虛無主義者」當作了光榮的標幟，號召徒眾。他們不僅反抗有形的建制，如政府、教會、軍隊、大學，而且更反對倫理道德，直指世間沒有甚麼一貫的真理，也無所謂善惡的準則，任何限制個性自由發展的作法。都沒有道理，所以要「打破條條框框」。

嚴格地說，虛無主義不是一種教條，而是對各種教條的否定。虛無主義者主張不要叫別人牽著鼻子走，可是，一個人如果接受了虛無主義，不分青紅皂白打倒一切，豈不就是被它牽著鼻子走？

皮薩瑞夫死後，麾下人馬四散，虛無主義陣營煙消雲散。這塊招牌偶或被人借用，有時是出於誤解。五四時期我國文藝作品中也有提到「虛無黨」之處，泛指俄國各色的激進政黨，甚至包括以暗殺縱火為能事的恐怖集團，已不是原來的真傳了。

俄國的虛無主義者，成事不足，敗事有餘，他們對舊秩序的破壞盡到了力量，無形中為後來列寧的無產階級專政作了馬前卒。可惜由列寧而史達林，蘇聯的整肅鎮壓，比沙皇殘酷多多。虛無黨的反權威們已經看不見了。

臺灣社會上曾瀰漫著一種是非不明、善惡不辨的惡劣氣氛，甚至於明明是壞人壞事，仍然有人會替他們強詞奪理，沒理也說得好像有幾分道理似的。臺灣近年之越來越亂，與這種顛倒是非的虛無心態有關。

帝俄時代的虛無主義者，很真誠地但也很愚蠢地為理想而獻身，他們自以為是地反對權威，踐踏規律，爭取漫無限制的放任和自由，最後得到的是甚麼呢？

破壞容易建設難，「虛無」之為害，就在它的腐蝕性。當大多數人甚麼信仰都沒有，對甚麼都不能認同的時候，對過去無所依戀，對未來不懷希望，那人生的確就毫無意義，猶如「黑洞」了。

人何必活著？人又如何還活得下去？虛無，其實是慢性自殺。

中華民國八十四年七月廿九日

信心多乎哉

信心是甚麼？誰也看不見、摸不著。但可以很容易就感覺到。特別是遇到所謂危機的時候。

八月初，臺灣捲起了兩場金融風暴。彰化第四信用合作社總經理竊用公款去炒作股票，引起擠兌風潮。一時人頭滾滾，怨聲四起。有些官員頭天還在講「體質良好」，第二天四信就關起來。後來由合作金庫「概括承受」了，但問題並未完結。虧空的錢該誰來賠償？

緊接著是國際票券公司的紕漏。年不滿三十歲的業務員楊瑞仁，一手遮天，用假票券騙了三百多億元；害得一個經理跳樓自殺。當然引起了顧客們紛紛登門，要求提前解約，擠提了若干百億。中央銀行八月七日那一天釋出資金七百多億元。中間的手續和各種名詞，老百姓未必了了，但大家都有同樣的疑問：虧空的錢該誰來賠償？

金融單位向來是最保守嚴謹的機構；從業者的職業性格是小心翼翼，謹守規章。但這兩次的毛病都出自內部，身為總經理的人領頭搞鬼，而且在案發前曾一再受到表揚。用人如此，談甚麼制度改革？再如楊瑞仁，真可謂「小鰍生大浪」，和英國霸菱銀行垮臺的那一幕幾乎雷同。

在海外的人聽到這些不幸消息，不禁萬分憂煩；老實說，臺灣腐化內潰，比飛彈射到大門前更為嚴重。飛彈威脅固然可怕，但同時增進民心的凝聚力，提高「明恥教戰」的憂患意識。金融危機一再發生，祇暴露出各級政府各層社會的種種病象，造成離心離德、誰也無法再相信誰的嚴重後果。

臺灣的儲蓄率一向甚高，本是好現象。一個人肯把辛辛苦苦賺來的錢存放在金融單位，這是鄭重的付託。一旦發現這付託並不可靠，在面臨半生血汗，盡付東流，而且滿腹冤情，投訴無門的時候，祇好爭先恐後捲入擠兌的狂潮。他們為的是維護自身的合法利益，同時也表達出來對政府失去信心。

當很多人都失去信心的時候，即使祇是一天兩天，也是很可怕的事情。

事態暫時平靜下來之後，人們更關心的是，為甚麼這些光怪陸離、出人意表的怪現象，會在臺灣一再發生？

有人認為，政府種種的防弊的措施，趕不上經濟發展的進度。這話如果是正確的，無異暗示著今後還會有更多的「道高一尺，魔高一丈」的事件發生，更加令人好擔心。

也有人怪政府人力不足，像金融檢查處祇有一百七十七人，查不清全國兩千多個行庫合作社。出毛病的彰化縣，財政局下面一個科長兩個科員，「管得了誰？」這些話就算是實情，也免不了事後推諉責任之嫌。老百姓會問，「你們早幹甚麼去了？」出了毛病才講，總是有虧職守。

財金界長老、前行政院長俞國華則指出，「政治不能干預銀行」，「總經理的資格嚴格限制，必須有金融資歷，才能避免受政治影響」。可謂切中時弊的知言。

當前官場中的風氣，不問品德，不重學問，凡是能表現一派「死忠」，那就「撿到籃裡就是菜」，黑道分子當議長、當民代的不止一兩個，市井流氓變成「大老」的也不少見。專業經驗和資歷可有可無，不僅金融機構的總經理，別的行業亦復如此。在上位者大權在握，高下隨心，「我說他幹得下來，他就幹得下來」。培根的名言是「知識即權力」。今日臺灣反其道而行：「權力即知識」。許多「盲人騎瞎馬，黑夜臨深池」的事就這樣發生了。

在權力支配一切的頹風之下，砥礪名節的正人君子，真知灼見的飽學之士，不為時所重，且成了嘲笑排擠的對象。驥首上騰者，挖空心思，不擇手段要發財。在這樣「上下交征利」的環境裡，老百姓殘餘的信心，已是「多乎哉?不多矣。」

中華民國八十四年八月廿六日

時無英雄

古時的史評家曾說，「時無英雄，使豎子成名。」可見英雄難得，自古已然；「時勢造英雄」的豎子，卻總不會缺貨。

曾任美國國會圖書館館長多年的鮑爾斯汀（Daniel Boorstin），博學閎識，是一位極受尊敬的通儒型學者。他的專長在歷史和傳記，曾獲普立茲獎。在他的名著「形象」（*The Image*）裡，對英雄與所謂名人，有深刻的對比。

莎士比亞曾將偉人分為三種，有些是生而偉大，有些是經奮鬥有成而偉大，還有的是「天降大任於斯人也」，命運造成的偉大。他從來沒有想到過，有人可以藉重公關專家、新聞秘書和「化粧師」之工，居然也好像是偉大起來。

真正英雄是靠他自己的成就，而享受與眾不同，群倫傾倒的崇拜，名人則是靠他的形象或商標出名。英雄創造了自己，名人衹是大眾媒體的創製品。英雄是偉大傑出、嶔崎磊落的人物；名人則衹是了不起的姓名，了不起之外，一片空虛。

鮑爾斯汀生活在大眾傳播左右人心的美國，對於真正的偉大與空洞的名聲之間的區別最為敏感。他甚至建議，尋求真正的英雄，應該到歷史書裡去找，而不是讀報紙、看電視。這些衹是「贗品」，像人工鑽石，形似而神非。

古今中外的大英雄，應天順人，及時而起，他是傳統的創造者，他也是在傳統之下誕生。他的成敗與是非，一一經過時間的考驗和歷史的公評。英雄如醇酒佳釀，愈陳愈香。所謂百代流芳，良有以也。

英雄生活在民間神話、聖賢經書和歷代青史之中。而名人則是靠了市井流言、流行的民意和報紙、雜誌、電視、電影等多方塑造烘托出來的。即使真有偉大的化粧師，不論手法如何高明，也掩飾不了虛偽和空洞的真相。沒有堅定的信仰，才會有不誠不信的行為；沒有一貫的理念，才會顛三倒四，前言不搭後語。新聞媒體可以使他出名，甚至造成如日中天，眾星拱月的氣勢；然而，媒體也會毀掉他，而且是在一轉眼的旦夕之間，出人意料的快。

英雄不怕寂寞、不怕冷落，也無所畏於誹謗汙蔑。悄悄搬走了銅像，並沒有降低人們崇拜英雄的摯情。有人以為，群眾是健忘的，群眾的智慧衹「等於十三歲的少年」。事實證明，眾人的記憶與懷念並不是那樣淡薄，更不是那樣愚昧無知。

特別是當對岸一再試射飛彈，金融市場上幾百億元詐騙案風波迭起的時候，人們會回顧過去，撫今思昔，自作公平論斷。當然也會展望未來，眼前看不清的、令人憂心忡忡的前景。像林黛玉葬花時的悲嘆，「試看春殘花漸落，便是紅顏老死時。一朝春盡紅顏老，花落人亡兩不知。」人世間的滄桑，其實也不過如此。時間，是那些虛有其表的名人最大的敵人。時間證明各種「造勢」的安排，都如曇花一現，轉眼成空。

鮑爾斯汀談到一個本來可算得英雄，後來卻淪為空頭名人的人物，那就是林白上校（Charles A. Lindbergh）。他於一九二七年三月廿七日自紐約啟航，一個人駕駛飛機，橫渡大西洋，到達巴黎。這史無前例的卅三個鐘頭的飛行，使林白頓時成為家喻戶曉的英雄。紐約時報用了五個全版報導他的新聞。全美各報為了他多用了兩萬五千噸白報紙。

可是，林白在那次飛行之後，雖然被迫扮演名人的角色，無所不談，無所不知，但公眾越來越發覺了他的空洞。直到他的兒子被綁架，才又造成全國轟動的另一波新聞。林白已不再是英雄，而祇是一個浪得虛名的受害者。

鮑爾斯汀的英雄論，猶如空谷足音。美國人在大選、拳王大賽、選美、奧斯卡等活動中尋求自慰。在歷史的櫥窗外，英雄已杳然遠去；新聞傳播中的名人，愚妄虛浮，也許正是鏡中我們自己的映像。

中華民國八十四年九月九日

第三輯

迷惘

五十年炎涼

一九九五年是第二次世界大戰結束的五十週年，也是聯合國成立的五十週年，各國都有若干紀念活動。在聯合國「出生地」的舊金山，更是冠蓋雲集，盛會連連。作為一個中國人，尤其是年齡稍長的一輩，曾經親見目睹半個世紀前的景況，撫今思昔，更不勝無限滄桑之感。

中華民國的抗日戰爭，於一九三七年七月七日爆發，孤軍奮鬥了四年多，至一九四一年十二月八日太平洋戰爭發生，日軍偷襲珍珠港，使原守中立的美國全力參戰。當時世界上對德、義、日軸心作戰的國家已有二十六國，經美總統羅斯福提議，總稱之為聯合國（United Nations），這是聯合國定名之始。

一九四二年元旦日，中美英蘇四國在羅斯福總統的辦公室簽署聯合國宣言，羅斯福和邱吉爾之外，代表中國的是宋子文，代表蘇聯的是李維諾夫。澳、比、加等二十二國則在國務院簽字。宣言主旨在表明全力擊敗軸心的決心，軍事第一。中華民國有動員五百萬大軍的力量，列為四強之一，並非倖致。

東條英機是日本軍部的鷹派，主張武力侵略最為積極。他在一九四一年十月十七日出任首相，不到兩個月後就發生了珍珠港事件。東條後來曾稱，「蔣委員長反對日本與美國之妥協，要求美國與日本停止談判，而美國不能不從。蔣氏又要求英國與印度談判，英國又不敢不從。蔣氏魄力與權威之大，誠史無前例。」從東條所言，更可印證中華民國及其領袖的聲望和影響。今有無知小兒妄加詆毀，信口輕薄，於反映史實為不忠實，於評騭人物則顯失公道。

到了一九四五年，各戰場形勢大好，聯合國會議於四月廿五日開幕，以中美英蘇四國外長為主席。一直開到六月廿六日閉幕。五十個會員國通過了聯合國憲章。羅斯福先於是年四月十二日猝然病逝。副總統杜魯門繼任後，成為金山會議發表主題演講的要角。

金山會議進行期間，德國無條件投降，義大利兩年前就已垮臺，日本雖還在作困獸之鬥，但敗降已屬必然。所以金山會議洋溢著一片樂觀氣氛。各方寄望於聯合國者，不僅是成為國際和平的守衛者，而且要能透過各國同心協力，為增進全人類的福祉展現歷史上的新頁。種種設計規畫，比國際聯盟進步。中華民國以創始會員國而為安全理事會常任理事國之一，是抗戰八年軍民流血犧牲換來的成果。

國際政治很現實，一九四九年大陸局勢發生變化之後，聯合國代表權便逐漸成為問題；到了一九七一年十月廿五日，中華民國出席廿六屆聯大代表團宣布退出聯合國。由創始國而徘徊門外，至今也已二十四個年頭。

臺灣朝野近時有「重回聯合國」的呼求，皆在人情事理之中。可是，事實上仍有許多難以逾越的阻礙。「一國兩代」，北京不會點頭；就國家認同的大原則考慮，臺北是否願意這樣不作久遠之計，也很難說。我曾就此問題請教過沈昌煥、朱撫松和已去世的周書楷等先生，他們都表示極為持重的態度，似乎是「佛曰不可說」。

聯合國本來代表著一種崇高的理想，但五十年來實際是「大事管不了，小事管不好」，看看波士尼亞的情況可見一斑。更像是言者盈庭、揖讓飲宴的大拜拜。

今年金山的各種慶祝活動，多采多姿，美總統柯林頓以及各國政要，外交耆宿、乃至文藝、宗教界等名流，川流不息。有權有勢有名者，可得一席之地；否則有錢也可以。開幕觀禮加午餐會，入場券由二千五百元起價，還有五千、一萬的；出的錢多，就可以指定較好席次，跟名流同席，這也算是另一味道的鈔票掛帥，錢能通神。

午餐原說吃小牛肉，因為牛肉貴，改成了雞；於此也可見聯合國的精打細算，寒酸至此，很難講許多大道理了。

中華民國八十四年七月一日

光明象

人活到了某種年齡，不知不覺就進入了不憂不惑、無喜無悲的境界，當你真正體會到「日光之下無新事」的時候，不但是可以見怪不怪，而且若老是見到不怪的人和事，倒反而覺得「怪怪的」。

記得那老人說，「你能夠預先下定決心追求成功，這是積極思想的基本原則。事實上，由於你目前思想的方式，就可以預見你未來的失敗或成功」。

起初，我對這些話無甚興趣。我的一種「少不更事」的想法是：「成敗何足論英雄」？為甚麼爬上成功的巔峰才算是積極思想？我相信有很多人抱著跟我一樣的想法，無論成功失敗，人總要活得有味道才好。

那老人的解釋與眾不同。他說，「我們所說的成功，不僅是世俗上一般所謂的成功，而是較此為難的使生命過得更有效益、更有意義。這就是說，你先要作一個成功的『人』，能夠自制，言行思想有條理，不致形成為世界上的一個問題，而是能對解決世界上的問題提供一部分答案。這是我們每一個人應該期許自己要達成的目標：要度過成功的人生，成為一個創造性的人。」成功的意義，在於「創造性」，在於能提供答案而不是製造麻煩。這樣的定義，我樂於接受。

這位老人，就是舉世聞名的皮爾牧師（Norman Vincent Peale）。他結合了基督教義和心理分析原理，提出了「創造性的人」和「積極思想」的觀念，激勵了千千萬萬人的心靈。一九九三年的聖誕夜，老人在睡夢中溘然長逝，享壽九十五歲。

皮爾平生著作四十餘種，以「人生的光明面」一書開創了倡導積極思想系列的先河。這本書曾蟬聯全美非小說類暢銷書達兩年之久，被譯成四十餘種語文，共銷二千餘萬冊。他在一九四五年創立「標竿」雜誌，一九三〇年代開始在國家廣播公司主持每週節目：「生活的藝術」，後來主持電視節目：「你的煩惱是甚麼?」又在報紙上寫專欄：「充滿信心的人生」，都很受歡迎。

「人生的光明面」這本書，原題可譯為「積極思想的驚人效果」，早在一九五二年出版。我是在一九七二年旅途中無意偶得之。讀了幾段，就感受到他發自至誠的說服力；後來陸續譯出，由純文學出版社出版。讀者反應熱烈，曾一再重印；七年之後，原來的紙型已經印爛了，全部重新排過後重印第六十版。海音鼓勵我「乘勝直追」，於是又譯了一本他的「熱心人」，效果也很好。

有一年，皮爾夫婦到臺北，扶輪社請他演講。因為譯書的關係，我也成了早餐會上的特邀來賓，和皮爾有此一面之雅。我對他的印象是鶴髮童顏，聲若洪鐘，談吐間極富幽默感，時時引發會心的微笑；可是，笑過了之後，你會發覺他絕不祇是一個「相視而笑」的談伴，而是要激發你內心中信與望的火苗。

宗教式的狂熱，我甚為不欣賞。但皮爾的議論風生，似乎講的已不限於某一種宗教的教義，而涉及普遍的人性。在充滿了艱難困阻、挫折與失敗的時代，人不應懈了鬥志。黑暗誠然是真實的，但光明卻是更強有力、更為真實的前景。凡是具有充分信心的人，就會不計成敗利鈍，奮勇向前。積極思想與人生的光明面，猶如一體二面，因果相循，並無神秘可言。

美聯社報導皮爾逝世的新聞時，特別提到他在一九三〇年代經濟大恐慌期間，協助許多貧困絕望的人度過難關；他也輔導過許多位總統，柯林頓總統稱讚他是一位積極樂觀的導師。

皮爾在一九五〇年代初期第一次訪問臺灣，在日月潭晉見先總統蔣公，後來他在一本書裡追記他的印象，稱揚蔣公正是具有堅定信念和積極思想的當代偉人之一。那時，臺灣的經濟還沒有起飛，而海峽上常有砲火連天的場面。轉危為安，就需要積極思想的主導。「光明象」由此而來。

中華民國八十三年元月十三日

不荒謬

被稱為「荒謬大師」的劇作家尤乃斯柯，三月廿八日病逝，享年八十一歲。我曾讀過他的劇本，不敢強作解人。他生平寫過一個中篇小說「隱士」，我曾從英譯本轉譯為中文，在中央日報連載過；從小說來看，我覺得他並不荒謬，至少並沒有荒謬到不可理喻的地步。在這個荒謬萬分的時代裡，少數人的特立獨行、奇情異想，眾人不易理解，乃目之為荒謬。可是，尤乃斯柯不僅在文藝圈內享有崇高的文名，社會大眾也對他頂禮有加。在巴黎大小幾十處劇場中，幾乎很少有一天沒有他的作品演出。

二十年前，國際筆會年會中，敦請尤乃斯柯發表主題演講，這是很難得的榮譽。我們在會場裡枯候多時，卻不見主講人的蹤影。後來聽說他老先生為了斟酌講稿，舉杯自遣，不覺酩酊大醉，臨場「回戲」了，這才使我感受到此老之荒謬果然可愛。他甚麼都「不在乎」。

一九八〇年，我和朱炎、胡耀恆兩兄結伴同行，代表中華民國筆會到歐洲訪問。巴黎自是一大站。經由旅法多年的趙克明兄引薦，我們奉邀到尤府飲茶。克明事前警告說，尤乃斯柯木訥寡言，極少接見外賓。我們要見機而談。

那次會晤的結果甚為圓滿。不僅談了些東西文學與禪宗，也提出了請他到臺灣來看看的建議。他很爽快地答應了，但因日程緊忙，無法確定何時才能成行。

此後過了大半年，透過克明的聯繫和促駕，尤乃斯柯伉儷翩然抵臺。筆會曾安排過幾次小型餐會和座談，耀恆並設計把尤氏的名作「椅子」改編為中文本，請著名的國劇老生哈元章主演，還動員了名丑夏元亮反串老旦，他們的搭配略似國劇裡的「青風亭」。這場別致的演出，由尤乃斯柯親任導演，這一段中法文化交流的佳話，而今已成絕響。

尤乃斯柯回法之後，對臺灣讚不絕口，對於文物精華的故宮博物院和多彩多姿的國劇，印象尤為深刻。此後自法來臺的文化界人士，如國際筆會去世的會長達維年等，就說他們在臺灣一定要拜訪故宮，並且至少看一場國劇，「這是尤老的囑咐」。

中華民國八十三年四月九日

記者史筆

「今天的新聞，就是明天的歷史。今天的歷史，就是昨天的新聞。」這兩句話是我在論文口試「一時情急」講出來的；事後曾寫過幾篇文章闡述大意。現在想想，大體是正確的；但那兩個「就是」太過「全稱肯定」，新聞總是要經過相當時間的澄濾，然後才成為定案的歷史。

從新聞到歷史，啟發我這一聯想的，起自好幾本書。其一是謝瑞爾（William L. Shirer）的「第三帝國興亡史」。謝瑞爾一九九三年十二月廿七日病逝，享年八十九歲。

謝瑞爾一九〇四年出生於芝加哥，在寇伊學院畢業後，進入新聞界服務。一九二五年搭了一艘運牛船到歐洲，便開始研究德國的風雲變幻。第二次大戰爆發之初，謝瑞爾代表哥倫比亞公司駐在柏林。當時祇有廣播，沒有電視，謝瑞爾常常利用美國流行的口語鄉談，將戰況報回美國，避開德國的檢查。他的「柏林日記」是深度報導的典範之一，轟動一時。抗戰末期，我在重慶讀到過中譯本，但已記不起是何人手筆。當時我剛剛念新聞系。

謝瑞爾可說是美國最資深的海外特派員之一。他與芝加哥論壇報和哥倫比亞公司的關係都很深。當時廣播界最紅的人物孟羅（Edward R. Murrow），與他交情甚厚；但到了一九四七年，兩人發生歧見，爭執不下，謝瑞爾轉到共同廣播網擔任評論員。

後來發生了麥加錫參議員掀起整肅共黨分子事件，株連許多無辜者在內。謝瑞爾因為在西班牙內戰期間，對共和政府曾表同情，因而也上了黑名單，無法在新聞界立足。退而閉門著述，並在一些大學裡演講維生。

謝瑞爾說，他很感謝有那樣一段被迫而「清閒」的歲月。正因為他不能在新聞戰場上驅馳奔逐，所以才能集中五年半的時間，完成「第三帝國興亡史」，得遂平生之願。呼風喚雨、權傾一時的麥加錫，則在各方詰責譴斥聲中，銷聲匿跡。

「第三帝國興亡史」（*The Rise and Fall of the Third Reich*），副題就是「納粹德國史」。這本一千二百四十五頁的巨著，一九六〇年由賽蒙・舒斯特書店出版。雖然納粹敗亡、大戰結束已歷十五年，這本書一上市即成為萬方傳誦的暢銷書，單是每月讀書會的精裝本，一年內便銷售一百五十萬冊；一九六一年獲得全國圖書獎。

就是為了這本書，我才加入每月讀書會為會員；這本書是我到美國後用獎學金買的第一本「閒書」。

全書分為六卷三十一章，從希特勒的崛起與納粹之誕生開始，德國內部各種勢力的衝突與分合，希特勒掌握時機，陰圖不逞，擴軍黷武，在兼併奧地利，掃蕩捷克、瓜分波蘭之後，終於引發了兵連禍結的第二次大戰。從德軍初期的閃擊奏功，以封豕長蛇之勢，席捲歐陸，傲視天下。但是，從「海獅」作戰的攻英受挫之後，史達林格勒週邊的苦戰更使德軍再衰三竭，走上敗亡之末運。這書一直寫到第三帝國瓦解的慘況。

謝瑞爾是資深而優秀的新聞記者，有強烈的新聞感；他的敏銳透澈的觀察力，使他能切入問題的重點。在錯綜複雜的亂象之中，掌握核心，又擅於執簡馭繁，把許多繁瑣的文獻和史料，鋪排就序，頭緒分明。他的文筆洗練生動，保持著近乎新聞報導似的活躍的可讀性。但是，更重要的是，他是有意識的撰著歷史，「千秋大業存青史」，與新聞報導祇要「爭一日之長」的要求大大不同。

納粹的興亡，是關係著千百萬人生死安危、也影響世界命運的大事件、大歷史。謝瑞爾以個人之力獨成宏篇，其學識、其毅力都足令人敬服。

不過，經過幾十年的風潮變化，今日德國卻竟有新納粹死灰復燃，謝瑞爾九泉有知，不知當作何感想？

一九四五年德軍瓦解，希特勒自焚。盟軍擄獲的公私文件和資料，重達幾百噸。大部分被運往美國，在維吉尼亞州亞歷山大市的陸軍庫房中鎖了十年，無人聞問。到一九五五年，才因美國歷史學會和其他幾種基金會的請求，逐漸開放。謝瑞爾是最先接觸這些資料的學者之一。

他在完成全書後說，儘管他在納粹得勢前後就在德國現場，但由於納粹獨裁專政的特性，許多重大事件的真相，他當時都茫然不曉；或雖略知一二，卻與真相有天南地北的差距。這段話對我的影響很深。歷史真相撲朔迷離，探索全貌絕非簡單的事。記者自信有升天入地之能，也還要加上史家的矜慎與虛心，也許才能得到史實的幾分之一吧。

中華民國八十三年二月十九日

苦盡甘來

二月份下半月，生活中平添了一個新節目。第十七屆冬季奧運會在挪威山城里耳哈默舉行，六十六國的一千九百二十位男女選手，在冰天雪地中大顯身手。電視上有現場專題報導，每天晚上有三個鐘頭的節目。看起來真是過癮之至。

從小喜歡運動，念小學和中學的時候，甚麼花樣都想嘗嘗看，籃、足、排、棒，都下過場，惟一不喜的是網球，覺得它太女性化。田徑、器械操，也跟著大夥兒起鬨過。滑冰稍窺門徑，滑雪則限於環境，從來沒有機會嘗試。所以冬運會若干項目，便有看沒有懂。

上乘的體育活動，一如上乘的藝術活動，並不一定要很懂了才能「欣賞」。譬如看花式滑冰和雙人冰舞，多看一些之後自然也就能品得出高下。我一邊看一邊打分數，居然跟那些評判委員給的成績相當一致。那極好的，像俄國的那一對，不僅是翩若驚鴻、矯若游龍，而且真正是履險如夷，處變不驚。最險最難的動作，就那樣優雅輕鬆地作出來，自然之至，絲毫不必為他們擔心。看德國那一對，有兩三次跳起來、落下去時，都不那麼順溜，為甚麼會那樣槓頭槓腦的？後來果然就失足跌倒，那白衣女郎跌得下巴出血，被抱出場。因為項目繁多，好手如雲，作為螢光幕前的觀眾，忙得目不暇給。出類拔萃、一帆風順的選手有不少位。像挪威的國寶高斯，一萬公尺競賽中三度奪金牌，而且三度創新世界紀錄。地主國的觀眾興奮如狂，當場決定為這尊「國寶」建銅像。

美國的布萊爾（Bonnie Blair），從一九八四年嶄露頭角，十九日以三九·二五秒創四百公尺世界紀錄，得到了她的第四面金牌，且被稱為「當世最快的女人」；穿著冰鞋跟跑路不一樣，真像閃電。美國女選手在奧運中得四面金牌的，前後共有四人，包括布萊爾在內。在未來幾天內，她還有一千、一千五兩項決賽，祇要能再多摘下一面金牌，那就是前無古人的「后中之后」，可以傲視群儕了。

冬運在冰上雪上進行，速度又高，所以極為危險，各場都事故頻頻，負傷纍纍。像前述幾位不但本領高強，而且運氣良佳。但也有身負絕技，舉世聞名的高手，一上場就出毛病。不小心跌倒，或祇是身手稍見踉蹌，可能就被甩出二十名以外。

我最欣賞的是那位噩運連連、屢仆屢起的丹·簡森（Dan Jansen）。各國冰壇內行早就認定他有稱霸天下的實力。可是，一九八八年冬運，他參加五百公尺決賽前幾個小時，得知他最親密的姐姐剛剛病逝。他哀慟中勉強上場，竟未能跑完全程。自那年之後，他參加過多次大賽，儘管平時成績甚好，每一上陣就走樣。直到本屆冬運，五百公尺他又失之毫釐，得了第八名，令人惋歎不置。

十八日的一千公尺，他卻有巔峰演出，不僅一路領先，勇取金牌，而且寫下一分十二秒四三的世界紀錄。當他在最後一圈俯衝前進時，曾有一剎那幾乎失足，他用左手輕扶冰面，挽狂瀾於未倒，度過難關。報上說，看到電視畫面出現那個鏡頭時，「在他威州西阿莉斯城家鄉，每個人都緊張得要命，喘不過氣來」。我們外行人也都看出來那真是成敗的關鍵。

由於年齡和體力，今年大概是簡森最後一次參加奧運。他過去雖然飽嘗失敗的苦味，卻從未掉過一滴眼淚。這次得勝後，柯林頓總統夫婦立即電話來道賀。簡森抱著他八個月的愛女接受歡呼，那個女嬰就取了他姐姐的名字「珍妮」。踏上領獎臺時，面對著如潮歡聲，其中有多少敬佩，有多少同情，他止不住流下了喜極而泣的淚水。

一帆風順固然難得，苦盡甘來更有滋味。這屆冬運還有大節目，南西・凱莉根在挨了一記無名棍之後，能不能得到金牌?寫此文時尚不可知。那涉嫌深重的唐雅・哈汀，萬目所視，千夫所指，無論比賽結果如何，都是第一號問題人物。此女幼遭生父離棄，其母曾結婚七次，所以她常有不安全感。

簡森那樣的人，憑著毅力一往直前，跌倒了再爬起來，那樣的勝利才格外可喜可敬。苦盡甘來，對青年們大有激勵作用。至於說運動員若竟是不擇手段，損人利己，任何比賽都失去意義，奧運會不如關門大吉。

中華民國八十三年三月五日

全勤

美國的國會包括參眾兩院。參議院的人數很好算，全美五十個州，每州兩位，一共一百位參議員。參議員因為人數較少、任期較長（六年）、資望較高（相當於州長）、出路較佳（由參議員而競選總統、副總統成功者，前例甚多），容易為公眾留下印象。眾議院情形不一樣，議員席次是依人口比例選出，總數有四百三十五位，任期祇有兩年。連選連任，成為資深大牌者固亦有之；淺嘗輒止，別有發展者更多。除了本州本郡之外，一個眾議員要打響旗號，成為全國性人物，殊非易事。

最近卻有一位眾議員，因為生病住院，使得眾議院的表決為之延期。新聞上了報，各方對這位既非「大牌」、也不算「主流」的議員深表敬意。

此人即肯塔基州、民主黨籍的威廉・納契爾（William Natcher），他從一九五三年當選以來，每次改選都能連任。他問政的一大特色是，四十年間，眾議院各項表決，他從來沒有漏過一次。

今年八十四歲的納契爾，過去已投過一萬八千三百九十七票。國會同僚笑他投票成了「癖好」。

眾院本有一場表決，排定日程在三月一日，納契爾事前因腸疾住進附近的比塞達海軍醫院。他以書面通知眾院，如果投票如期舉行的話，他就要不顧醫生的勸阻，出席履行責任。

改期投票過去亦曾有之。眾院某一高級助理人員表示，「過去我們曾為了無關緊要的理由，像一場高爾夫球比賽，就可以改變日程。這回是為了挽救一位議員的生命，若說不能改變，未免荒唐」。

果然，為了成人之美，使納契爾得以保持「全勤」的投票紀錄。眾院同意把原定表決的案件延後處理。

在他之前，還有佛羅里達州的班奈特議員（Charles Bennett），保持著一萬六千五百五十五次投票，從未漏過一次。不過，據紐約時報報導，眾院檔案上並沒有正式的完整紀錄。

民意代表能有長期而不漏的投票紀錄，第一，他得要多次當選連任，若不是當四十年議員，不可能有一萬八千多次投票的機會。第二，更重要的，他必須是一個極端敬業而負責的人。一絲不苟，一次不缺，這不僅是對選民、對國家，尤其是對自己負責的表現。

在他投過的一萬八千多次票之中，也許有很多都並不見得是影響國計民生的大案要案；他所投的票，有的贊成，有的反對，也許並不見得能影響一個法案的通過或否決。但是，他從來沒有放棄過自己的責任。四十年如一日，全始全終；甚至到了老病侵尋之際，也寧願「置個人死生於度外」去投下那四百多分之一的票。如果有人責備他迂闊愚蠢，我倒覺得他迂得可愛。

我們的「臺灣經驗」，主要的就是政治民主、經濟繁榮。但政治上的種種興革，越來越變成了慘痛的「經驗」。從前的萬年國會、終身議員，固然飽受非議；現在各有「民意基礎」的新人，在公忠誠廉等方面，不及老賊之處甚多。這是社會一般的觀感。

最明顯的一個病象，就是儘管競選時求天禱地，哭爺叫娘；一旦當選馬上換一副面目，甚至連開會都胃口缺缺，更不必說等在那兒投票了。

像納契爾那樣一次投票都不肯錯過的人，未必是大政治家，甚至連「大牌」議員都談不到。可是，民主政治的基礎，就在這人人對自己負責的細節之上。

新聞界似乎也無妨挖一挖，臺灣有沒有這樣迂的「全勤」民代呢？有一陣對於無故缺席的民代，要公布名單，後來又不了了之了。是不是因為缺席像學生「翹課」一樣，成為時髦的風尚，查不勝查呢？

中華民國八十三年三月十二日

聖希篇

「人無千日好，花無百日紅」，這雖是一句俗話，倒也頗有至理。盛極必衰，月盈則虧，人事也是一樣。

美國總統柯林頓崛起南方，不滿五十歲就入主白宮，意氣風發，眾人稱羨。他的夫人希拉蕊，風華高雅，儀態萬方，而且精研法學，識略過人。她受夫君委託，主持有關改革健康保險案的棘手問題。她是美國有史以來第一個第一夫人在白宮有專用辦公室，並且有權聽取部會首長報告。她自己也曾到國會致詞，爭取議員們的支持，人望之隆，比總統有過之無不及。

希拉蕊當然有她一套真本錢，天生麗質，有目共睹，這無需多說。又是「全美國最傑出的一百位名律師之一」。她的言論丰采，四方注目。在過去這一年，包括時代、新聞週刊、人物、婦女、電視週刊等數十種著名期刊雜誌，都曾不止一次用希拉蕊作封面人物。報紙和電視廣播上的有關報導，更是無日無之；而且幾乎是眾口一聲的讚美。她是「新女性中的新女性」，「女強人裡的女強人」。有人意帶揶揄地說，希拉蕊樣樣都好，惟一差勁的是挑上了一個配不過她的丈夫。

而那個配不上她的丈夫，居然作了美國的總統。

總之，從新聞界到美國一般老百姓心目中，希拉蕊可愛可敬；有人甚至用「聖希拉蕊」（ST. Hillary）來表彰她的「不同凡俗」。

可是，那是過去式，近來，拂意之事接踵而來，特別是因為白水地產公司的投資案被炒熱，其中有些不清不白，柯林頓固然是疑謗滿身，希拉蕊更成為眾矢之的。她自己也不得不承認，曾經犯過某些錯誤，像白水案的投資，本來「大可不必」。錢沒有賺到，反惹來一大堆的麻煩，而且有越扯越深之勢。共和黨人把「白水案」跟尼克森的「水門案」相提並論，似乎要藉此一比，把柯林頓轟下臺去。其實兩案的輕重大有不同。水門案是在任的總統，為了鞏固政權、爭取連任，驅使手下親信幹出不法勾當。白水案則是一個南方小州、年薪三萬多元的州長，為了要添補收入搞一點房地產投資。合夥人選擇不當，據說是蝕了本錢，且惹上利用職權、圖謀私利的嫌疑。

兩案唯一相同之處，是事後都有遮遮掩掩的餘波。「不肯誠實說明真相」，比「真相」本身更為嚴重。正因為希拉蕊鋒頭太健，以致怨妒叢集，亦非意外了。

大家祇看到風光的一面；其實，她過去這段日子有許多痛心之事。去年，她自己的父親去世，她的婆母病故。她在小岩城的至友佛斯特，被延聘為白宮裡參與機密的法律顧問，七月間突然飲彈自殺（有人說，自殺他殺尚有疑問）。健保改革案提出後，希拉蕊更成為「名滿天下，謗亦隨之」的是非人物。有人譏諷她是位在副總統之上的「共同總統」（co-president）這不是正式官銜，而彷彿我們的武俠小說裡的「一字並肩王」，可以上欺天子，下壓群臣。

她大概有相當的權力欲。以前法律事務所的合夥人，阿肯色州的同鄉，被引進白宮和政府者不少，外人乃看作是「小幫派」。柯林頓當權一年來，白宮裡且出現所謂「帝黨」和「后黨」之分，更熱鬧了。

近月來有好幾位大員掛冠求去，都是前述的「圈內人」。求官不遂和官位不保的人，有的也把賬記在第一夫人頭上。連白宮換了大廚，外間也有風言風語，希拉蕊不再是「聖」，而是脾氣很大、器度很窄、沒甚麼修養的小婦人了。

平心而論，她好的時候未必真有那麼好，如今也並非那樣不堪。政海無情，波瀾萬變，認清了這一本質，就可以讓熱中權勢的人稍微涼一涼頭腦了。

中華民國八十三年三月廿六日

自由與禁忌

不知你看過「危險小天使」沒有？不算是甚麼了不起的好電影。然而，卻意味著好萊塢對當前美式文化的一種反思。片中的賣點，就是由「小鬼當家」一砲而紅的那個小男孩。因為他在票房上創下了許多大明星望塵莫及的紀錄，乃再度受重金禮聘，這回演的是一個反派。

片中的亨利，十來歲的孩子，外表看來文雅聰慧，相當可愛；內心卻是陰狠狡黠，無惡不作，而且幹了壞事之後，還能裝得若無其事。由於嫉妒，他把小弟弟淹死在浴盆裡，又一再加害他的妹妹和表弟，最後甚至要把他自己的母親推下懸崖，真是「行同梟獍」。

他的「邪惡」主要表現在壞得全無來由，祇是為了取一時之樂，就不惜惹下很大的禍端。譬如說，他作了一個假人，從高架橋上推下去，造成高速公路上一場重大車禍，許多疾駛而來的汽車撞成一堆廢鐵，車上的人非死即傷。亨利卻躲在一旁暗笑。闖禍之後，他絲毫不感到內疚，反而把責任推給別人。惡人先告狀，使他的表弟受謗蒙誣。

亨利有一句名言：「百無禁忌，就是自由。」這句話令我感到一種莫名的震撼——誇大一點兒說，這豈不正是當前以「美式」為代表的「現代文化」的特色？

一切的壞事都要幹，一切的好處都要爭，一切的規矩都要推翻，一切的責任都要逃避。在「自由」的冠冕堂皇的大帽子之下，人，其實已經不如禽獸，禽獸還會接受自然的規範，人卻會找出「正義」的藉口來幹壞事。損人不利己，百無禁忌，毫不慚愧。

像美國青年費邁可用油漆在別人的汽車上亂畫，被新加坡當局關起來，而且施以鞭笞的刑罰。他的父母心痛而抗議，尚屬人情之常；連美國總統柯林頓也要站出來表示「不悅」，這就有失大體了。且不說國家各有主權，新加坡雖小，法律自有尊嚴，在其國境內犯了法，當然要依法執行。易地而處，柯林頓也未必肯捨己從人，法外施仁。他的一再不悅，在世人眼目中，其實是自討無趣。

更重要的是，即在美國國內，也有很多人認為新加坡當局的處置「值得喝采」，對於那些狂悖放肆，恣意毀損（不管是別人或公眾的財物），都應該讓他們領受一些教訓。用現代人標準來看，鞭笞相當「野蠻」，可是，儘管鞭打下去皮開肉綻，卻不至於傷筋斷骨。那些拿了噴漆筒到處亂塗亂畫的野蠻行為，需要有人嚴加管教。

愛護青少年和兒童，本是人類的天性，甚至可說是生物的本能。但是，愛不是姑息。所謂君子愛人以德，對一般人尚且如此，何況是對待自己至親至近的下一代？

當年輕一輩誤以為「百無禁忌，就是自由」的時候，那就是大禍臨頭的前兆。若竟人人都自以為不受任何禮法的拘束，人人都要求絕對的、百分之百的自由，就如「危險小天使」所展示的，家庭將形同解體，社會將充滿危機。當母親最後撒開手，眼看著作惡多端的亨利墜下懸崖的時候，我們看到了「百無禁忌」的悲劇結局：自我毀滅。這驚心動魄的一幕，應該有警世的作用。

中華民國八十三年六月十八日

和平演變

這一天，十一月八日，是美國的選舉日；期中選舉一般說都是不利於執政黨，但往往起伏有限，無關大局。今年的情況卻大大不同，一夜之間，風雲變色，民主黨損兵折將，幾乎是全軍盡沒。最後一連八天，柯林頓飛來飛去，到處「跑票」，結果證明「總統牌」並不管用。第二天，他在白宮招待記者，雖然沒有明講「萬方有罪，罪在朕躬」那樣的話，也委婉地承認了他自己的不靈光。他說，這次選舉的結果，等於是一場「共和黨革命」。

新聞界預測——其實，任何有大腦的人都會想到，柯林頓今後這兩年任期內「日子很不好過」。更有人指出，他將踏上「先烈」卡特的足跡，一任總統，四年下臺，眼前已到了「去日苦多」的晚景。當然，這話似乎說早了一點兒，未來兩年畢竟還會有許多變化。

兩年前柯林頓春風得意，入主白宮，結束了雷根和布希一連十二年的共和黨政權，而且參眾兩院都是多數席次，真可說是大權在握，高下隨心。他自己也信心滿滿，「天下莫予毒也」。豈不知就任以來，步步荊棘，競選時的種種承諾難以兌現，「不如意事常八九，可與人言無二三」，到選舉時就算總賬了。

共和黨一戰翻身，創造了四十年來未有的佳績，掌握了參議院多數（五十三對四十七席，比原來的預期還要好），也控制了眾議院（二三〇對二〇四席，原來祇想拉近差距，卻成了賓主易位），更妙的是在五十個州裡，共和黨至少有三十位州長，民主黨連紐約州都丟了，可謂慘不忍睹。

兩年之間，盛衰之變如此劇烈，究竟毛病出在哪裡？說起來自非三言兩語可了，但重點中的重點，是柯林頓領導無方，甚失民望。兩年之前，他是打著「新民主黨」的招牌，以「改革」的象徵自許，與當時喁喁望治、求變心切的民情，恰相符合，所以才能脫穎而出。嚴格檢討起來，他之當選總統，含有幾分僥倖和偶然。

僥倖而得天下，不能再憑僥倖而治之，這本是很明白的道理。柯林頓把事情看得太容易，有些話說得輕率了一些，大自全民健康保險案，小至軍中同性戀案，都沒有能真正把握到老百姓的脈搏；期中結賬，才有此大敗虧輸。兩年前他代表改革的勢力。現在，他自己就是被改革的對象。

九日一大早，在電視上再看看頭天晚上沒看周全的選舉新聞。舊金山兩大報偏偏趕在這時節罷工。我在臺北從事新聞工作四十餘年，從未想到過報紙也會罷工。緊要關頭沒報看，真是掃興之至。

八日那天晴空萬里，據說投票率稍有提高。九日一早，卻是急風凜冽，寒雨滂沱，群山上降下今年第一場瑞雪。金山灣一帶半年多沒下過雨了，應該算是喜雨。

就在同一天，臺灣的省市長選舉也開始「起跑」；因想到中美兩國選舉之異同：最大的不同是，美國政黨競爭雖然激烈，但都在憲政體制之內，無論是民主黨共和黨，都從來沒有「國家認同」問題。沒有任何一個候選人敢說，「我們不是美國人，所以……」像臺灣的「臺獨」怪劇，一面要競選中華民國的官位，一面又要推翻中華民國，令人不可思議。

美國這次選舉，因為候選人之間舌劍脣鎗，言詞激烈，被稱為「最骯髒的一次選舉」，但全美五十州，沒聽說有甚麼暴力事件發生。像我們那兒動不動就糾眾滋事，混戰一番的情形，無法真正表現出「主權在民」的精義。試想連計程車司機都可以為了政見不合就把乘客的頭打破，這樣的「主拳」誰受得了？

領導不好，就可以換領導；但一定得平平和和、照著規矩來。一旦暴民亂政，甚麼憲政民主和主權在民就全都是空話。紅衛兵式的殺伐震天，並不能服人。美國這場選舉，令人更加深刻理解到「和平演變」的好處。

中華民國八十三年十一月十九日

新魅力

住在舊金山附近的人，常常奇怪舊金山為甚麼這樣出名，在美國，甚至於在加州一州之內，舊金山在許多地方都輪不到第一。論政治地位，加州首府在沙加緬度。比工商輻輳，財雄勢大，南加州的洛杉磯已號稱「第三世界的首都」，連紐約都不放在眼裡，何況舊金山？若比人口，就在金山灣區，聖荷西的市民比舊金山多得多。

不錯，舊金山的天氣好，冬夏咸宜，但也會有地震。金門灣和大橋氣象萬千，但漁人碼頭常有人欺侮觀光客。舊金山的魅力究竟從何而來？

漸漸可以體會到，舊金山的特色在於自由的空氣和愛美的心靈。這城中新建了一座現代美術館，一月十八日開幕。簡稱為SFMOMA的這座新館，經過了漫長十年的爭取和籌畫才告完成。佐頓市長欣然宣布，「這是舊金山的文藝復興」。

美術館的總建築師波塔（Mario Botta）來自瑞士的羅迦諾。他是憑設計圖樣經過國際評審而中選。這也可以看出金山市民開朗的胸懷。波塔說，他是懷著「為人類服務」的心情，貢獻出他的心血結晶。美術館坐落在第三街一五一號，建築本身便是一件相當惹眼的藝術品，結構簡潔，線條明朗，緊緊扣著「現代」的精神。

建築界人士大多表示好評，稱許這座收藏一萬多件藝術品的新館，是自從金門大橋完工啟用以來，最吸引四方注目的公共建築。全部工程和初期營運費用約為九千萬美元，董事會的董事們已認捐了六千五百萬，所餘之數大概不難籌足。最近三數年來，美國經濟不景氣，更因華府大幅削減國防費用，關閉軍事基地和相關研發機構，加州失業率甚高，州政府和金山市政府的預算都鬧虧空。在這樣的背景之下，能完成一座合乎世界級水準的美術館，的確是很不容易的事。

舊金山選出來的眾議員波洛西女士，把這座館的開幕，比作十五世紀義大利著名建築家布魯內勒斯基（Fillippc Brunelleschi）在佛羅倫斯建造的大教堂。「那座教堂的興建，象徵著中古歐洲黑暗時期的結束。」

我曾訪問過佛羅倫斯，聽人們盛道布魯內勒斯基的才華和氣魄。他把兩個分開來半圓形的外殼的結構，合併在一起構成大教堂的圓頂。這不僅是土木工程技術上的創新，也是對傳統觀念的突破。

美國社會對於所謂流行藝術，從電影、電視到搖滾樂之類，愛好不衰，但支持高層次文化藝術的意願，似乎逐年降低。聯邦政府為了迎合一般民意「裁員簡政」的願望，一度考慮要把兩個與人文和美術有關的機構裁併。這兩個單位，與我國在行政院內設的文化建設委員會職責相當，其人員之單薄，經費之可憐，也頗相似。居然還要裁撤，令文化界大感不平。

波洛西女士慨乎言之，「目前在美國，支援藝術活動，往往遭受攻訐，被指為是不急之務。現代美術館的落成，再度向人們說明，藝術是重要的。」人類的想像力、創造力，追求完美以及向善慕義的種種美德，都從愛好美術中得到啟迪。現代美術館更強調的是，從傳統走向創新的「表現自由」。

一月間，天時不正，一說是「聖嬰年」作怪，隆冬季節卻出現狂風暴雨，南北加州多處都有災情。日本的關西大地震，造成慘重傷亡。金山灣居民聞震色變，雖然遠隔重洋，一經聯想到過去挨震的痛苦經驗，仍不免心驚膽戰。此時來看美術館開幕，自屬不急之務。

藝術的追求，原屬天性，並不限於是富裕之後的產物。如果全從物質需要著眼，人也許永遠都會有比藝術更「急」的項目。可是，人畢竟不祇是尋求物欲的滿足，精神的充實同樣重要。人，總該有超脫現實的羈絆、多看看多想想的「閒暇」吧。這新的現代美術館無異是舊金山新增的魅力吧。

中華民國八十四年元月廿八日

超級英雄

一場球賽竟會這樣使萬眾瘋狂，真真難以理解。現在，我漸漸懂得一些味道了。不是美式足球的奧妙，而是公平競爭之後勝利得來不易的那種狂歡。平淡的人生中需要一點點英雄崇拜。球場上的英雄比別的行當裡的英雄更可愛些。因為他們憑的是真工夫、真本事，而且人人得而見之。

一月二十九日星期日，兩天後就是乙亥年春節；所謂「超級盃」之戰，剛好湊上我們的年景。

職業足球有兩大聯盟，「全國足聯」（NFC）和「全美足聯」（AFC），各有若干隊伍，打出冠軍之後，再來最後的對決，稱之為「超級盃」（Super Bowl）；自一九六七年開始，今年是第二十九屆。

今年決鬥的兩支勁旅，是舊金山的四九人隊（49ers）和聖地牙哥的電光隊（Chargers），都是加州的隊伍，比賽卻要在三千哩外的邁阿密舉行。

親臨現場的觀眾七萬四千一百零七人，票價二百元，早已預售一空。「五十碼線」最好的座位，黃牛票炒到三千元一張。

透過電視在一百四十一個國家轉播，估計觀眾有七億五千萬人。美國廣播公司（ABC）得到轉播權，這一場的廣告費收入約七千五百萬元。每分鐘的廣告費超過兩百萬元，在電視史上是一項新紀錄。

超級大戰結果是四九人隊不負眾望，以四九比廿六大破雹光。四九人向以攻勢凌厲見長，這一戰也是一路領先，勢如破竹。四九人隊五度參加超級盃。今年是第五次封王。從來沒有別的球隊這樣風光過。

四九人隊的主將四分衛史提夫・揚（Steve Young）為全軍攻勢的樞鈕。他傳球時力道極足，速度極快，方向極準。在萬馬奔騰之中，祇見他猿臂輕舒，擲球如矢，勢若長虹貫日，凌空而來，真是想傳到那兒就傳到那兒。在這樣緊張的火戰中，他一個人竟能傳球達陣六次之多，打破了超級盃將近三十年的紀錄。他已被選為本年度的最有價值球員（MVP），被全國球迷尊為第一號英雄人物和「金臂人」。

一場大賽的勝利，一支球隊的建功，當然不會是祇靠一兩個高手；還有球東、教頭、別的球員、以及熱心的觀眾。我原以為看這種玩藝應以中青年男性居多，事實上男女老幼都有，有些老太太們激動興奮的程度，遠甚於中學小女生。

史提夫・揚現年三十二歲，父母在堂，家庭和樂；他這人不但球技高超，而且為人正派，從來不耍大牌，不使小性，不吸毒，不賭博，不亂搞男女關係——一句話，名牌運動員容易犯的毛病他都沒有，而且總是把全隊的榮譽放在第一位，所以在球場內外，人望甚佳。有人說，從舊金山到邁阿密大小酒吧裡，三杯兩盞之後，你可以放言高論，批評柯林頓總統以下的任何大人物，都不會受到干涉。可是，這一陣若有人說了史提夫・揚一句不是，馬上會被別人抓著衣領扔到大街上去。

報紙上連篇累牘、不厭其詳的報導，標題字之大比柯林頓當選時還搶眼得多。連紐約時報也把球賽擺在第一版。舊金山有家晚報的特刊有三十四版。

四九人隊過去四度奪魁，當年的主將是蒙坦納（Joe Montana），觀眾常常把史提夫・揚和他相提並論。一九八八年，隊友曾發現史提夫・揚的衣櫥裡有十三張沒有兌現的支票，總金額不下一百萬元。他不去領這些錢，因為他自愧沒有充分施展威力，無功受祿，賢者不為。這樣「性格」的人，求之當世，實不多見。

回想一九六〇年初到美國時，一位老友請我去看球賽，票價五元（當時紙面本的世界文學名著，一本不過三角五分）。散場時朋友問我有何觀感？我說，「可惜老是看不見球落在何方。」

這麼多年之後，我看球的水準沒多少進步。但似乎約略懂得了「英雄崇拜」的來由，羡慕、讚服，在空洞紛亂的人生裡找到了一個頂禮膜拜的偶像。連我們自己似也不虛此生。

中華民國八十四年二月十一日

免稅論

在人類文明發展史上，當國家尚未成形，更談不到甚麼政府之前，就已經有了「稅」的雛形。有人說，「稅是一種無可避免的惡」，甚至可以說是一種「原罪」。地無分中外，時不論古今，人則包括男女老幼、黃紅黑白在內，一談到稅無不搖頭。中國上古有井田制度，一片田劃一個井字分成九塊，週遭由八家分享，中間那塊田地的收穫報效公家，聽起來簡單明瞭，而且比現代人的稅負要輕些。

福利國家是二十世紀流行的觀念。北歐的瑞典、挪威，都以「從搖籃到墳墓，政府負責一切」為標榜；福利周全，稅就得多繳，這兩個國家的稅率，據說平均高達百分之六十八。我到斯德哥爾摩，聽到計程車司機一路開講，他抱怨每賺一百塊錢，至少有五十塊要送到「對面那間鬼房子去」。那間鬼房子就是稅務局。

納稅、服兵役、受國民教育，都是現代國民義不容辭的責任，對於大家都討厭的稅，可有甚麼好辦法？古代稱頌聖君賢相的功德，一定包括「輕徭薄賦」這一項，如今「福利」之說雖然高唱入雲，老百姓揹著的稅卻越來越重了。

美國共和黨籍眾議員阿契（Bill Archer）有一妙想，他主張根本廢止聯邦所得稅，這是每個人都要繳的稅；代之以基礎同樣廣闊的消費稅，作為政府為民服務、凡百施政的財源。

照他的初步構想，舉辦全國性的銷售稅，祇有食物和藥品免稅；無分貧富，餓了都要吃飯，病了都要服藥，這兩項免稅甚為公平（美國已有若干州，現行法就是食物不必付稅）。買別的東西一律付銷售稅，買的東西越「高檔」、越多，稅金自然也就增高。窮人買不起東西，就沒有稅的負擔。周瑜打黃蓋，兩相情願，納稅人該沒有甚麼可抱怨的了。

阿契認為，如此興革，不僅高明公道，還可以大大節省國帑。首先是機構龐大、人員眾多的聯邦稅務局，就可完全裁撤。大公司、大財團不再有漏洞可鑽，升斗小民也不必每年春天為了報稅而「臨表涕泣」，傷透腦筋。

共和黨去年贏得期中選舉，控制參眾兩院，阿契出任程序委員會主席；所以，他們的免稅論並非說說而已；不過，目前他還不敢正式提出來。因為，反對的勢力太強了。

整個稅務體系，會計師、律師、某些財經學者，都會「據理力爭」，尤其是許多大公司大財團從現行稅法中可以得到特殊利益的，當然不肯同意「變法」。專家估計全美國有所得而未納稅的所謂「地下經濟」，每年約達二千億元。照阿契的辦法，無所謂地上地下，大家都不繳所得稅，地下就沒甚麼好處了。

稅務局長李察遜女士（Margaret Richardson）不敢開罪議員，她說，「我們祇是奉命執行國會所立的法律，國會怎麼規定，我們就怎麼辦。稅務機關目前最需要的是更新電腦系統，提高工作效率。」

全面取消所得稅，說起來爽快，辦起來困阻重重，中外都是一樣。但在老百姓心目中，稅法實在需要簡化。

無分中外的稅務機關，似乎都有「化簡為繁」的本領，大多數民眾很簡單的幾筆賬，報稅表上會有幾十項密密麻麻的問題，看來看去，滿頭霧水，「回頭下望人寰處，不見長安見塵霧。」讓人覺得做一個好國民怎麼會這樣嚕嗦？

國內民意代表很熱心為民眾爭福利，這樣那樣的年金、補貼，急得行政院長要問，「錢從哪裡來？」大家都明白，所有的「福利」，九九歸一，都仍是老百姓的負擔，財政支絀便祇好加稅。立委真正要想為民謀利、爭取民心，還是該從減稅、免稅上多動腦筋。「割貓兒尾巴拌貓兒飯」的事，省省也罷。

中華民國八十四年三月十八日

美式迷惘

華府的史密松寧博物館舉世聞名，最近為了一樁展覽該不該辦。引起極大的爭議，甚至成為一項國際事件。各方紛陳高見，至今未息，很值得我們注意。

美國在五十年前，在廣島投下第一顆原子彈，人類第一次在實戰行動中認識了原子武器的驚人威力。緊接著長崎又被炸了，日本舉國震恐，稱之為「魔彈」。

廣島被炸的時間是一九四五年八月六日上午八時十五分十七秒。投彈的那架B－29型超空堡壘，定名「安諾拉·蓋」（Enola Gay）──我查了許多資料，才發現這個代號的由來──是那機長的慈母之閨名。

史密松寧博物館原定今年作一次盛大展出，紀念半個世紀前發生的這一重大歷史事件，經過一年多籌備，決定在所屬的太空航空館展出，並編印了厚達六百頁的說明書，問題就出在這些有關資料裡反映出來的一些所謂修正主義的觀點。首先引起退伍軍人協會的強烈抗議，眾議院有八十一位議員聯名質詢，要求史館立即補救，同時要將承辦人解職。

史密松寧館的負責人海曼（I Michael Heyman），曾任加州大學校長，在教育學術界有相當地位；於二月初公開聲明道歉，並宣布原來的展覽計畫大大緊縮，差不多等於停辦了。一場風波勉強度過，但事後各方的批評檢討，至今仍在進行中。

所謂修正主義派，或自由派的說法不外是，一、原子彈殺傷力太大，用來轟炸城市，造成人間地獄，太過殘酷。二、美國已有充分情報，日本馬上要投降，不需要用原子彈。三、華府終於決定要炸，不光是對日本復仇，更是為了要威脅蘇聯，炫示威力卻用日本人作犧牲。至於說美國投彈可以減少美軍登陸日本時的傷亡，這些論客舉出種種不同數字，最低是六萬人，而不是七十幾萬人。如此一一核計，扔原子彈就顯得是殺傷過當，極為「殘酷」。這類論調出之於美國學者之口，真是荒唐。也有人認為這些話也可算是「歷史的兩面」，兩面都顧到，對於青年人或者更有「啟發性」。紐約時報社論裡透露出這種牽強的說法。

當然，站在正統立場嚴正駁斥的，為數更多。報章雜誌上評論此事者，從讀者投書到專欄作家，絕大多數是譴責日本的戰爭罪行，大都強調日本首先發動侵略戰爭的事實，而日軍在各戰場上的殘酷暴行，其用心之殘毒，手段之兇狠，實不下於原子彈。日本實在沒有立場和資格談人道。有幾位作家都提到南京大屠殺，僅僅在那一場瘋狂暴行之下，中國軍民死難者不下三十萬人，比廣島和長崎被炸死的人數還要多、還要慘！這些是全世界的人都不能忘記的大悲劇。

有關論著之中，「時代」週刊的柯勞薩摩（Charles Krauthammer）的一篇，在我看來最為精闢透徹。他不僅就展覽事件的背景作了公正的評析，替當年為國奮戰、浴血抗敵的將士們講公道話，更對某些左派學者的曲解史實和妄加斷語，給予概括的批評。他認為，學術界和藝術界某些人士，雖然有權也有商業動機，去破壞社會價值和歷史，社會卻沒有義務和他們合作去幹自我毀滅的蠢事。他認為這件事充分暴露出美國文化體系腐化敗壞的真相。美國人都應正視這種病象，國會更應毅然決然，對那些明顯動搖國基的活動，不是削減經費，而是完全刪除。最後一句話是，Let heads, and agencies, roll. 意思是「讓人頭落地，機構關門。」當然不是就真的要處以極刑，而是主張國家要有明確的方針，政府不能資助「埋葬自己」的糊塗事。立言一向謹嚴的「時代」，很少有這樣激動的論調。

美國的長處是自由開放，缺點則在於菁蕪並見，是非混淆不明。美國有些學者記不清五十年前的往事，難怪日本人總是不肯向歷史認罪、不肯承認侵略罪責了。

中華民國八十四年三月廿五日

白壁德

在美國文學史上，諾敦（Charles E. Norton , 1827 – 1908）是十九世紀後期一位承先啟後的大師，他曾任「北美評論」的主編，協助創辦「民族」雜誌，從一八七五年開始，在哈佛大學主講藝術史，歷二十三年之久。在他的教誨啟迪之下，出了好幾位理論家，對美國學術界有重大影響。他們都被歸為「新人文主義者」的陣營。

其中最為我國文化界熟知的，應屬白壁德（Irving Babbitt , 1865 – 1933）。他和諾敦在學問上一脈相承，畢生致力學術研究，在哈佛講授法國文學和文藝批評。其實他對東方哲學，自佛教至孔孟老莊，都有深湛研究。中國人受教於白氏門下者，如梅光迪、吳宓、張鑫海、梁實秋諸位先生，都是五四時代新文學運動的主要人物，所以白壁德所倡導的新人文主義，在我國也有相當的回響。亡友侯健先生對他深致欽遲，曾編著「關於白壁德大師」一書，闡述其學術精義，認為他的思想精華，正是孔子所說的「克己復禮為仁」。

白壁德認為，人生的最大目的是追求幸福，克己復禮為仁，即是幸福的正道。對內學中庸之道，不走極端，不為物惑，不為世間一切短暫的、譁眾聳聞的思想和事件所左右，而以良知為出發點，恪守誠敬之心。同時要能汲取前人經驗，擇善而固執，於圓通之中不失原則，既不過也無不及。

白壁德分析人生境界，有神性的、人性的、獸性的三個境界；神性非凡人所能達到。凡人雖亦有獸性，卻能力爭上游。克己是內省身制的工夫，復禮是遵守外在行為的規範。內外相維，乃能超脫獸性而提升到仁人的地步。

這樣詮釋白壁德，似乎太接近孔子。事實上，他更崇拜將孔學與釋迦連結貫通的朱熹；正如西方的聖阿奎納在「神學總論」中連結了亞里斯多德和耶穌的意義相近。

理解白壁德的一貫之道，最便捷的途徑是從他對盧騷的批判著手。盧騷講性善，主張歸返自然，認為人有惡行，與本性無關，而是社會制度不良的後果。要使人恢復本然，所需的不是盡其在我的克己自制，而是盡棄一切典章制度，重歸混沌草昧之境。盧騷的浪漫主義之能風行一時，是由於它投合了人類好逸惡勞的心態，進而主張放縱情感，企圖打破一切束縛，這就更會演化為反歷史、反文明的橫決勢力，凡此流弊，可能是盧騷本人始料未及。

白壁德生當盧騷學說盛行的時代，盧騷主張自我作主，正是極端的個人主義者。白壁德的新人文主義雖不主張盲目接受傳統，但承認傳統一如歷史，人類應一本理性良知，加以批判抉擇，他在一九二一年九月美國東部的中國學生年會中發表演說，就殷殷致勉，在中國的文藝復興運動中「萬不能忽視其倫理的一面，也萬不能成為假倫理。」如果中國人對西方流行的若干觀念，不加批評就全盤接受，「中國可能會失去了往昔偉大文明中的精華，卻未能得到西方的真正文明。」在那篇講詞中，他也不忘譴責盧騷式的膚淺乖僻。

盧騷的「懺悔錄」，今天讀者很少了，但能有興趣和能力研讀諾敦和白璧德宣揚新人文主義的人，恐怕更少吧。盧騷代表的一切放任、唯我獨尊的個人自由，一意孤行的後果，便是社會失去均衡而亂象橫生。

白璧德的學說也許陳義過高。孔孟之道在中國已很少人真正奉行，白璧德在西方倡導「克己復禮」，更如空谷跫音。

我們在文化教育，乃至文學藝術的活動上，盧騷式的浪漫思潮，餘音嫋嫋，至今未絕；不少人誤以為祇要一切放任，不加任何約制，或所謂「鬆綁」就行。世間焉有這樣便當的事？白璧德的宏論，值得深省。

中華民國八十四年四月十五日

最後一役

今年是第二次大戰結束的五十週年，從一九四五到一九九五，雖然這半個世紀過得也並不平靜，但比起二次大戰那樣遍地烽火、四野殺聲的大流血場面，畢竟好得多。所謂「戰時印象」，經過五十年時光的洗磨，已經越來越模糊了。

出生愛爾蘭的名記者雷恩（Cornelius Ryan，1920－1974），以戰訊報導的經驗，致力寫成有戰史和史詩意味的報導文學。「最長的一日」寫諾曼第登陸經過，「奪橋遺恨」寫一座重要橋樑的爭奪，「最後一役」則是一九四五年四月十六日清晨四時，蘇聯軍隊圍攻柏林和希特勒自殺的經過。這三本書各有重點與特色。「最後一役」則是完結篇——愛看小說的讀者總是迫不及待地想要知道最後結果，這本書便是二次大戰歐洲戰場上的總答案，所謂「侵略必敗，暴政必亡」，希特勒指揮下的納粹德國，如狂飆野火般橫掃歐陸，至此終告土崩瓦解。

雷恩的寫作有他特殊的方法與風格。他總是從幾個「有關方面」分別入手，好像雄偉的交響樂曲中包含了許多樂器，不同而和，共趨一鵠，奏出偉大樂章。

三書之中，我比較偏愛「最長的一日」，諾曼第是大戰的轉捩點，勝利的先聲，也是歷史興亡的關頭。我們幸而是站在勝利的一邊，「千年帝國」垮臺，對於日本的力屈請降，有直接影響，因為「軸心」斷了。

「最後一役」雖同樣是寫戰爭，但因已近尾聲，氣氛上顯得格外肅殺。死的人太多了。諾曼第登陸之時，雖然聲勢浩大，但在五個灘頭上登陸以及應戰的德軍部隊，都在一個軍團之下。到了「最後的一役」，東西兩戰場的蘇軍和英美軍全力進攻，德軍負嵎頑抗，作困獸鬥。三方面動用的兵力共為十個集團軍，規模超過了登陸與奪橋。

統領百萬貔貅的艾森豪，「諸葛一生唯謹慎」，他堅持「廣正面推進」的戰略，拒絕了英軍大將蒙哥馬利「單鋒進擊」的建議。

蒙哥馬利的獻策，以對柏林閃擊為主，此議略似三國演義裡魏延主張由子午谷進兵，閃擊長安，同為險棋。這種孤注一擲的辦法，成功固然很好，萬一遭受挫折，後果難測，甚至會滿盤皆輸。而且，艾森豪要奉行華府的決策，不與蘇軍爭先。

朱可夫指揮的蘇軍，野戰軍和戰車軍團，總兵力七十七萬人。他充分發揮了砲兵震撼敵營的威力，猛轟柏林外圍的火砲有一萬一千門之多。一處橋頭堡上擺了二百五十門重砲，每隔四公尺就有一門。夜戰時開亮了一百四十座強光的照空燈，直射德軍陣地，發生了意料之外的震懾作用。心虛膽怯的德軍，打不下去了。

寫得更曲折細膩、也更精彩的，是德國方面的情況，尤其與希特勒有關的部分，「一代暴君」自己騙自己的美夢未醒，強撐到底。最後終於在四面楚歌聲中自裁；這些經過是雷恩多方採訪而得來，讀起來將有警世作用。古往今來大獨裁者最悲哀的事，無過於眼看著自己創造的神話大廈一一崩塌，沒有一個人相信他的謊言，他衹好自殺。

「最後一役」由深具兵學修養的翻譯高手黃文範譯出，四六三頁，麥田出版社出版。作者雷恩在此書完成後逝世，距今已二十年。中文版現在出版，剛好趕上終戰五十年，自有意義。

剛剛看完一本暢銷小說，弗索穆（Allen Folsom）的「後天」，寫的是戰後德國還有一些不肯認錯、不甘服輸的「精英」，利用最先進的醫學技術，要用接頭換身的手法使希特勒復活。當然，他們失敗了。「最後」之後，人世間不該再有希特勒式的獨裁者出現了吧。

中華民國八十四年四月廿二日

紙難

新春過後，隱隱約約地有一些感覺：物價似乎又在變動，還不祇是蠢蠢欲動，而是不待聲張便已經漲上去了。

平常讀報，對於財經市況、物價股價等等最無興趣，有許多東西看不懂，看得懂的也管不了，索興不要去瞄它。所謂眼不見，心不煩，此之謂也。

某日清晨讀報，赫然在目的一條報導是「新聞紙暴漲」。像我這樣大半生靠報業吃飯的人，禁不住要讀下去一明究竟。

紐約時報的報導說，一九九四年白報紙每噸售價四六九美元，今年一月漲到五五二美元；紙商已宣布三月份跳升到六百美元，五月份再加到六七五美元。幾個月的漲幅竟達百分之三十七。辦報的人叫苦連天。

照美國報業通例，開支最大的項目，第一是人事費用，其次便是白報紙，要占到支出的百分之廿以上。據我的印象，我們國內報業用於買紙的開支，遠超過這個比例以上。

北美洲地區白報紙每年的供應量大約是一千六百萬噸，各廠生產相當穩定；市場上的需求量近兩年來逐漸上揚，也接近一千六百萬噸，供需如此接近，所以市況看好。

白報紙是報業最基本的原料，且是全球性到處都需要的商品，其價格的漲跌影響也是全球性的。產紙的地區大都集中在北半球富有山林的寒帶地區。紐約時報加上星期版，每年用紙三十萬噸，所以在加拿大創設造紙廠，自產自用。記得一九七〇年代一次能源危機，時報是極少數還能有盈餘的報紙，利潤不是廣告發行，而是紙廠賺了錢。

為因應目前這一波漲勢，美國報業正在力求自救。精簡機構，裁員減薪，是不得已的手段。至於簡化內容，酌減篇幅，也是很痛苦的事。有些報紙甚至把版面「削瘦化」，讓讀者和廣告戶在不知不覺中接受減少篇幅的事實。還有一招便是漲價。

全美報業一年的生意約達四百五十億美元，大家都不希望用漲價來彌補成本的增加，強勢的報紙有自立自強之道，弱勢的報紙經不起這一場風波，就難乎為繼了。其中甘苦，中國和外國沒有太大分別，到後來終是強者愈強，弱者愈弱。優勝劣敗，適者生存。報業競爭大體不脫此理。

白報紙如此重要，其產製、銷行、採購、儲運，都有很大的學問。紙張的品質，要考慮到韌性，拉力，厚薄，色澤，還有寬窄幅度要和印報機配合。當然定價各有不同，運費、保險、關稅，以前外匯嚴格管制時期申請外匯也有一大堆程序。加拿大紙、芬蘭紙都是好的，日本後來也有輸出，前蘇聯也曾想把白報紙銷到「反共抗俄」的臺灣來。生產商和代銷商雖然很多，但各憑信譽，「貨賣識家」。市場上偶爾也會出現「跑單幫」式的戶頭，各種條件都好，價錢也很便宜，但卻是「一錘子買賣」，作了一筆以後就變花樣了。這種小便宜決不可貪，否則後患無窮。

辦報的人對於白報紙，真是愛憎交集，如果收購太多，好像是可以有備無患，但凍結大筆資金，亦非經營之道。而且白報紙堆積如山，庫存逾時，更不經濟。但若行險僥倖，連三個月的安全儲量都沒有，一旦市場波動，可能會有錢也買不到紙，那真會急得人團團轉。

近年來環保意識高漲，伐木造紙，專家們不以為然。紙漿廠又是汙染工業，頗不受人歡迎。各國現有的紙廠都已全力投入生產，也都有錢可賺，但是，若再要增資金、添設備，或開設新廠，前景並不樂觀。

報紙是精神食糧，民生必需品。新聞學者在研究傳揚理論，新聞自由之餘，對於白報紙的問題，也值得多下一些工夫。譬如說，在白報紙來源一大部分仰賴進口的情況下，報紙的篇幅是否應有所約制，以求有限資源的最合理運用？這是值得多加思考的問題。

中華民國八十四年三月四日

流行文化

人，創造了許多奇妙的東西，其中有些東西脫離了人的控制，發生了後果難料的影響，為福為禍，都和原來的目標不合，好像童話裡從玻璃瓶中放出來的巨人，不聽主人的號令了。近時所謂的「流行文化」，就有這種味道。

美國參議員杜爾（Bob Dole），五月末到洛杉磯演說，猛批流行文化中的電視、電影、和唱片業。他說，這些東西已經發展到「威脅國格」的地步；他批評影視業以暴力和色情為賺錢的法門，乃是「墮落的噩夢。」其言痛切，引起廣泛反響。

杜爾是共和黨在參議院中的領袖，且已宣布爭取提名一九九六年競選總統。他挑明了針對好萊塢和時代、華納公司大張撻伐，有人說這是他為了爭取共和黨內保守陣營的支持而發，是造勢的策略之一。

不過，客觀看來，暴力色情的趨向，由來已久，於今尤烈，杜爾的話絕非一時的策略而已，他的確抓住了許多關切世運的人共同的心情。就以暴力來說，據統計，一個小孩子滿十八歲之年，就已在電視上看過二萬六千件形形色色的謀殺案。對於純潔稚弱的心靈能說毫無影響嗎？

以娛樂業為主的流行文化界，對杜爾的反擊也很強烈，有人說他簡直是「九〇年代的麥卡錫主義」，有人說他低估了群眾的智慧，「觀眾難道會笨到看甚麼就相信甚麼。」更有人舉出華府政壇上種種烏煙瘴氣的醜聞為例，說敗壞道德、汙染人心的，是那些真實的壞人壞事，何必拉好萊塢作代罪羔羊？最為尖刻的一個意見是，暴力事件離不開槍械武器，國會前者通過了加強管制槍械的法案，現在共和黨卻要把它推翻。身為多數黨領袖的杜爾，豈不是心口相違，言行不一？

這些反詰自然各有幾分道理，不過，無論還擊得多麼強烈，都沒有能開脫掉流行文化之下種種惡劣的「成績」。那些成問題的影劇和歌曲，早以排山倒海之勢大大流行，幾乎到了家喻戶曉的地步。杜爾的指責也許有掛一漏萬或以偏概全的偏失，但到目前為止，還沒有人能完全否定他發言的真實性與問題的嚴重性。身為父母師長的人們，都有「深獲我心」的感嘆。

感嘆儘管感嘆，嘆來嘆去，並沒有甚麼高明的辦法。

流行文化是市場法則之下的產物，這樣的文化已無所謂思想精神的內涵，自身沒有甚麼靈魂上的追求和滿足，主導力量全在市場。在好萊塢的算盤上，市場即票房，也就是財源滾滾，鈔票湧到；而在政客心目中，有市場就有選票，選票代表著權力和地位，「祿在其中矣。」

運用政府的公權力去取締，此路不通，就算勉強行之，也未必有效，徒增紛擾，所以根本不必作此想。

大家搖頭嘆息、痛心不已的事，惡之而不能去，除了憲法上保障自由的「大義」之外，還有經濟上的考慮。以影片影集為例，越是殺得兇殘，「亂」得離奇的，越能風行天下，出口到海外賺大錢的都是這類貨色。道德人心云云，值幾塊錢一斤？

不過，凡事物極必反，亂到極不堪處，會有個回頭的轉機。影視和唱片業多多少少都要自我檢討一番，就算口頭上不認錯，但對社會壓力不能悍然對抗，完全站不住理的事，一味胡攪蠻纏，到最後必會失去公眾的支持與同情。

美國的流行文化，無遠弗及，臺灣是自由開放的環境，影響自亦難免。春間在臺北所見所聞，已有令人駭異的震撼感。政壇上勾心鬥角，爭權奪利，已成家常便飯。縣議長公然拔槍行兇，十二歲女孩到酒家上班，都可算暴力與色情籠罩之下流行文化之極致了。

流行文化已是跳出水晶瓶的巨魔，誰也管不了，杜爾之流的大人物大聲疾呼一番，又當如何？臺北是連「呼」的人也少見了。

中華民國八十四年六月十七日

金禧煩惱多

聯合國是一九四五年六月廿六日在舊金山成立的，當時會員國祇有五十國，過了半個世紀之後，會員國擴增至一百八十多個，今年的金禧之慶，眼看是問題多多。支持者都稱道聯合國在維護和平、增進人權等方面有些貢獻；反對者則舉證歷歷，指責聯合國是極無效率、又亂花錢的龐大國際官僚組織。

英國的吳夸特爵士（Brian Urquhart）參加過舊金山會議，此後曾主管維護和平作業，到一九八六年退休，算得上是位專家。他曾著書討論聯合國亟需大幅改造。他說，「聯合國漸漸變成了世界消防隊和公共服務組織，這絕不是當年創建這個機構的原意。」原意是甚麼？是透過這個世界性的論壇，去調和並防止國與國之間的衝突。現在，不但是國與國之間的衝突，聯合國要派遣和平部隊去插手，甚至一國之內出了問題，藍鋼盔也要去攪和一番。管又管不了，像索馬利亞撤兵的事，就顯得虎頭蛇尾，無功而退。「煩惱祇為強出頭。」聯合國出頭的地方似乎太多了。

一般人往往誤以為聯合國是超乎各國之上的太上政府，是說了就算數的一言堂，其實不然。聯合國的場面要靠各國幫襯，經費要各國來出。用一句極通俗的話來形容，「老尼姑辦滿月，靠的是眾人之力。」

聯合國機構龐大，人員眾多，全員約三萬四千人，一萬四千多人在秘書處工作，一萬九千多人在各獨立單位，像世界兒童基金會和難民救濟總署等。每年的開支，百分之七十都用在人事費用上。全部經費的分配，二十五億美元是經常費，四十億美元是維護和平作業。

為了節省人力，聯合國花了七千萬元裝設新的電腦設備，電腦是否能改善過去「會議如山，文件如海」的毛病，尚不可知。

維護和平其實就是「止戈為武」的軍事行動，自然要花大錢；一九八〇年代初期，每年預算四億三千九百萬元，到今天已增加到四十億元。聯大會議的作風有點兒像我們的立法院，花錢不心痛；然而，錢從哪兒來呢？

向各國要錢，有一套比例。以維護和平經費而言，美國是最大戶，百分之卅，一年要十二億元，日本百分之十二點五，德國百分之八，英國百分之六點五，中共祇負擔百分之零點九。中東產油國家裡，沙烏地阿拉伯也祇承當百分之零點二。美國為了制止伊拉克侵略科威特，一場沙漠之戰花了幾十億，中東國家都沒有分賬。很多美國人覺得冤枉，共和黨去年在期中選舉獲勝之後，今年就要求政府減少對聯合國的奉獻，由百分之三十回復到百分之二十。美國駐聯合國代表阿伯萊特女士說，「當全世界各國政府都在削減預算、裁員簡政的時候，聯合國自然也無法不受影響。」眾人都有心無力，愛莫能助，老尼姑的滿月酒也就辦不成了。

這一任秘書長埃及人蓋里，最近要求所屬各單位首長，每單位至少再削減一千五百萬元的開支，以度難關。

蓋里對於扮演世界消防隊隊長，本來意興甚濃，曾醞釀要建立一支為數一萬人的常備和平部隊，以免遇事張皇，找不到救火員，但各國反應冷淡不一，問題仍在於誰來指揮？誰來付錢？

各國表示不滿的一種方式，就是不肯出錢，就出也不肯痛痛快快；以維護和平的經費為例，到今年元月底，美國未付款達十億元，俄國也有六億四千九百萬的欠賬——說不定會成為爛賬。

五十年前，中華民國是聯合國創始國，是安理會的常任理事國之一；五十年後的今天，爭取重回聯合國，此事千該萬該，但也千難萬難。有人主張以不作中國人去換取席位，代價未免太大。「路遠不須愁日暮」，走著瞧吧。現在我們和瑞士同等級，不是聯合國會員，但過得也還挺好的。

中華民國八十四年四月八日

三民叢刊書目

㉖作家與作品　謝冰瑩著
㉗冰瑩書信　謝冰瑩著
㉘冰瑩遊記　謝冰瑩著
㉙冰瑩憶往　謝冰瑩著
㉚冰瑩懷舊　謝冰瑩著
㉛與世界文壇對話　鄭樹森著
㉜捉狂下的興嘆　南方朔著
㉝猶記風吹水上鱗
・錢穆與現代中國學術　余英時著
㉞形象與言語
・西方現代藝術評論文集　李明明著
㉟紅學論集　潘重規著
㊱憂鬱與狂熱　孫瑋芒著
㊲黃昏過客　沙　究著
㊳帶詩蹺課去　徐望雲著
㊴走出銅像國　龔鵬程著
㊵伴我半世紀的那把琴　鄧昌國著
㊶深層思考與思考深層　劉必榮著
・轉型期國際政治的觀察
㊷瞬　間　周志文著
㊸兩岸迷宮遊戲　楊　渡著
㊹德國問題與歐洲秩序　彭滂沱著
㊺文學關懷　李瑞騰著
㊻未能忘情　劉紹銘著
㊼發展路上艱難多　孫　震著
㊽胡適叢論　周質平著
㊾水與水神　王孝廉著
・中國的民俗與人文
㊿由英雄的人到人的泯滅　金恆杰著
・法國當代文學論集
51重商主義的窘境　賴建誠著
52中國文化與現代變遷　余英時著
53橡溪雜拾　思　果著
54統一後的德國　郭恆鈺主編
55愛廬談文學　黃永武著
56南十字星座　呂大明著
57重疊的足跡　韓　秀著
58書鄉長短調　黃碧端著
59愛情・仇恨・政治　朱立民著
・漢姆雷特專論及其他

⑥⓪蝴蝶球傳奇　顏匯增著
・真實與虛構
⑥①文化啓示錄　南方朔著
⑥②日本這個國家　章　陸著
⑥③在沉寂與鼎沸之間　黃碧端著
⑥④民主與兩岸動向　余英時著
⑥⑤靈魂的按摩　劉紹銘著
⑥⑥迎向眾聲　向　陽著
・八〇年代臺灣文化情境觀察
⑥⑦蛻變中的臺灣經濟　于宗先著
⑥⑧從現代到當代　鄭樹森著
⑥⑨嚴肅的遊戲　楊錦郁著
・當代文藝訪談錄
⑦⓪甜鹹酸梅　向　明著
⑦①楓　香　黃國彬著
⑦②日本深層　齊　濤著
⑦③美麗的負荷　封德屏著
⑦④現代文明的隱者　周陽山著
⑦⑤煙火與噴泉　白　靈著
⑦⑥七十浮跡　項退結著
・生活體驗與思考
⑦⑦永恆的彩虹　小　民著
⑦⑧情繫一環　梁錫華著
⑦⑨遠山一抹　思　果著
⑧⓪尋找希望的星空　呂大明著
⑧①領養一株雲杉　黃文範著
⑧②浮世情懷　劉安諾著
⑧③天涯長青　趙淑俠著
⑧④文學札記　黃國彬著
⑧⑤訪草（第一卷）陳冠學著
⑧⑥藍色的斷想　陳冠學著
・孤獨者隨想錄
⑧⑦追不回的永恆　彭　歌著
A・B・C全卷
⑧⑧紫水晶戒指　小　民著
⑧⑨心路的嬉逐　劉延湘著
⑨⓪情書外一章　韓　秀著
⑨①情到深處　簡　宛著
⑨②父女對話　陳冠學著

93 陳冲前傳　嚴歌苓著
94 面壁笑人類　祖　慰著
95 不老的詩心　夏鐵肩著
96 雲霧之國　合山　究著
97 北京城不是一天造成的　喜　樂著
98 兩城憶往　楊孔鑫著
99 詩情與俠骨　莊　因著
100 文化脈動　張　錯著
101 桑樹下　繆天華著
102 牛頓來訪　石家興著
103 深情回眸　鮑曉暉著
104 新詩補給站　渡　也著
105 鳳凰遊　李元洛著
106 文學人語　高大鵬著
107 養狗政治學　鄭赤琰著
108 烟　塵　姜　穆著
109 河　宴　鍾怡雯著
110 滬上春秋　章念馳著
111 愛廬談心事　黃永武著
112 吹不散的人影　高大鵬著
113 草鞋權貴　嚴歌苓著
114 是我們改變了世界　張　放著
115 夢裡有隻小小船　夏小舟著
116 狂歡與破碎　林幸謙著
117 哲學思考漫步　劉述先著
118 說涼　水　晶著
119 紅樓鐘聲　王熙元著
120 寒冬聽天方夜譚　保　真著

⑫1 儒林新誌

周質平 著

本書是旅美普林斯頓大學周質平教授，將其多年在國內外的華文報章上所發表的四十多篇論述雜文結集成冊。書中呈顯出所謂海外學人的千般樣態，嘲諷中不失幽默，值得您細心體會。

⑫2 流水無歸程

白樺 著

大陸知名作家白樺繼《哀莫大於心未死》之後又一本長篇小說。他的書取材是當代的，是改革開放後大陸所面臨的經濟文化與人慾的衝擊。書中的人物如高幹、富商、少女、情婦、歌星等，在金錢的誘惑下，一一呈顯出深沈黑暗而扭曲的人性面。

⑫3 偷窺天國

劉紹銘 著

善人走完了人生路途上天國，會幸福到什麼程度？天國的幸福，會不會只是塵世快樂的延續？在本書作者引領之下偷窺天國的結果，是否會發覺天國的無趣？永恆實在可怕，幸福和快樂如果遙遙無盡期，一樣會變為無聊、乏味。天國，是否就在當下。

⑫4 倒淌河

嚴歌苓 著

屢獲各大報文學首獎的嚴歌苓，繼《陳沖前傳》、《草鞋權貴》後又一本小說新著。內容包括十個短篇及一部中篇〈倒淌河〉。全書無論在寫景、敘事或對話，都極老練辛辣，辣得幾乎教人流出淚來。

⑫⑤ 尋覓畫家步履

陳其茂 著

出國旅行，是許多人心神嚮往的事。而世界各著名的美術、博物館，更是文人雅士們流連佇足之所。與其走馬看花、對大師們的作品僅留浮光掠影，淺嘗輒止；不如隨著畫家陳其茂教授的引領，在其敏銳且情感深致的筆觸下，一起尋覓畫家們的步履。

⑫⑥ 古典與現實之間

杜正勝 著

在古典與現實之間，一幕幕動人心弦的故事正激盪著你我的心。古典的真貌在不斷的探索中漸漸澄澈而透明。而現實的我們且懷著古典的情愫，在史學家杜正勝院士古典新詮的筆下，淺嘗歷史的滋味。

⑫⑦ 釣魚臺畔過客

彭歌 著

北京釣魚臺之盛名，並非全因這片神祕的迎賓貴地，而是在於它的歷史背景。是緣的牽引，將離去故都半世紀的作者引入這神祕的釣魚臺賓館……本書作者以纖細的筆觸，將自己多年飄泊生涯中的聞見感想，一幕幕真實清晰地展現在您眼前。

⑫⑧ 古典到現代

張健 著

涵泳於中國文學數十寒暑而樂此不疲的張健教授，在本書中除用粗筆勾勒歷代文學抽象的思潮外，更以細筆描述陶淵明、杜甫、孟浩然、王國維、魯迅、張愛玲……等文學家具象的風格與作品。篇篇都以作家的詩文為其依據，引領讀者一覽文學之美。

⑫⑨帶鞍的鹿

虹影 著

由一幅帶鞍的鹿畫中，牽引出一樁奇異的命案，主角和死者有著什麼樣的糾葛？帶鞍的鹿畫中又暗示了什麼樣的命運？作者以其深沈的筆調，藉著本書各篇小說，帶領讀者走向人類心靈的深處，去探索深藏於內心的桎梏。

⑬⓪人文之旅

葉海煙 著

本書作者以「人鏡」自任，用經世的情、關懷的筆，鏡映出人文百態。全書集結作者對自我、社會和文化等面相的諸多觀察及反思。一字一句，皆為知識分子的圓融智慧與淑世熱忱；一言一語，盡是紛乘社會的暮鼓晨鐘。

⑬①生肖與童年

小民 著
喜樂 圖

十二生肖在每個農曆新年來臨時，都為年節的歡樂帶來一股高潮。這些可愛的動物們，為童年的生活增添了無限的趣味。本書紀錄了作者對於十二生肖的情感，和童年難忘的美好時光。加上喜樂先生細膩的插畫，讓生肖與童年的故事，一一鮮活起來。

⑬②京都一年

林文月 著

京都是一個新舊互容的都市，有著高樓矗立及寬敞的街道，又存有古典風味的低矮木屋與不平的石板路。作者在京都的一年中，品味著這古都對文化保存、人情往來及文藝活動的諸般樣態，藉由她的生花妙筆，使讀者沈湎於京都典雅、優閒的情調。

⑬³ 山水與古典

林文月 著

山水景致，勾起了幾許文人的多愁善感；而古典文學，又蘊含著多少古人的人生情懷。本書探討著古典作品和詩人之間的關係。筆調輕鬆而不輕浮；題材古典絕不枯燥。且邀您一同進入詩人的筆墨之間，翱遊在山水作品的世界裏。

⑬⁴ 冬天黃昏的風笛

呂大明 著

旅居法國的作者呂大明女士，以其一貫典雅柔美的風格和精致細膩的筆觸，表達出她對生活、自然的樂觀態度。她如詩般的作品，仿如一幅幅精美瑰麗的圖畫，靜靜地訴說著對美好人生理想的浪漫情愫。

⑬⁵ 心靈的花朵

戚宜君 著

本書作者一生從事文化的傳播工作，積累數十年的工作經驗及閱讀習慣，創作出一篇篇詞美意深的勵志散文。除了用以傳達理性的知識和感性的情懷外，並深切期望本書能敲開你的心扉、溫暖你的心靈，進而耕耘你的心田，綻放出美麗的心靈花朵。

⑬⁶ 親戚

韓秀 著

人間真情不分種族國界；世間的溫暖存在每一角落。在有風有雨的日子裡，亦或在恬淡如鏡的歲月中走過，是否有如詩般美麗的故事令人難以忘懷？是否忘了去感激那些曾經陪著你、關懷你的人呢？靜下思慮，就讓韓秀的慈心慧語洗滌你久未感動的心。

⑬⑦ 清詞選講

葉嘉瑩 著

清詞之盛，號稱中興，其作者之多、流派之盛，以及其對詞集之編訂整理，對詞學之探索發揚，種種方面之成就，固已為世所共見。作者以其豐富的文學涵養，旁徵博引地賞析其所鍾愛的清詞，相信定能讓讀者流連忘返於清詞的世界中。

⑬⑧ 迦陵談詞

葉嘉瑩 著

本書為以詩詞涵養享譽國內外的葉嘉瑩教授，繼《迦陵談詩》之後又一精緻力作。從詩歌欣賞入門到分析溫韋馮李四家詞風，兼論晚唐五代時期在意境方面的拓展等，作者以其細膩的詩心，帶領讀者一起感受詞中的有情天地。

⑬⑨ 神樹

鄭義 著

曾以《老井》獲東京影展最佳編劇的作家鄭義，在因八九民運遭當局通緝而流寓異國之後，他以一個村落、一棵「神樹」，具體而微地映現當代中國的重重劫難。形象化的語言，原始潑辣的書寫，在魔幻詭麗的背後，透露出對生命與死亡的真實關懷。

⑭⓪ 琦君說童年

琦君 著

每個人都有童年，不管是苦是樂，回憶起來都是甜美的。善於說故事的琦君，與您一起分享她魂牽夢縈的故鄉與童年。篇篇真摯感人，字裡行間充滿了愛心與情義，在欣賞琦君的散文之餘，更別有一番溫馨感受，是一本老少咸宜的好作品。

⑭ 域外知音

張堂錡 著

本書作者張堂錡先生歷年來針對世界各國知名漢學家進行訪談，透過感性的筆觸，生動的文字敘述，道盡了這群域外知音漢學研究生涯的甘苦，因這一路執著不渝的採拾和耕耘，呈現繽紛絢麗的色彩，並給予中國人新的研究觀點，重新檢視自己的文化。

國立中央圖書館出版品預行編目資料

釣魚臺畔過客／彭歌著.--初版.--
臺北市：三民，民85
面；　公分.--(三民叢刊；127)
ISBN 957-14-2412-9 (平裝)

855　　　85003023

© 釣魚臺畔過客

著作人　彭　歌
發行人　劉振强
著作財產權人　三民書局股份有限公司
臺北市復興北路三八六號
發行所　三民書局股份有限公司
地　址／臺北市復興北路三八六號
郵　撥／〇〇〇九九九八——五號
印刷所　三民書局股份有限公司
門市部　復北店／臺北市復興北路三八六號
重南店／臺北市重慶南路一段六十一號
初　版　中華民國八十五年四月
編　號　S 85327
基本定價　肆元肆角
行政院新聞局登記證局版臺業字第〇二〇〇號

ISBN 95-14-2412-9 (平裝)